A Faint Cold Fear Thrills Through My Veins
William Shakespeare

Zu diesem Buch

Die Schritte draußen waren jetzt deutlich zu hören. Sie gab sich einen Ruck und wählte. Decker meldete sich nach dem dritten Läuten.

«Peter? Hier Rina Lazarus. Ich bin in der Mikwe. Draußen schleicht jemand herum.»

«Ist das Haus dicht?»

«Ja. Aber ich habe Angst.»

Rina Lazarus lebt mit ihren zwei Söhnen in der Jeschiwa, der jüdischen Lehranstalt, wo sie unterrichtet und für die Reinheit der Mikwe sorgt. Die Mikwe ist eine Art Badezentrum für das rituelle Tauchbad.

Doch nun herrscht Angst unter den Frauen in der Jeschiwa, seit Sarah Adler nach dem Besuch in der Mikwe brutal überfallen und vergewaltigt worden ist. Rina hat noch eine dunkel vermummte Gestalt fortlaufen sehen – und dann die übel zugerichtete Sarah entdeckt. Die herbeigerufene Polizei kann zunächst wenig tun, da Sarah unter Schock steht und sich weigert auszusagen. Rinas Angaben helfen Detective Decker auch nicht weiter: eine dunkle Gestalt, mehr hat sie nicht erkennen können.

Es werden verschiedene Sicherheitsmaßnahmen getroffen, man engagiert Florence Marley, eine kampfstarke Zweizentnerdame, die auf dem Gelände nachts patrouilliert.

Rina ist keine ängstliche Frau, aber sie wird das Gefühl nicht los, daß jemand sie belauert, daß jemand um die Mikwe schleicht, wenn sie als letzte saubermacht. Und ihr Gefühl täuscht sie nicht...

Faye Kellerman ist ein Allroundtalent – Zahnärztin, Musikerin, Gitarrenbauerin, Mutter von drei Kindern, Ehefrau eines Psychologen und Autorin. Sie lebt in Los Angeles und schreibt an ihrem nächsten Kriminalroman.

Faye Kellerman

Geh nicht zur Mikwe!

Deutsch von
Ute Tanner

rororo

Rowohlt

rororo thriller
Herausgegeben von Bernd Jost

Deutsche Erstausgabe
Veröffentlicht im Rowohlt Taschenbuch Verlag GmbH,
Reinbek bei Hamburg, Januar 1988
Die Originalausgabe erschien bei Arbor House New York,
unter dem Titel «The Ritual Bath»
Redaktion Jutta Schwarz
Umschlagfoto Thomas Henning / Bettina Scheffler
Umschlagtypographie Jürgen Kaffer / Peter Wippermann

Satz Bembo (Linotron 202)
Gesamtherstellung Clausen & Bosse, Leck
Printed in Germany
780-ISBN 3 499 42812 1

Die Hauptpersonen

Rina Lazarus	führt ein orthodoxes Leben und erlebt eine unorthodoxe Überraschung.
Sarah Libba Adler	erlebt eine böse Überraschung.
Rabbi Aaron Shulman	ist weise, aber nicht immer informiert.
Chana Marcus	wacht eifersüchtig über die guten Sitten.
Moshe Feldman	wandert durch den Wald und zwischen den Welten.
Matthew Hawthorne Jack Oates Steve Gilbert	sind zwar Gojs, aber beliebte Lehrer in der Jeschiwa.
Florence Marley	ist ebenso stark wie gutmütig.
Ed Fordebrandt	ist mit viel Leib und Seele Polizist.
Cory Schmidt	hat eine kurze steile Karriere hinter sich.
Captain David Morrison	will nicht einen, sondern alle Täter.
Marge Dunn	hat viel Talent in ihrem Beruf, aber wenig in ihrem Hobby.
Detective Peter Decker	braucht mazel tov, beruflich wie privat.

Erklärung der jiddischen und hebräischen Ausdrücke, soweit ihre Bedeutung nicht aus dem Text hervorgeht

alav bashalom	Friede über ihn
Baruch Hashem!	Gott sei Dank
Besomimbüchen	Behälter für wohlriechende Gewürze (Kultgegenstand f. d. Sabbat)
bejt-hamidrasch	Lehrhaus
challah	Hefezopf für den Sabbat
chawruse	Kamerad, Studienpartner
dawenen	das Gebet verrichten
etrog	«Paradiesapfel», Frucht, die bei der Feier von Sukkot (Laubhütten) eine Rolle spielt
Goj	Nichtjude
Hashem	«der Name» (Gottes)
Halacha	jüdisches Gesetz
heftoire	Lesung im Anschluß an die *parasche* (s. d.)
Ima	Mutter (Mama)
Jeschiwa	jüdische Lehranstalt
Jarmulke	Käppchen der orthodoxen Juden
kipah	s. Jarmulke
latkes	Kartoffelpuffer
mamzer	Bastard
megilla	eigentlich «Rolle». Auf Pergament geschriebenes, auf- und zusammenrollbares Buch

menora	Kultleuchter
mikvot	(Tauch-)Becken
mikwe	rituelles Bad
minche	Gebet vor Sonnenuntergang
parasche	einer der 54 Abschnitte der Thora
parewe	Speisen, die weder mit Schmalz noch mit Butter zubereitet, also «neutral» sind und daher sowohl mit Fleisch- als mit Milchspeisen genossen werden dürfen
rasche	schlechter Mensch
Rosch-Jeschiwa	Leiter einer Jeschiwa
scheitel	Perücke
Schma Israel	«Höre Israel» – das Glaubensbekenntnis des Judentums (Deuteronomium 6.4)
schul	Synagoge
sepharim	Bücher
sheygez	schlechter Kerl, «Knilch»
shiur	Unterricht
taharat hamishpacha	Reinheit der Familie
talmud-chachan	Gelehrter (in den rabbinischen Wissenschaften)

Für Jonathan. *Ani l'dodi v'dodi li.*★
Und für die Krümel: Jesse, Rachel und Ilana.

★ *«Eine Hand wäscht die andere.»*

I

«Für einen guten *kugel* brauchst du vor allem natürlich gute Kartoffeln», rief Sarah Libba über den lärmenden Haartrockner hinweg Rina zu. «Aber wenn du ihn wirklich super haben willst, brauchst du genau die richtige Menge Öl, grad so viel, daß der Teig feucht genug ist und noch ein bißchen in die Form läuft. Der fertige Auflauf muß schön kroß sein, aber nicht zu fett.»

Rina nickte und legte ein Handtuch zusammen. Wenn jemand einen perfekten *kugel* zustande bringen konnte, dann Sarah Libba. Nach ihrem Rezept waren vermutlich sogar noch gebratene Schuhsohlen eine Delikatesse. Aber heute abend war Rina zu müde, um genau hinzuhören. Es war schon fast zehn, und sie mußte noch die Mikwe saubermachen und danach dreißig Klassenarbeiten korrigieren.

Wegen der Braut war heute besonders viel Betrieb in der Mikwe gewesen – großer Wirbel, Händchenhalten, Erklärungen. Das junge Mädchen war sehr nervös gewesen, aber das war ja so kurz vor der Hochzeit kein Wunder. Rivki war knapp siebzehn und wußte wenig von der Welt. Behütet und schüchtern, wie sie war, hatte sie sich mit Baruch verlobt, nachdem sie sich dreimal mit ihm getroffen hatte. Aber es war eine gute Verbindung, fand Rina. Baruch war nicht nur ein vielversprechender Talmudgelehrter, sondern auch lieb und sehr geduldig. Nicht ein einziges Mal war er aus der Haut gefahren, als er Shmuel das Radfahren beigebracht hatte. Es würde nicht lange dauern, bis Rivki sich in ihrer neuen Rolle zurechtgefunden hatte.

Sarah stellte den Haartrockner ab, und der Motor stieß einen letzten pfeifenden Keuchlaut aus. Sie lockerte das kurzgeschnittene Haar und setzte sich seufzend eine schulterlange Perücke auf. Sie war eine hübsche Frau mit großen, braunen Augen in einem runden, freundlichen Gesicht, knapp eins fünfzig groß und so schlank, daß man ihr die vier Kinder, die sie auf die Welt gebracht hatte, kaum glauben mochte.

«Komm», sagte Rina, «ich helfe dir beim Frisieren.»

Sarah lächelte. «Weißt du, wieso ich mir ausgerechnet diesen *scheitel* zugelegt habe?»

Rina schüttelte den Kopf.

«Ich habe immer an dein schönes Haar denken müssen. Es ist so lang geworden.»

«Ich weiß. Chana hat mich schon darauf angesprochen.»

«Wirst du es schneiden lassen?»

«Wahrscheinlich.»

«Hoffentlich nicht zu kurz.»

Rina zuckte die Schultern. Ihr Haar hatten von jeher alle bewundert. Ihre Mutter hatte sich furchtbar aufgeregt, als Rina ihr verkündet hatte, sie würde es nach der Hochzeit bedecken. Von allen religiösen Verpflichtungen, die ihre Tochter auf sich genommen hatte, war diese Mrs. Elias am meisten gegen den Strich gegangen. Aber Rina hatte sich, unbeeindruckt von den Protesten ihrer Mutter, das Haar kurz schneiden lassen und unter einer Perücke oder einem Tuch versteckt. Jetzt hatte sich der Streitpunkt von selbst erledigt.

Rasch und geschickt bändigte Rina die dunkle Haarfülle zu einer modischen Frisur. Sarah Libba verrenkte sich den Hals, um ihren Hinterkopf im Spiegel zu sehen.

«Bildschön hast du das gemacht.»

«Mit so viel Haar kann man auch etwas anfangen», meinte Rina. «Ein wirklich hübscher *scheitel.*»

«Für fast dreihundert Dollar kann man das auch verlangen. Dabei sind nur zwanzig Prozent Echthaar dabei.»

«Das sieht man überhaupt nicht.»

Sarah runzelte die Stirn. «Laß dir die Haare nicht zu kurz schneiden, Rina. Soll Chana doch reden. Die hat für jeden gute Lehren parat, aber bei ihr selber hapert's damit. Neulich war die ganze Familie zum Schabbat bei uns. Die Kinder sind die reinsten Ungeheuer, sag ich dir. Sie haben Chaims Transformator kaputtgemacht, und glaubst du etwa, sie hat sich dafür entschuldigt?»

«Kein Wort?»

«Nichts. Die Jungs sind *wilde chayess*, und die Mädchen sind auch nicht viel vernünftiger. Wenn sie schon bei anderen Leuten alles besser weiß, sollte sie ihre eigene Familie besser im Griff haben.»

Rina sagte nichts. Sie hielt nichts von Klatsch – nicht nur, weil die Vorschriften ihn streng untersagten, sondern weil sie ganz persönlich keinen Gefallen daran fand.

Sarah ging zu dem hohen Spiegel und stellte sich davor in Positur.

«Die Zeit in der Mikwe ist meine einzige Erholung», sagte sie. «Danach fühle ich mich wieder menschlich.»

Rina nickte verständnisvoll.

«Wahrscheinlich sind die Kinder alle noch auf, wenn ich heimkomme», sagte die zierliche Sarah seufzend. «Und Zvi sitzt heute bis in die Nacht über den Büchern. Ich werde ganz langsam nach Hause gehen und die frische Luft genießen.»

Sie ging zögernd zur Tür, straffte sich und war verschwunden.

Auch Rina stand jetzt auf, reckte sich und sah wieder auf die Uhr. Die Kinder waren noch im Computerclub, Steve würde sie nach Hause bringen, und dort wartete schon der Babysitter, sie brauchte sich also nicht zu beeilen. Sie zog die Schuhe aus, rieb sich die Füße, schlüpfte in Stricksocken und tappte, Putzutensilien unter dem Arm, über die spiegelnd weißen Fliesen.

Das erste Badezimmer hatte Sarah Libba benutzt und sauber und ordentlich hinterlassen. Handtücher und Laken lagen korrekt gefaltet auf dem gekachelten Waschtisch, die Badematte hing über dem Wannenrand, aus Kamm und Bürste waren die Haare entfernt.

Rina scheuerte Fußboden, Wanne, Waschbecken und Dusche. Sie füllte die Seifendose, die Behälter für Wattestäbchen und Wattebälle nach, schraubte die Zahnpastatube zu, legte den Kamm in eine Desinfektionslösung und nahm den Abfall und die Schmutzwäsche mit. In dem zweiten Badezimmer herrschte ein wildes Durcheinander, aber auch hier hatte sie wenig später wieder Ordnung geschaffen.

Sie leerte den Abfall in einen Müllschlucker, der in einen draußen stehenden Müllcontainer mündete, und steckte Handtücher, Laken und Waschlappen in die große Waschmaschine. Jetzt kamen die eigentlichen *mikvot* an die Reihe.

Das Bad der Frauen war ein dunkelblau gekacheltes, in den Boden eingelassenes Becken, das etwa 1,20 m tief war und 2,30 m im Quadrat maß und in das acht Stufen hinunterführten. Ein Handlauf erleichterte den Badenden den Einstieg. Nach den Religionsvorschriften mußte das Wasser natürlicher Herkunft sein – Regen, Schnee oder Eis –, aber das kristallklare Becken war beheizt.

Wieder einmal freute sich Rina an dieser schönen Mikwe. Sie dachte an das Bad, das sie vor sechs Jahren in einem Notfall benutzt hatte, und schauderte noch im nachhinein. Sie hatten Yitzchaks Eltern in Brooklyn besucht. Es war Winter gewesen, und der Wetterdienst hatte eine Schneesturmwarnung herausgegeben. Die nächstgelegene Mikwe war nicht viel besser als ein mit schmutzigem, eiskaltem Wasser gefülltes Loch. Mit angehaltenem Atem hatte sie sich zum Untertauchen gezwungen. Als sie herausstieg, kam sie sich besudelt vor. Obgleich nach dem rituellen Tauchbad ein Wannenbad eigentlich nicht erlaubt war, hatte Yitzchak ein Auge zugedrückt, als Rina sich, durchfroren wie sie war, in dem herrlich heißen Wasser der Badewanne aufgewärmt und sich die schmutzige Schleimschicht von der Haut gewaschen hatte.

Es waren die Frauen in der Jeschiwa gewesen, die lautstark den Bau einer sauberen Mikwe gefordert hatten, einer Mikwe, die es ihnen leichtmachte, die Reinheitsgesetze zu befolgen. Und sie hatten sich durchgesetzt. Die Fliesen für das Becken und die Badezimmer kamen aus Italien, zusätzlich war noch eine Kosmetikecke mit zwei Toilettentischen, Haartrocknern, Kämmen, Bürsten, Lockenstäben und Make-up-Spiegeln vorgesehen worden. Mit der Planung hatten sie einen Architekten beauftragt, und der Bau hatte rasche Fortschritte gemacht. Jetzt hatte die Jeschiwa eine eigene Mikwe, und die Frauen brauchten nicht mehr stundenlange Fahrten in Kauf zu nehmen, um das Gebot der *taharat hamischpacha*, die spirituelle Reinigung durch das Untertauchen im rituellen Bad, zu befolgen.

Rina wischte den Boden trocken und schaltete Heizung und Licht aus. Dann ging sie weiter zu der Mikwe der Männer, die schmuckloser und lediglich mit schlichtweißen Kacheln ausgekleidet war. Beheiztes und gefiltertes Wasser hatten die Männer nicht haben wollen, aber der Rosch-Jeschiwa legte größten Wert auf peinliche Sauberkeit. Rina wischte auch hier auf, obgleich das strenggenommen nicht zu ihren Obliegenheiten gehörte.

Zum Schluß putzte sie noch das kleine Becken, das zur rituellen Reinigung von Koch- und Eßgerät aus Metall diente. Am Boden lag eine Bratpfanne, die hatte wohl Ruthie Zipperstein vorhin vergessen. Rina beschloß, sie ihr auf dem Heimweg vorbeizubringen.

Sie trocknete sich die Hände ab, dann setzte sie sich in einen alten Polstersessel im Aufenthaltsraum, holte einen Stapel Klassenarbeiten hervor und begann zu korrigieren, während die Waschmaschine leise summte. Sie hatte etwa die Hälfte des Stapels durchgearbeitet, als sich die Maschine ausschaltete. Während Rina aufstand, um die Wäsche in den Trockner zu packen, hörte sie einen Schrei und fuhr unwillkürlich zusammen.

Katzen, dachte sie. Auf dem Gelände der Jeschiwa wimmelte es von diesen mageren, verwilderten Tieren, deren furchteinflößend menschlich klingendes Geschrei nachts Rinas Söhne erschreckte. Sie warf die Tür des Trockners zu und wollte ihn gerade einschalten, als wieder ein Schrei ertönte. Sie ging zur Tür und legte das Ohr an das Kiefernholz. Draußen raschelte es im Gebüsch, aber auch das war nichts Ungewöhnliches. Die Jeschiwa war von Wald umgeben, die hohen Bäume boten unzähligen Tieren Unterschlupf – Präriehasen, Rotwild, Eichhörnchen, Schlangen, Eidechsen, hin und wieder auch einem Kojoten und natürlich den Katzen. Trotzdem bekam sie es allmählich mit der Angst zu tun.

Rina machte die Tür einen Spalt weit auf und spähte in die Dunkelheit hinaus. Ein heißer Windhauch traf ihr Gesicht. Am Himmel funkelten die Sterne, aber es schien kein Mond. Sie horchte. Nach einer Weile hörte sie neben dem Zirpen der Grillen noch einen anderen Laut. Ein gedämpftes Keuchen. Sie öffnete die Tür ein Stück weiter. Eine Lichtbahn fiel auf den trockenen, staubigen Boden.

«Hallo! Ist dort jemand?»

Alles blieb still.

Aus dem Augenwinkel sah sie etwas eilig auf den dichtbewaldeten Hang zulaufen. Ein großes Tier, dachte sie zuerst. Doch dann wurde ihr klar, daß die Gestalt einen aufrechten Gang hatte.

Einen Augenblick lang blieb sie reglos stehen. War da wieder das Keuchen zu hören, oder spielte ihre Phantasie ihr einen Streich? Sie zuckte die Schultern und war schon dabei, die Tür zu schließen, als eiskalter Schreck sie durchfuhr. Vor ihr auf dem Boden lag Sarahs Perücke. Die schwarzen Haare waren strähnig und zerrauft.

«Sarah?» rief sie laut.

Statt einer Antwort war nur das Keuchen zu hören.

Sie hob mit zitternder Hand die Perücke auf, dann näherte sie sich vorsichtig dem umliegenden Buschwerk.

«Sarah, bist du das?»

Das Keuchen wurde lauter. Es schien aus einer kleinen Senke im Unterholz zu kommen. Sie trat näher heran und schnappte entsetzt nach Luft. In der Senke lag Sarah Libba. Schmutzig, mit zerfetzter Kleidung, das schmale Gesicht naß von Schlamm, der ihr über die Wangen und die nackten Brüste rann. Auch die Beine waren nackt bis auf den Schlüpfer, der sich um ihre Knöchel gewickelt hatte, und die Sandalen, die sie an den Füßen trug. Die Augen drohten aus den Höhlen zu treten, die Atemzüge kamen flach und hastig.

Rina stolperte, fing sich wieder und beugte sich zu Sarah herunter, die vor ihr zurückzuckte wie ein verletztes Tier. Als Rina sich hinkniete, konnte sie die frischen Blutergüsse in Sarahs Gesicht erkennen.

Sarah ballte eine Hand zur Faust und schlug sich heftig an die Brust. Sie richtete den Blick zum Himmel und bewegte die Lippen in lautlosem Gebet. Rina nahm ihren Arm und half ihr hoch.

Für eine so kleine Person war Sarah überraschend schwer, und Rina ging in die Knie, als das ganze Gewicht auf ihr lastete. Irgendwie aber schaffte sie es, die jammernde Frau Schritt für Schritt in die Sicherheit der Mikwe zurückzubringen. Sie bewegte Sarah dazu, sich hinzulegen, half ihr behutsam aus der zerfetzten Kleidung und wickelte den geschundenen Körper in ein frisch gewaschenes Laken.

Zuerst rief Rina bei Sarah zu Hause an und bat den Babysitter, Sarahs Mann Zvi im Studiensaal aufzusuchen und ihm zu sagen, er möge so schnell wie möglich zur Mikwe kommen. Dann verständigte sie den Rosch-Jeschiwa und zuletzt die Polizei.

2

Deckers Gesicht wurde immer düsterer, während er die Einzelheiten in einem kleinen Notizbuch festhielt. Manche Tage hörten ebenso scheußlich auf, wie sie anfingen. Erst hatte Jean ihn wegen einer Erhöhung der Unterhaltszahlungen genervt, dann war er den ganzen Tag vergeblich einem Hinweis auf den Sittenstrolch von Foothill nachgegangen. Und jetzt wurde zu allem Überfluß noch eine Vergewaltigung in der Judenschule gemeldet.

Angewidert betrachtete er die Aktenstöße auf seinem Schreibtisch. Sobald es heiß wird, spielt sich das Leben hauptsächlich auf der Straße ab, und weil es so heiß ist, ziehen die Frauen sich immer luftiger an, bis irgendein Spinner daherkommt und sich sagt, daß «die Weiber selber schuld sind». Er hatte die Nase voll von diesem Job, hatte es satt mit anzusehen, wie die Opfer von Notzuchtverbrechen von einer verkorksten Justiz im Namen der Gerechtigkeit durch die Mangel gedreht wurden. Decker spielte ernsthaft mit dem Gedanken, sich ins Morddezernat zurückversetzen zu lassen. Zumindest blieb den Opfern, mit denen sie es dort zu tun hatten, eine Gegenüberstellung mit den Tätern erspart.

Aber eine Vergewaltigung ausgerechnet in der Judenschule? Dorthin verirrte sich kaum ein Einheimischer. Er war übrigens auch noch nie dort gewesen. Das Grundstück war von einer Mauer umgeben und mit einem Tor versehen, und die Juden hatten kaum Kontakt mit der Außenwelt. In die Stadt kamen sie eigentlich nur zum Einkaufen oder vielleicht mal zu einer Autoreparatur. Sie waren andersartig, aber Scherereien hatte es mit ihnen noch nie gegeben. Ich wünschte, die wären hier alle so, dachte Decker. Wie mochte das auserwählte Volk auf ein Notzuchtverbrechen reagieren? Er würde es bald genug erfahren, aber er wußte auch, daß die Ermittlungen keine reine Freude sein würden.

Er sah sich um. Marge Dunn stand an der Kaffeemaschine. Er ging zu der beliebtesten Ecke des Dienstraums hinüber und tippte ihr auf die Schulter. «Ich brauch dich, Baby.»

Sie wandte sich um, einen dampfenden Becher mit Kaffee in der Hand. Mit ihrem starkknochigen Körperbau wirkte sie viel älter als siebenundzwanzig, aber daß man ihre Größe und ihr Gewicht respektierte, war ihr nur recht. Das Gesicht mit den großen, sanften Augen und dem seidig-blonden Haar war weich und weiblich.

«Für dich tu ich doch alles, Pete.»

«Stell dir vor, ein Notzuchtverbrechen in der Judenschule.»

Marge stellte den Becher aus der Hand. «Machst du Witze?»

«Schön wär's ja.»

Sie wischte sich den Schweiß von der Stirn. «Sag mal, warum schickst du eigentlich nicht Hollander? Durch diese Geschichte in Foothill kriegen wir doch sowieso schon jede Menge Überstunden zusammen. Und er ist gerade erst aus dem Urlaub gekommen.»

«Ich würde ihm den Fall ja liebend gern aufhalsen, aber er ist im Dodger-Stadion.»

«Über Funk kriegst du ihn doch immer...»

«Ich halte nichts davon, einen Kollegen bei einem Baseballmatch zu stören.»

«Aber eine Kollegin bei einer Tasse Kaffee zu stören, dabei denkst du dir nichts, was?»

«Jetzt komm schon.» Decker wandte sich zur Tür.

Marge griff sich ihre Tasche und folgte widerwillig. Immer dasselbe, dachte sie. Pete ist ein guter Cop, er denkt schnell und arbeitet wie besessen. Aber gerade deshalb landen alle heiklen Fälle mit schöner Regelmäßigkeit bei ihm.

Sie verließen das Revier, ein heruntergekommenes, früher weiß verputztes Gebäude, das jetzt mit einer grauen Schmutzschicht überzogen war, und gingen zu dem hell beleuchteten Parkplatz. Decker warf Marge die Schlüssel für den 79er Plymouth mit verblaßter Bronzemetallic-Lackierung zu, zwängte sich auf den Beifahrersitz und schob ihn so weit wie möglich nach hinten. Verdammte Sardinenbüchse, dachte er, nachdem er sich wieder mal das Schienbein am Armaturenbrett gestoßen hatte. Wann gibt's bei der Polizei endlich Dienstwagen für Leute, die über eins achtzig groß sind? Vielleicht, wenn ich im Ruhestand bin.

Er kurbelte das Fenster herunter. Eine Wahnsinnshitze war das. Decker spürte schon die feuchten Flecke unter den Achseln, Schweiß rann ihm über Nacken und Rücken. Er krempelte die Hemdsärmel hoch und streckte einen stämmigen, sommersprossigen Arm aus dem Fenster.

«Wie im Backofen», sagte Marge. «Gemein für den Kreislauf.»

«Ich weiß immer im voraus, wenn wir eine Hitzewelle kriegen», murrte Decker. «Eine Woche vorher geht im Wagen die Klimaanlage kaputt.»

«Eine Vergewaltigung in der Judenschule», überlegte Marge laut. «Und ich hab immer gedacht, die sind da unantastbar. Wie im Kloster. Wer vergeht sich schon an einer Nonne?»

«Wer vergeht sich überhaupt an einer Frau?» sagte Decker.

«Auch wieder wahr.» Marge startete und warf Decker einen raschen Blick zu. «Du siehst heute wirklich elend aus, Peter.»

«Besten Dank für die Blumen.»

Marge gab Gas, daß die Reifen aufjaulten. «Hoffentlich ist das nicht der Auftakt zu einer Serie von Gewalttaten gegen die Juden.»

Decker stieß hörbar die Luft aus. Der Gedanke war ihm auch schon gekommen. Es gab erhebliche Animositäten gegenüber den Juden. Mutwillige Zerstörungen waren in der Jeschiwa schon mehrmals vorgekommen, aber an Menschen hatten die Täter sich nie vergriffen. Bis heute abend.

«Warten wir's ab, Marge. Vielleicht gibt es eine logische Erklärung für den Vorfall.»

«Ich weiß nicht, Peter... Für so was gibt's eigentlich nie eine logische Erklärung.» Sie fuhr rasch und umsichtig. «Was machen die Pferde?»

«Bei mir ist gerade ein Stutfohlen angekommen.» Decker lächelte. «Eine kleine Schönheit, sag ich dir.»

«Wie viele macht das insgesamt?»

«Mit Lilian sechs.»

«Da mußt du dich aber mit dem Ausmisten ganz schön ranhalten.»

«Stimmt. Aber im Gegensatz zu dem Mist, der mir bei meiner Arbeit unterkommt, sind Pferdeäpfel kompostierbar.» Er zündete sich eine Zigarette an. «Wie alt ist eigentlich dein Clarence?»

«Komm mir nicht mit dem. Er hat total vergessen, mir von seiner Frau, den beiden Kindern und dem Hund zu erzählen.»

«Scheißkerl.»

«Genau. Der ist für mich gestorben. Aber du bist nicht auf dem laufenden, Pete. Mein Neuer heißt Ernst. Geiger beim Glendale Philharmonic. Wir haben schon ein paar hübsche Duette für Flöte und Violine zusammen gespielt. Wenn ich ein bißchen mehr Übung habe, lade ich dich und die Frau deines Herzens zu einem Hausmusikabend ein.»

«Gern.» Er mußte lächeln, wenn er sich seine massive Kollegin mit einem so zierlichen Instrument vorstellte. Ein Cello hätte besser zu ihr gepaßt. Von Talent konnte bei ihr sowieso keine Rede sein. Decker pflegte ihr Spiel mit dem Paarungsschrei eines brünstigen Papageis zu vergleichen. Wenn dieser Ernst sich nicht davon abschrecken ließ, mußte er wirklich scharf auf sie sein.

Decker rauchte und besah sich aus dem Wagenfenster sein Revier. Los Angeles beschwor alle möglichen Vorstellungen herauf – Glanz und Glitzer der Filmindustrie, Brandung und Strandhäuser bei Malibu, dekadente Rauschgiftparties und extravagantes Shopping in Beverley Hills. Das Gebiet, durch das sie fuhren, war nicht in diesem Katalog enthalten. Es besaß weder den Glamour von West L.A. noch den Reiz des Völkergemischs auf der East Side, die Melancholie von Venice Beach oder die vorstädtische Selbstzufriedenheit des Valley, dafür aber eine hohe Verbrechensrate.

Das Einzugsgebiet des Polizeireviers Foothill ließ sich am besten als ein Sammelsurium ärmlicher Kleinstädte beschreiben, die durch

Berge und Waldstücke voneinander getrennt waren. In einigen Siedlungen wohnten Weiße der Unterschicht, Rockerbanden und abgehalfterte Cowboys, andere waren Ghettos für Schwarze und mexikanische Wanderarbeiter. Gemeinsamer Nenner war die Armut. Wer hier wohnte, hatte gerade das Nötigste zum Leben, manchmal noch nicht mal das. Das galt auch für die Judenschule, wie die Jeschiwa draußen allgemein hieß. Hier wohnten keine reichen Juden, wie man sie aus den Medien kannte. Ganz auszuschließen war es natürlich nicht, daß in der Jeschiwa ein geheimer Schatz versteckt war, aber ihren Bewohnern sah man es nicht an. Sie trugen billige Sachen und fuhren klapprige Autos wie die Leute aus den umliegenden Ortschaften auch.

Vom Revier bis zur Jeschiwa fuhr man zwanzig Minuten über eine gut ausgebaute Straße, die sich in Serpentinen zum San Gabriel-Gebirge hinaufschlängelte. Im Tal war es heiß und stickig, aber durch die schnelle Fahrt wehte ein kühler Wind durch die offenen Fenster.

«Bin froh, daß du da warst», sagte Decker zu seiner Kollegin. «Deine Vernehmungen sind große Klasse.»

«Fingerspitzengefühl, Peter. Deshalb komme ich mit unseren Jugendlichen so gut zurecht. Mich hat das Leben auch ganz schön gebeutelt, und deshalb weiß ich, wie man mit solchen Leuten reden muß.» Marge wurde ernst. «Aber um diesen Fall reiß ich mich nicht. Auf Außenseiter reagieren die Juden erfahrungsgemäß sauer.»

Sie nahmen die ausgeschilderte Ausfahrt nach Deep Canyon und rollten langsam durch den Ort. Dutzende von jungen Leuten drückten sich vor dem bis weit in die Nacht hinein geöffneten Supermarkt herum. Sie hockten auf den Motorhauben ihrer frisierten Wagen, rauchten und tranken. Während die Halbwüchsigen Limo und Cola schluckten, tankten die Älteren in der *Goodtimes Tavern* härtere Sachen. Nach der Zahl der parkenden Wagen zu schließen, machte die Kneipe ein gutes Geschäft.

Vor einem Pornoladen hatte sich eine Motorradclique in Leder und blinkendem Metall versammelt. Lässig an ihre chromblitzenden Maschinen gelehnt, starrten sie dem Wagen nach.

Je weiter man nach Norden kam, desto verlassener wurde die Gegend. Der Plymouth fuhr an einem Schrottplatz vorbei, einem Baustofflager, einem Discountladen und etlichen Kirchen.

Die Armen zieht es immer zum lieben Gott, überlegte Decker. Idealer Standort für eine Jeschiwa – vom Antisemitismus mal abgesehen.

Die Straße verengte sich und stieg merklich an, unvermittelt befand man sich mitten auf dem Land. Nach zwei Meilen standen sie vor der *Yeshivat Ohavei Torah*.

Marge parkte den Wagen auf einem unbefestigten Platz. Decker stieg aus, holte tief Luft und streckte sich.

«Das Tor müßte offen sein», meinte Marge.

«Sie hatten schon zweimal mutwillige Zerstörungen hier auf dem Gelände, aber meinst du, sie hätten ein Schloß an das verdammte Tor gemacht?» Decker rüttelte an dem Drahtzaun. «Ist sowieso nur eine psychologische Sperre. Wer wirklich rein will, läßt sich durch so was nicht abhalten.»

Er stieß das Tor auf und trat ein. Das Grundstück war gepflegt, aber nur spärlich bepflanzt. Am Rand einer großen Rasenfläche standen niedrige Büsche und einige Flachdachbauten. Das größte, ein zweigeschossiger Betonklotz mit einem verputzten Anbau, lag ihnen direkt gegenüber. Rechts davon stand eine Gruppe kleiner Wohnhäuser, auf dem gekiesten Platz daneben waren einige Autos abgestellt. Links von dem Hauptgebäude standen zwei kleinere Häuser im Bungalowstil. Hinter den Gebäuden erhob sich ein dichter Wald, der in eine kahle Hügellandschaft überging.

Decker machte eine kurze Bestandsaufnahme. Der Täter hätte an jeder beliebigen Stelle auf das Grundstück gelangen und sich danach ins Hinterland verflüchtigen können. Jede Suche war hoffnungslos. Es sei denn, daß es sich um einen Insider handelte.

«Wohin zuerst, Peter?» fragte Marge.

Decker sah sich um. Zwei Männer in schwarzen Hosen, langärmeligen weißen Hemden und schwarzen Hüten kamen ihnen entgegen. Die müssen ja umkommen bei dieser Hitze, dachte er. Als sie näher heran waren, erkannte er, daß sie jung waren, knapp in den Zwanzigern. Beide waren hager und bebrillt und trugen kurze Bärte. Sie hatten einen eigenartigen Gang. Die Hände waren hinter dem Rücken verschränkt, statt locker zur Seite zu fallen.

Decker zückte seinen Dienstausweis. Der größere der beiden kniff die Augen zusammen und las. «Ist was passiert?»

«Könnten Sie uns bitte den Weg zum Badehaus zeigen?» fragte Decker.

Die beiden jungen Männer fingen an zu lachen. «Haben Sie sich da nicht in der Adresse geirrt?» meinte der kleinere belustigt.

«Versuchen Sie's mal in Hollywood», ergänzte der andere.

In Decker regte sich Ärger. «Uns wurde gesagt, daß sich hier ein Zwischenfall ereignet hat. Im Badehaus.»

«Ein Zwischenfall?» Der kleinere war ernst geworden. «Etwas Kriminelles?»

«Meinen die vielleicht die Mikwe?» überlegte der größere laut.

«Am besten sagen Sie uns, wo die Mikwe ist», schaltete Marge sich ein.

«Da können Sie jetzt nicht hin», sagte der größere zu Decker. «Da sind jetzt nur Frauen.»

Der kleinere gab ihm einen Rippenstoß. «Der Zwischenfall hat offenbar was mit der Mikwe zu tun. Das ist das kleine Gebäude da an der Ecke.»

«Vielen Dank.» Marge setzte sich in Bewegung. Nach ein paar Schritten sagte sie: «Hast du bemerkt, wie die mich angesehen haben?»

«Die haben dich doch überhaupt nicht angesehen.»

«Eben!»

Eine dunkelhaarige junge Frau ließ sie ein. Das Stimmengemurmel im Raum erstarb schlagartig. Vier Frauen in Kopftüchern warfen den Beamten kalte, argwöhnische Blicke zu. In der Ecke flüsterte ein älterer, bärtiger Mann, der aussah wie ein Rabbi, mit einem jüngeren Mann, der sich unablässig hin und her wiegte.

Die junge Frau bat sie mit einer Handbewegung wieder vor die Tür. «Mein Name ist Rina Lazarus. Mrs. Lazarus. Ich habe die Polizei verständigt. Die Frauen, die hier warten, haben alle heute abend die Mikwe benutzt. Wir haben sie zusammengerufen, weil wir wissen wollten, ob eine von ihnen auf dem Heimweg etwas Ungewöhnliches gehört oder gesehen hat. Leider war das nicht der Fall.»

«Was ist denn passiert?» fragte Decker.

Sie zögerte. «Eine Frau ist vergewaltigt worden.»

«Wo ist sie?» wollte Marge wissen.

«Mit einer unserer Frauen in einem Ankleideraum. Sie will gerade baden –»

«Das geht nicht, sie muß sich erst untersuchen lassen», sagte Marge scharf.

Rina nickte. «Ich weiß. Der Beamte, mit dem ich telefoniert habe, hat das auch schon gesagt, aber ich weiß nicht, ob sie zu einer Untersuchung bereit ist.»

Marge warf Decker einen Blick zu. «Ich werde mit ihr reden. Wie heißt sie?»

«Sarah Libba Adler. Ihr Mann hat ihr Sachen zum Wechseln gebracht, aber ich weiß nicht, ob sie sich schon angezogen hat.»

«Wo ist die Kleidung, die sie anhatte?» fragte Decker.

«In einer Tüte links neben der Tür. Es sind nur noch Fetzen, aber ich dachte mir schon, daß Sie die Sachen vielleicht brauchen.»

Marge schlug Pete kameradschaftlich auf die Schulter und verschwand im Haus. Rina hatte Hemmungen, mit einem Mann allein zu bleiben, auch wenn er nur Kriminalbeamter war, und meinte, sie sollten auch wieder hineingehen. Decker stimmte bereitwillig zu. Zumindest war die Mikwe klimatisiert. Dann sah er, daß sich zwei uniformierte Kollegen näherten, und winkte sie heran.

«Wissen Sie, wo die Tat begangen wurde?» fragte er Rina.

Sie deutete hinüber.

«Könnten Sie uns die Stelle ganz genau zeigen? Wir möchten vermeiden, aus Versehen Spuren zu zertrampeln.»

Sie führte die Beamten zu der Bodensenke.

«Ob er sie – ob er sie hier vergewaltigt hat, weiß ich nicht. Hier habe ich sie jedenfalls gefunden.»

«War sie bei Bewußtsein?»

«Ja. *Baruch Hashem.*»

Decker wandte sich an die Kollegen. «Sperrt hier ab und verständigt die Spurensicherung. Dann könnt ihr euch ein bißchen umsehen, vielleicht findet ihr noch was.»

Er drehte sich zu Rina herum. «Ich würde Ihnen gern ein paar Fragen stellen.»

Rina verzog sich mit dem Kriminalbeamten in eine ruhige Ecke. Er war ein großer starker Mann mit energischen Gesichtszügen und dunklen, durchdringenden Augen, die in seltsamem Gegensatz zu der hellen Haut und dem roten Haar standen. Sie wußte wohl, daß Erfolge bei der Verbrechensbekämpfung nichts mit Körpermaßen zu tun hatten, trotzdem fand sie es beruhigend, daß er so groß war.

«Was ist denn nun eigentlich geschehen, Mrs. Lazarus?»

«Ich habe hier gesessen und Klassenarbeiten korrigiert.» Rina deutete auf den Sessel. «Und dann hörte ich einen Schrei. Ich ging hinaus und sah etwas in den Wald laufen. Dann fand ich ihre Perücke auf dem Boden und wußte, daß etwas passiert war...» Ihre Stimme erstarb, und sie fröstelte.

«Sie sahen etwas ins Unterholz laufen? Wo?» Decker holte seinen Block heraus.

«Von der Stelle, die ich Ihnen gezeigt habe, nach rechts.»

«Haben Sie etwas oder jemanden gesehen?»

Rina seufzte. «Das kann ich nicht genau sagen. Es ging alles so schnell. Tut mir wirklich leid.»

«Nicht schlimm. Wir kommen ganz gut voran. Fangen wir noch mal ganz von vorn an. Sie sind hier in der Mikwe... Was ist das übrigens? Eine Art Fitnesscenter?»

«Es ist ein rituelles Bad. Die Frauen kommen hierher, um sich durch Untertauchen geistig zu reinigen.»

«Wie eine Taufe?»

Rina nickte. Das traf es ziemlich genau.

«Sie hörten also draußen einen Schrei. Wie ging es dann weiter?»

«Ich habe die Tür aufgemacht und hinausgesehen. Und da hörte ich ein Keuchen. Gleich darauf verschwand jemand im Gebüsch. Ich glaube doch, es war ein Mensch, die Gestalt ging aufrecht.»

«Haben Sie sich irgendwelche Einzelheiten merken können?»

«Nein. Es war sehr dunkel, und die Gestalt trug auch dunkle Sachen. Ich habe sie nur eine Sekunde gesehen.»

«Groß, klein, dünn, kräftig?»

«Durchschnittlich.»

«Kleiner oder größer als ich?»

Rina sah zu ihm auf. «Kleiner als Sie, würde ich sagen. Aber Sie sind größer als der Durchschnitt, das wird Ihnen nicht viel helfen.»

«Könnten Sie sagen, ob es ein Mann oder eine Frau war?»

«Nein.»

Decker machte sich ein paar Notizen, dann sah er auf. «Was haben Sie gemacht, als die Gestalt weg war?»

Rina blickte sich unruhig um. Die Frauen, besonders Chana, beobachteten sie scharf. Sie senkte die Stimme. «Ich sah Mrs. Adlers Perücke. Dann fand ich Mrs. Adler im Gebüsch. Man hatte ihr die Kleider vom Leib gerissen, und sie war...» Tränen stiegen ihr in die Augen.

Nette Person, dachte Decker. Sie hatte eine schwer zu beschreibende Ausstrahlung, eine unauffällige Eleganz. Da sie kein Kopftuch trug wie die anderen, konnte er ungehindert das dichte schwarze Haar, die klassischen Gesichtszüge, die zarte, helle Haut, den vollen, weichen Mund und die strahlendblauen Augen betrachten.

«Es muß ein schlimmer Schock gewesen sein.» Er gab ihr ein Papiertaschentuch.

Sie wischte sich übers Gesicht. «Das kann man wohl sagen. Wir sind alle noch ganz benommen. Es herrscht hier ein sehr enger Zusammenhalt, und jetzt fühlen wir uns sehr verletzlich. Jede von uns hätte es treffen können – besonders mich. Ich war heute ziemlich spät dran. Um die Zeit, als Mrs. Adler überfallen wurde, gehe ich normalerweise heim.»

«Wohnen Sie auf dem Gelände?»

«Ja, natürlich.»

«Wie kommen Sie gewöhnlich nach Hause?»

«Zu Fuß. Es sind etwa fünf Minuten.»

«Und niemand hat Sie je belästigt?»

«Nein, niemand. Wir leben hier draußen ganz isoliert. Vermutlich sind wir dadurch für irgendeinen Wahnwitzigen ideale Opfer, aber bisher ist so etwas noch nie passiert. Die Tür der Mikwe ist nicht einmal abschließbar.»

«Aber mutwillige Zerstörungen hat es schon bei Ihnen gegeben.»

«Das waren Jugendliche. Wir kennen die Täter ebensogut wie die Polizei. Aber ein – ein Sittlichkeitsverbrechen hätten wir ihnen nie zugetraut.»

Decker überlegte einen Augenblick. «Die Tür ist nicht abschließbar, sagen Sie. Demnach kommen Frauen regelmäßig zum Untertauchen in heiligem Wasser in ein Haus, das sich nicht hinreichend sichern läßt.»

Sie hob verlegen die Schultern. Wir sind, wie gesagt, nie auf den Gedanken gekommen, daß –»

«Haben Sie einen Sicherheitsdienst auf dem Gelände?»

Rina schüttelte den Kopf.

«Diese Siedlung ist ein Anachronismus, Mrs. Lazarus. Sie sind für einen Verbrecher mit einschlägigen Neigungen leichte Beute. Daß Sie so lange ungeschoren davongekommen sind, grenzt ans

Wunderbare. Lassen Sie sich morgen ein Sicherheitsschloß einbauen. Und vereinbaren Sie mit Ihren Nachbarn, daß Sie einen Elektrozaun aufstellen dürfen.»

«Das hat keinen Zweck, weil wir ja am Sabbat –» Sie unterbrach sich. Das würde er doch nicht verstehen. «Ist das alles?» fragte sie.

«Im Augenblick ja. Würden Sie mir bitte Ihren Namen buchstabieren?»

Er schrieb nach ihren Angaben mit. «Alter?»

«Sechsundzwanzig.»

Marge trat zu ihnen. Decker sah ihr an, daß sie nicht zum Zuge gekommen war.

«Erfolg gleich Null, Pete. Sie will sich nicht untersuchen lassen und behauptet, sie könne sich an nichts erinnern. Sie hat fast nur gebetet.» Sie wandte sich an Rina. «Nicht, daß ich was gegen das Beten hätte, aber damit fangen wir den Täter bestimmt nicht.»

«Vielleicht ist sie da anderer Meinung», sagte Rina abwehrend.

«Bis jetzt hat sie noch nicht gebadet», fuhr Marge fort, «aber je länger sie wartet...»

«Mrs. Adler hat eine traumatische Erfahrung hinter sich», erklärte Rina ziemlich scharf. «Sie können so kurz danach von ihr keine Entscheidungen verlangen.»

Marge schwieg. Vergewaltigungsfälle gingen ihr an die Nieren, besonders, wenn sich Zeugen widerspenstig stellten, aber als gute Kriminalbeamtin ließ sie sich nichts von ihrem Frust anmerken. Decker gab sich einen Ruck. Wenn Marge die Frau nicht zum Reden gebracht hatte, würden weder er noch einer seiner Kollegen es schaffen.

«Mrs. Lazarus, Sie haben uns sehr geholfen. Und Sie scheinen eine Frau mit gesundem Menschenverstand zu sein. Sie wissen, daß wir Mrs. Adlers Unterstützung brauchen, um diesen Kerl zu fassen. Wie würden Sie an unserer Stelle vorgehen?»

Rina sah nach links und begegnete Chanas wachsamem Blick. Sie wußte, daß sie schon zu lange mit der Polizei geschwatzt hatte.

«Ich kann Ihnen da keinen Rat geben», sagte sie leise. «Aber ich würde an Ihrer Stelle gar nicht erst versuchen, Mrs. Adler direkt anzusprechen. Reden Sie mit dem Mann dort in der Ecke.»

«Ist das der Rabbi?»

Rina nickte. «Der Leiter der Jeschiwa, der sogenannte Rosch-Jeschiwa. Rabbis, das heißt Lehrer, gibt es hier viele. Er spricht gerade mit Sarahs Mann. Wenn Sie sich ein bißchen gedulden, kann es sein, daß Sie doch noch ein Stück weiterkommen. Ich muß jetzt gehen.»

Decker drückte Rina eine Visitenkarte in die Hand. «Wenn Ihnen noch etwas einfällt oder wenn Sie etwas Interessantes hören – meine Telefonnummer steht auf der Karte.»

Rina steckte sie in die Rocktasche.

«Wie kommen Sie nach Hause?» fragte Marge.

«Die Frauen werden mich begleiten.»

«Soll ich mitkommen?»

Decker wußte, daß das Angebot zum Teil echter Besorgnis um die Sicherheit der Frauen entsprang, daß es Marge aber auch darum ging, noch mehr über die Jeschiwa zu erfahren.

«Schönen Dank, aber wir kommen schon zurecht. Gehen Sie bitte behutsam mit Sarah um, sie ist eine sehr liebe Frau und eine wunderbare Ehefrau und Mutter.» Zusammen mit den anderen Frauen verließ Rina die Mikwe.

Schade, dachte Pete Decker. Dieses Gesicht hätte ich mir ganz gern noch ein bißchen länger angesehen.

3

«Nehmen wir uns jetzt den Gottesmann vor?» fragte Marge.

Decker trommelte mit der Schuhspitze. «Ich bin für Arbeitsteilung. Du bleibst bei Mrs. Adler und paßt auf, daß sie keine Beweise wegwäscht, und ich versuche mein Glück beim Rabbi.»

Marge erhob keinen Einspruch. Sie wußte, daß Pete in einem Gespräch von Mann zu Mann die besseren Chancen hatte. Und zum Glück war er ja sonst kein Chauvi wie manch anderer Kollege.

Decker sah zu den beiden Männern hinüber. Sie hatten sich, seit er vor einer halben Stunde hereingekommen war, nicht vom Fleck gerührt. Der Jüngere wiegte sich noch immer hin und her, während der Rabbi mit ihm flüsterte. Sie nahmen Decker zunächst gar nicht zur Kenntnis, aber der Detective war ein geduldiger Mensch. Er wußte aus Erfahrung, daß man mit Geduld, auch wenn es Zeit kostete, oft mehr erreichte, und darauf kam es letztlich an.

Außerdem zog ihn nichts nach Hause zurück. Die Pferde waren

gefüttert und gestriegelt, Ginger, der Setterhündin, hatte er Futter in den Napf getan. Gleich nach seiner Tochter war ihm die Ranch mit ihren Tieren das Liebste auf der Welt. Er liebte das sonnendurchflutete Wohnzimmer, den würzigen Duft der Zitruspflanzung, die Ausritte. Die schweißtreibende körperliche Arbeit war wie eine Reinigung nach all dem Schmutz und Unrat seines beruflichen Alltags.

Doch die Nächte waren einsam. Er kannte einige Frauen, die ihm – immer nur zeitweise – ein wenig darüber hinweghalfen, doch immer häufiger ließ er sich nach Sonnenuntergang noch einmal im Revier sehen. So auch heute abend.

Decker setzte sich in den Polstersessel, in dem Mrs. Lazarus ihre Klassenarbeiten korrigiert hatte. Sie war also Lehrerin. Hätte er sich fast denken können, so gouvernantenhaft-zugeknöpft, wie sie angezogen war. Im Gegensatz zu den anderen Frauen wirkte sie allerdings bedeutend weltlicher. Er versuchte, sie sich außerhalb der Jeschiwa vorzustellen. In Jeans vielleicht, mit hautengem Pulli, oder in einem knappen Bikini... Bestimmt hatte sie einen hübschen Po. Einen Augenblick ließ er seiner Phantasie die Zügel schießen, dann riß er sich zusammen. Sie war fromm. Und verheiratet. Mist. Während seiner Ehe hatte er den Eindruck gehabt, daß der weibliche Teil der Bevölkerung nur aus Singles bestand, jetzt war er wieder ungebunden und mußte feststellen, daß die nettesten Mädchen alle schon vergeben waren.

Irgendwie hinkte er immer einenSchritt hinterher. Nicht nur im Privatleben, sondern auch im Beruf. So ging es ihm auch mit dem Sittenstrolch, der in Foothill sein Unwesen trieb. Immer, wenn Decker glaubte, ihm auf die Spur gekommen zu sein, wechselte der Kerl die Taktik und ging ihm wieder durch die Lappen. Ob dieser Fall auch auf sein Konto ging? Unwahrscheinlich. Die früheren Vergewaltigungen waren in Sylmar gewesen, westlich von hier und ziemlich weit entfernt. Aber ausschließen durfte er die Möglichkeit nicht, der Bursche war unheimlich wendig.

Der Rabbi redete noch immer. Was mochte er wohl zu dem Ehemann sagen? Das Leben geht weiter... Du wirst es überleben, so wie sie es überlebt hat... Decker konnte dem jungen Mann Wut, Frust und Hilflosigkeit nachfühlen. Er hatte mit Hunderten von Männern in der gleichen Situation gesprochen.

Endlich gelang es Decker, die Aufmerksamkeit des Rabbis auf

sich zu lenken, der ihm freundlich zunickte. Es dauerte dann noch zehn Minuten, bis sich der Rabbi erhob und Mr. Adler wortlos den Raum verließ.

Der Rabbi war groß, nicht so groß wie Decker, aber mindestens eins achtzig. Decker schätzte ihn auf Anfang Siebzig. Ein langer, graumelierter Bart verdeckte den größten Teil des Gesichts. Was davon zu erkennen war, glich einer zerklüfteten Landschaft. Die dunkelbraunen Augen unter buschig-weißen Brauen waren wach und klar. Er hielt sich für sein Alter sehr gerade und war äußerst korrekt gekleidet. Die schwarzen Hosen hatten eine messerscharfe Bügelfalte, das weiße Hemd war gestärkt, der schwarze Gehrock gut geschnitten. Auf dem Kopf trug er einen schwarzen Homburg. Alles in allem war er eine würdige, sehr eindrucksvolle Erscheinung.

«Ich danke Ihnen für Ihre Geduld.» Der Rabbi gab Decker die Hand. Sein Händedruck war fest und trocken. Er sprach mit leichtem Akzent. «Das ist eine böse Angelegenheit.»

«Wie hat er es aufgenommen?»

«Zvi Adler hat einen Schock, es ist fast so schlimm wie bei seiner Frau. Er ist wie betäubt. Was kann ich für Sie tun?»

Decker holte seine Zigaretten heraus und bot sie dem Rabbi an, doch der schüttelte den Kopf.

«Das sind keine Zigaretten. Der Tabak ist gespritzt, verwässert, behandelt und durch den Filter verfälscht.» Er holte ein silbernes Etui hervor und ließ es aufschnappen. Ein Dutzend handgerollte Zigaretten kamen zum Vorschein. «Probieren Sie mal was Echtes.»

Decker zündete die Zigarette des Rabbis, dann seine an. Beide inhalierten schweigend.

«Nu, wie schmeckt's?» fragte der Rabbi.

«Phantastischer Tabak.»

«Meine eigene Mischung.» Der Rabbi stieß eine Rauchwolke aus. «Was haben Sie auf dem Herzen?»

Decker fuhr sich mit den Fingern durchs Haar. «Es haben sich gewisse Schwierigkeiten bei der Ermittlung ergeben. Mrs. Adler ist nicht zu einer Untersuchung bereit.»

«Sie meinen eine gynäkologische Untersuchung?»

«Ja, das auch, und eine allgemeine medizinische Untersuchung. Sie ist auch nicht bereit, ihre Verletzungen fotografieren zu lassen. Mit Bildbelegen hätten wir es leichter, aber da tut es allenfalls auch eine genaue Beschreibung. Doch die ärztliche Untersuchung ist unabdingbar.»

Der Rabbi sah ihn abwartend an, ohne eine Miene zu verziehen.

«Da Sie hier die Oberleitung haben, dachte ich mir, daß Sie vielleicht Mrs. Adler dazu bringen könnten, uns zu helfen.»

«Vermutlich hätten Sie eine rechtliche Handhabe, eine solche Untersuchung einfach anzuordnen», meinte der Rabbi.

«Dazu wollte ich es eigentlich nicht kommen lassen. Die arme Frau hat schon genug durchgemacht.»

«Sehr vernünftig, mein Junge. Sie sind mir nicht böse, wenn ich Sie so nenne? Ich bin das von den *bochrim* – meinen Schülern – so gewöhnt, und in meinem Alter wird man mir das wohl nachsehen.»

Decker lächelte und reichte dem Rabbi seine Karte.

«Peter Decker», wiederholte dieser. «Ich bin Rav Aaron Schulman. Sehen Sie, Detective, Mrs. Adler ist ein freier Mensch. Dies ist kein Aschram, und ich bin kein Guru. Jeder kann hier kommen und gehen, wie er mag. Und was noch wichtiger ist: Jeder kann denken, was er mag.»

Er begann auf und ab zu gehen. «Ich kann mich nicht hinstellen und zu ihr sagen: ‹Sarah Libba, unterstütze diesen Mann.› Dazu bin ich nicht da. Aber einen Rat kann ich Ihnen geben, wenn Sie wollen.»

Der Rabbi war in einen leichten Singsang verfallen.

«Ja, gern.»

«Unsere Frauen haben eine eigene Ärztin in Sherman Oaks. Eine gewisse Phyllis Birnbaum. Ich glaube nicht, daß Sarah Libba die Untersuchung an sich scheut, aber sie würde sich – besonders nach dem, was hier geschehen ist – nie und nimmer von einem Mann anfassen lassen.»

Schulman nahm einen tiefen Zug aus seiner Zigarette, deren Spitze rot aufglühte.

«Ich würde also an Ihrer Stelle keine Zeit damit verschwenden, auf sie einzureden. Ich würde meinen Vorgesetzten anrufen und mich um eine Ausnahmeregelung bemühen. Wäre es nicht möglich, daß Frau Dr. Birnbaum die Untersuchung vornimmt? Sicher gibt es da bürokratische Probleme, aber die dürften nicht unüberwindbar sein.»

Decker nickte lächelnd.

«Wenn Sie amtlicherseits grünes Licht bekommen haben, würde ich Frau Dr. Birnbaum anrufen und um Hilfe bitten. Sie ist eine gewissenhafte Ärztin, sie macht bestimmt mit. Dann sollten Sie Ihre Kollegin zu Sarah Libba schicken, sie soll ihr sagen, daß Frau Dr. Birnbaum die Untersuchung durchführen wird, die zwei von Sarahs hübschen Kindern geholt hat. Und wenn Sie glauben, daß es nötig ist, können Sie Sarah Libba ausrichten, daß Rav Schulman gesagt hat, nach der Halacha – den Gesetzen des Judentums – sei die Untersuchung statthaft.»

Marge und die beiden uniformierten Kollegen waren inzwischen wieder hereingekommen. Decker machte Marge und den Rabbi miteinander bekannt. Dann wandte er sich an die Streifenpolizisten, Hunter und Ramirez. «Habt ihr Spuren gefunden? Oder irgendwas gehört?»

«Spuren haufenweise», sagte Hunter. «Rehwild, Karnickel, Kojoten, Katzen – aber keine menschlichen Fußspuren.»

«Wir machen den Bericht bis morgen fertig, okay?» ergänzte Ramirez.

«In Ordnung.» Decker wandte sich an Marge. «Ich spreche mit dem Präsidium und versuche, eine Ausnahmegenehmigung zu bekommen. Du rufst inzwischen Frau Dr. Phyllis Birnbaum in Sherman Oaks an, erzählst ihr, was hier los war, und fragst sie, ob sie bereit wäre, Mrs. Adler in ihrer Praxis zu untersuchen. Noch heute nacht.»

Marge machte ein skeptisches Gesicht.

«Es ist gegen die Vorschriften, ich weiß, aber anders geht es offenbar nicht.» Decker wandte sich an Rav Schulman. «Ob wohl Mrs. Adler etwas dagegen hätte, wenn ein Bezirksarzt mit Dr. Birnbaum zusammenarbeiten würde?»

«Gegen einen Mann hätte sie ganz bestimmt etwas. Ich möchte mich jetzt entschuldigen, Detective. Die Pflicht ruft. Am Donnerstag halte ich um Mitternacht immer eine Vorlesung für meine fortgeschrittenen Studenten. Sie können gern das Telefon in der Mikwe benutzen.»

«Herzlichen Dank für Ihre Hilfe, Rabbi. Und wenn Sie Fragen haben oder einen Verdacht, rufen Sie mich bitte an, ja?»

Decker streckte die Hand aus, und der Rabbi schlug kräftig ein. «Dies ist unser Heim, Detective Decker. Zumindest so lange, bis wir alle im Heiligen Land sind. Wir lassen uns nicht von Rowdys einschüchtern. Und auch nicht von Sittlichkeitsverbrechern, Dieben oder Mördern. Wenn die Polizei uns nicht hinreichend schützen kann, werden wir es selbst tun.»

«Die Polizei ist auf Ihrer Seite, Rabbi», meinte Marge. «Leider haben wir wegen der Haushaltskürzungen einfach nicht so viele Leute zur Verfügung, wie wir gern hätten.»

«Ich habe schon Mrs. Lazarus gesagt, daß ein Sicherheitsschloß an die Tür gehört, Rabbi Schulman», ergänzte Decker. Und auch, daß der Zaun und das Tor verstärkt werden müßten. Es gibt da draußen leider so manchen, der etwas gegen Ihre Leute hat. Es wäre vielleicht keine schlechte Idee, einen Wachmann einzustellen.»

Der Rabbi nickte. «Besonders im Hinblick auf Mrs. Lazarus. Sie ist jeden Abend bis spätabends hier.»

«Vielleicht könnte ihr Mann sie abholen», schlug Marge vor.

«Sie ist Witwe. Ich könnte ihr einen meiner *bochrim* schicken, aber sie ist eine fromme Frau, es wäre ihr vielleicht nicht recht, allein mit einem Mann durch die Nacht zu gehen. Und ich bin zu alt, um gegen einen Angreifer noch viel ausrichten zu können.»

«Es gibt auch weibliches Wachpersonal», sagte Marge.

«Vielleicht bin ich zu optimistisch, aber ich hoffe noch immer, daß dies ein einmaliges Vorkommnis war.» Der Rabbi klopfte Decker auf die Schulter. «Ich muß zu meinen Schülern. Finden Sie diese Bestie, Detective.»

«Eigenartiger Fall», sagte Marge, als sie allein waren. «Glaubst du, daß es bei diesem einen Mal bleiben wird?»

Er überlegte einen Augenblick. «Nein. Nachdem er es einmal geschafft hat, möchte ich wetten, daß er es wieder probiert.»

Marge griente durchtrieben. «Eigentlich wäre es ja deine Pflicht und Schuldigkeit, die arme Witwe anzurufen und zu warnen.»

«Genau. Ich bin schließlich ein Cop, der seinen Beruf ernst nimmt.»

«Schlag sie dir aus dem Kopf, Pete. Wenn sie schon nicht mal mit einem Mann allein nachts nach Hause gehen will...»

Decker wurde ernst. «Und was machen wir, wenn Mrs. Adler nicht mitspielt? Dann stehen wir mit leeren Händen da. Wir sind bisher davon ausgegangen, daß sie nicht redet, weil sie traumatisiert und fromm ist. Vielleicht hat sie aber auch was zu verbergen.»

«Du meinst, es ist einer aus der Jeschiwa?»

«Oder ein Schlägertyp aus dem Ort, der sie unter Druck gesetzt hat. Im vorigen Jahr sind hier einige Studenten erpreßt worden.»

Marge zuckte die Schultern. «Ich hatte nicht den Eindruck, daß sie etwas verschweigt, Pete. Sie machte einen so netten Eindruck. Obgleich sie kein Wort gesagt hat.»

«Auf geht's, Marge. Ich rede über Funk mit den Leuten im Präsidium, du kannst inzwischen von hier aus mit Dr. Birnbaum telefonieren, und dann bearbeitest du Mrs. Adler. Jetzt kannst du mal wieder dein berühmtes Fingerspitzengefühl unter Beweis stellen.»

4

Rina hatte schon längst jede Hoffnung aufgegeben, in dieser Nacht noch Schlaf zu finden, als Decker anrief. Sarah Libba sei einverstanden, sich von Dr. Birnbaum untersuchen zu lassen, aber nur, wenn sie hinterher die Mikwe benutzen konnte. Würde sie so nett sein, noch einmal auszuhelfen?

Natürlich sagte sie sofort zu – auch wenn das bedeutete, daß sie die Nacht über wach bleiben mußte, zitternd vor Furcht, bei dem kleinsten Geräusch zusammenfahrend.

Sie stand auf und machte sich in der Küche noch eine Tasse Tee. Das Haus war nicht klimatisiert, und da sie sämtliche Fenster geschlossen hatte, herrschte eine Temperatur wie in einer Sauna. Ihre Sachen waren verschwitzt, unter dem *tichel* – dem Kopftuch, das sie trug, wenn sie unter Nichtjuden ging – war ihre Kopfhaut heiß und juckte. Trotzdem fröstelte sie.

Sie sah auf die Uhr. Fast zwei. Immerhin hatte sie die Wartezeit sinnvoll genutzt, indem sie für den Sabbat gekocht hatte. Köstliche Düfte erfüllten das Haus.

Die Kurzzeituhr am Herd schrillte. Rina fuhr zusammen, ihr Herz jagte. Dann gab sie sich einen Ruck und nahm den *kugel* aus dem Backofen. Trotz ihrer Sorgen war alles gut gelungen. Das Huhn war saftig und goldbraun, die sechs dick mit Mohn bestreuten *challahs* waren hoch aufgegangen, die Suppe mit dem vielen frischen Gemüse sah sehr appetitlich aus. Sie erwartete für Freitagabend Gäste zum Essen, die Kriegers mit ihren drei Kindern, dazu zwei ihrer Schüler aus der zehnten Klasse. Alles in allem waren sie dann zehn Personen. Bis morgen hoffte sie ruhig genug zu sein, um ihrer Rolle als Gastgeberin gerecht zu werden.

Draußen klingelte es, und Rina fuhr wieder zusammen. Vor der Tür standen der große rothaarige Kriminalbeamte und seine Kollegin. Sie bat die beiden herein.

Das winzige Wohnzimmer war mit Möbeln vollgestellt – Sofa, Beistelltisch, Sessel und Bücherregale mit hebräischen Schriften, an den Wänden Kunstgewerbliches zu jüdischen Themen und Familienfotos. Obgleich musterhafte Ordnung herrschte, beschlich Decker fast so etwas wie Platzangst – Gulliver im Lande Liliput. Er lockerte den Schlips und blieb auf der Schwelle stehen.

Marge schnupperte. «Wie gut das hier riecht!»

«Danke», sagte Rina nervös. «Ich mußte mich irgendwie beschäftigen.»

Decker sah, daß sie ihr Haar bedeckt hatte. «Wir sind Ihnen sehr dankbar für Ihre Unterstützung, Mrs. Lazarus. Es ist spät geworden, am besten gehen wir gleich los. Einer von uns bleibt hier bei den Kindern, der andere begleitet Sie zur Mikwe.»

Damit hatte er Rina die Wahl gelassen. Nach der Halacha hätte Decker im Haus bleiben und seine Kollegin sie begleiten müssen. Aber wenn die Kinder aufwachten, würde der Anblick eines Unbekannten sie mehr erschrecken als der einer fremden Frau.

Sie sagte ihm, welche Entscheidung sie getroffen hatte, und fühlte sich genötigt, auch die Begründung mitzuliefern.

Decker hielt ihr die Tür auf. Sie traten ins Freie. Es hatte sich etwas abgekühlt. Eine einsame Nachtigall ließ ihre Arie zum sternenübersäten Himmel aufsteigen, die Grillen stellten den Chor. Unwillkürlich ging Rinas Blick immer wieder zu Decker hinüber. Er merkte es und lächelte. Rasch senkte sie die Augen und sah zu Boden. Ihre Schritte kamen ihr unnatürlich laut vor. Schließlich hielt sie das Schweigen nicht mehr aus.

«Rav Schulman hat Ihnen also helfen können?»

«Ja, er war unbezahlbar.» Decker sah, daß sie gute drei Meter Abstand hielt.

«Er ist ein außergewöhnlicher Mann», sagte Rina. «Übrigens ist er nicht nur Rabbi, sondern auch Anwalt.»

«Ach ja?» Decker verlangsamte den Schritt. «Wo hat er denn studiert?»

«Erst in Europa, dann an der Columbia University. Das ist in New York.»

Decker lächelte. «Ich weiß.»

«Ja, sicher», sagte Rina verlegen. «Entschuldigen Sie. Ich bin ein bißchen durcheinander.»

Nach ein paar Schritten nahm Decker das Gespräch wieder auf. «Dann haben der Rabbi und ich gemeinsame Erfahrungen. Ich bin auch zunächst Anwalt geworden und habe diesen Beruf sogar ein halbes Jahr ausgeübt.»

«Wie interessant», sagte sie höflich.

Du bist ihr völlig egal, du Trottel. Also laß das Gerede und konzentrier dich auf deinen Job...

«Warum haben Sie aufgehört?» fragte Rina, als das neuerliche Schweigen fast schon mit Händen zu greifen war. «Wenn das keine zu persönliche Frage ist...»

«Aber nein. Ich wurde Polizist.»

«Ist die Reihenfolge sonst nicht umgekehrt?»

Das klang aufdringlich, fand sie. Du bist auch nicht besser als Chana, dachte Rina. Fragst einen wildfremden Mann aus...

Er lachte ein wenig. «Ja, das stimmt.»

Den Rest des Weges legten sie ohne ein weiteres Wort zurück.

Sarah Libba wartete mit einer Polizistin auf der Rückbank eines Streifenwagens. Dort nahm Rina sie in Empfang und brachte sie in die Mikwe, und Decker schickte den Streifenwagen weg.

Rina machte Licht. «Es wird etwa eine Dreiviertelstunde dauern», sagte sie zu Decker. Dann ging sie mit Sarah Libba ins Badezimmer und drehte den Heißwasserhahn auf. Zusammen sahen sie zu, wie das dampfende Wasser in die Wanne schoß. Rina war verlegen. Jetzt erst begriff sie, welche Schwierigkeiten die anderen während der *schiwa*, ihrer Trauerzeit um Yitzchak, mit ihr gehabt haben mochten. Sie hatte in diesen sieben Tagen sehr viel geredet. Es war ihr ein tiefes Bedürfnis, über ihren Mann und seinen Tod zu sprechen. Manche Freunde und Bekannte hatte sie mit ihren unablässigen Erzählungen von einem Toten sehr in Verlegenheit gebracht, andere wieder waren froh gewesen, daß sie bei dem Gespräch nicht die Initiative zu ergreifen brauchten. Wie würde es Sarah Libba wohl damit gehen?

«Es tut mir so leid, Sarah.»

Sarah Libba hatte Tränen in den Augen. «Dabei habe ich noch Glück gehabt. Ich danke *Hashem*, daß ich am Leben bin.»

Die beiden Frauen umarmten sich und weinten miteinander.

«Ich bin so froh, daß ausgerechnet du mich gefunden hast», flüsterte Sarah Libba. «Du weißt, was Kummer ist, und weißt damit umzugehen.»

«Ich bin froh, daß ich dir habe helfen können. War die Untersuchung schlimm?»

«Nein, es war wie eine normale Untersuchung bei der Frauenärztin.» Sarah versuchte zu lächeln, aber in ihrem Gesicht zuckte es schon wieder.

«Jetzt kann dir nichts mehr passieren», sagte Rina beschwichtigend und wiegte sie sanft in ihren Armen. «Es ist alles vorbei.»

«Vorbei wird es nie sein.» Sarah weinte noch ein bißchen, dann löste sie sich widerstrebend von Rina. «Jetzt geht es schon wieder. Läßt du mich bitte allein?»

«Ich stelle die Heizung an. Komm einfach heraus, wenn du soweit bist.»

Vierzig Minuten später kam Sarah, in ein weißes Tuch gehüllt, aus dem Nebenraum. Ihr Haar war tropfnaß, aber nicht mehr verfilzt, an den Füßen hatte sie Pappsandalen. Sie schlüpfte aus den Sandalen, trat auf die Badematte, ließ das Tuch fallen und stand nackt da.

Rina sah die schweren Blutergüsse auf der Brust, am Gesäß und am linken Schenkel. Trauer erfüllte sie.

Wie schon einmal an diesem Abend, absolvierten sie das vorgeschriebene Ritual. Rina sah nach, ob Sarahs Finger- und Zehennägel frisch geschnitten und sauber waren und an den Fußsohlen kein Schmutz mehr haftete. Die weichen Arme waren mit Schrammen und Kratzern übersät.

«Meinst du, ich darf mit diesen frischen Wunden die Mikwe überhaupt benutzen?» fragte Sarah mit schwankender Stimme.

Rina strich behutsam über die Verletzungen. «Der Schorf scheint festzusitzen. Ich glaube schon, daß es geht.»

Die halachische Debatte hatte – wie das erneute Tauchbad – mehr symbolische Bedeutung. Trotz der Vergewaltigung war Sarah Libba der Geschlechtsverkehr mit ihrem Mann erlaubt, das erste Bad dieses Abends hatte sie gereinigt.

Aber darum ging es Sarah ja im Grunde auch gar nicht. Es ging ihr um einen neuen Anfang, ging ihr darum, die schreckliche Tat ungeschehen zu machen.

Rina überzeugte sich davon, daß an Sarah Libbas Rücken, Brust und Armen keine losen Haare hängengeblieben waren. Dann stellte sie die Routinefragen. Hatte Sarah sich die Zähne geputzt? War sie auf der Toilette gewesen? Hatte sie alle Fremdkörper – Ringe, Ohrringe, Zahnprothesen, Kontaktlinsen – von ihrem Körper entfernt? Sarah bejahte alles fast automatisch, und Rina gab ihr die Erlaubnis, das Bad zu betreten.

Sarah stieg die acht Stufen hinab. Das Wasser bedeckte jetzt ihre Brüste. Als Rina ihr zunickte, tauchte sie mit offenem Mund und offenen Augen unter, bis das Wasser über ihrem Scheitel zusammenschlug, und tauchte wieder auf. Als Rina bestätigte, daß der Tauchvorgang ordnungsgemäß vollzogen war, wiederholte sie ihn noch zweimal. Dann reichte Rina ihr einen Waschlappen, Sarah bedeckte das Haar, sprach laut das vorgeschriebene Gebet, setzte noch ein paar Worte für sich hinzu und gab den Waschlappen zurück. Danach tauchte sie noch viermal unter und stieg aus dem Becken heraus. Rina hielt das Tuch mit weit ausgebreiteten Armen, so daß sie für Sarah nicht zu sehen war. Es ist das Vorrecht einer Frau, die aus der Mikwe kommt, sich völlig unbeobachtet zu fühlen.

Während Sarah sich anzog, räumte Rina auf, stellte die Heizung ab und knipste das Licht aus. Dann mußte sie wohl oder übel zu Decker in den Aufenthaltsraum gehen.

«Wie geht es Mrs. Adler? Hat sie etwas gesagt?»

«Ja. Aber nichts von – von dem Zwischenfall.»

«Meinen Sie, daß sie später einmal mit uns reden würde?»

«Das muß sie allein entscheiden.»

«Ja, ich weiß. Aber ich will ganz offen sein, Mrs. Lazarus. Wenn wir nichts Konkreteres in die Hand bekommen, werden wir den Kerl nie erwischen.»

Rina ging zum Wäscheschrank hinüber und machte sich an den ordentlich zusammengelegten Handtüchern und Laken zu schaffen. Wenig später kam Sarah Libba heraus. Sie hatte ein Kopftuch umgebunden. Ihr *scheitel* war zusammen mit den zerfetzten Kleidern als Beweismaterial einbehalten worden. Schweigend gingen sie zu den Häusern hinüber, die Frauen voraus, Decker als Nachhut.

Decker klopfte, und Zvi Adler kam zur Tür. Das schmale, langgezogene Gesicht mit dem dichten, hellbraunen Bart trug einen grimmig-entschlossenen Ausdruck. Er brachte seine Frau ins Haus und kam dann noch einmal vor die Tür, um sich bei Rina zu bedanken.

«Wenn sie etwas braucht, Zvi, ruf bitte an.»

«Ja, das werde ich tun», sagte er leise. Dann wandte er sich an Decker. «Sie sind der zuständige Beamte?»

Decker bejahte und gab dem jungen Mann seine Karte. Zvi warf einen Blick darauf und steckte sie in die Brusttasche.

«Sehen Sie zu, daß Sie diese Bestie finden, Detective Decker», zischte er. «Und wenn Sie den Kerl gefunden haben, verlange ich, daß Sie ihn nicht einfach verhaften oder ins Gefängnis stecken. Ich verlange, daß Sie ihn herbringen und mich eine Stunde mit ihm allein lassen. Nur so kann der Gerechtigkeit Genüge getan werden.»

«Ich brauche die Hilfe Ihrer Frau, um ihn zu finden, Mr. Adler.»

Es schien, als habe Zvi die Bemerkung gar nicht gehört. Einen Augenblick starrte er blicklos vor sich hin, dann sah er wieder auf. «Finden Sie den Mann und bringen Sie ihn mir.» Unvermittelt machte er kehrt und verschwand im Haus.

Sarah wird nichts sagen, dachte Rina. Die Ermittlungen werden im Sande verlaufen. Sie sah Decker an. Er dachte dasselbe, und sie spürte seine Hilflosigkeit. Sie gingen weiter.

«Es war eine lange Nacht», sagte Rina. «Haben Sie so was öfter?»

«Seit einiger Zeit, ja.»

«Sie bearbeiten die Serie von Vergewaltigungen in Foothill, nicht?»

Decker nickte.

«Es ist mir eben erst eingefallen, daß ich Ihren Namen schon in der Zeitung gelesen habe. Glauben Sie, daß es zwischen diesen Verbrechen und dem, was hier passiert ist, einen Zusammenhang gibt?»

«Das kann ich im Augenblick beim besten Willen noch nicht sagen.»

Sie hätte ihn gern noch so vieles gefragt, aber sie wußte genau, daß das nicht ging. Ein paar Meter vor ihrer Haustür blieb er unvermittelt stehen.

«Wenn Sie uns helfen wollen, können Sie dreierlei tun, Mrs. Lazarus. Erstens lassen Sie gleich morgen früh an der Mikwe ein Sicherheitsschloß anbringen. Zweitens: Seien Sie in den nächsten

Wochen besonders vorsichtig. Und drittens: Versuchen Sie, Mrs. Adler zu einer Aussage zu bewegen. Vielleicht ist sie bereit, mit meiner Kollegin zu sprechen, wenn sie zu mir kein Zutrauen hat.»

«Ich will sehen, was sich tun läßt.»

«Danke.» Decker schrieb eine Telefonnummer auf einen Zettel und gab ihn Rina. «Das ist meine Privatnummer. Ich möchte nicht, daß Sie nachts allein auf dem Gelände herumlaufen, solange die Jeschiwa keinen Wachdienst hat. Wenn Sie niemanden finden, der Sie begleiten kann, rufen Sie mich an, ich brauche nur eine Viertelstunde bis zu Ihnen. Auf ein paar Minuten meiner Freizeit kommt es mir nicht an, wenn ich damit vermeiden kann, wieder dienstlich hier aufkreuzen zu müssen.»

«Ich werde mich vorsehen.»

«Ich will Ihnen nicht in Ihre Glaubenssätze hineinreden, Mrs. Lazarus. Von Ihrem Rabbi weiß ich, daß Sie Witwe sind und daß Sie nicht gern mit einem Mann allein sind. Aber meiner Meinung nach kommt erst die persönliche Sicherheit und dann die Religion. Er könnte Ihnen bestimmt Dispens geben.»

Rina schwieg, und Decker wußte, daß er sich vergeblich bemüht hatte. Ohne Hollanders verflixtes Baseball-Match hätte er jetzt nicht noch ein ungelöstes Sittlichkeitsverbrechen am Hals. Aber nicht nur das beunruhigte ihn. Er spürte, daß er nicht zum letztenmal in dienstlicher Eigenschaft in der Jeschiwa war.

5

Rina saß an ihrem Tisch in dem stickigen Klassenzimmer. Von ihren Schülern waren nur die runden Käppchen zu sehen, mit gesenkten Köpfen saßen sie über der Klassenarbeit. Sie hatte die Aufgaben für anspruchsvoll gehalten, aber die Kinder schienen sie in Rekordzeit zu bewältigen. Es war eine Freude, mit so intelligenten Jungen zu arbeiten.

Sie konzentrierte sich wieder auf das Pentateuch, das aufgeschlagen vor ihr lag. Das Kapitel für diese Woche – die *parasche* – hatte sie schon durchgearbeitet, jetzt begann sie die *heftojre.* Sonntag war Neumond, die Lesung würde die Freundschaft zwischen David und Jonathan zum Thema haben. Diese Geschichte von unwandelbarer Liebe und Treue war eine von Rinas Lieblingserzählungen aus der Thora; sie selbst hatte eine solche Beziehung nie erlebt. Nicht einmal mit Yitzchak. Dessen große Liebe war immer die Thora gewesen.

Die Rabbis betrachteten seinen durchdringenden Verstand als ein Gottesgeschenk. Er war ihr Vorzeigeschüler, einer der wenigen echten *talmid chacham*. Sie hatten viel Aufhebens um ihn gemacht, aber das war ihm nie zu Kopf gestiegen. Ihm ging es nicht um Lob, sondern nur um den Erwerb von Wissen.

Rina war von Yitzchaks geistigen Fähigkeiten sehr beeindruckt gewesen, als sie sich kennenlernten, und um mit diesem leibhaftigen Genie zusammenzusein, hatte sie auch seine Eigenarten in Kauf genommen. Yitzchak war ein warmherziger Mensch und guter Vater gewesen, aber eine gewisse Distanz in ihrer Beziehung war immer bestehengeblieben.

Daß ausgerechnet ein Gehirntumor seinem Leben ein Ende gesetzt hatte, war eine grausame Ironie des Schicksals. Rina spürte, wie sich wieder Trauer in ihr regte. Als sie von ihrem Text aufsah, traf ihr Blick den rotblonden Jungen in der Ecke, der, seit er ins Klassenzimmer gekommen war, noch keine Miene verzogen hatte. Yossie sah seinem Vater Zvi sehr ähnlich, und auf seinem Gesicht lag der gleiche schmerzlich-benommene Ausdruck wie in der vergangenen Nacht auf Zvis Zügen. Gesagt haben sie es ihm bestimmt nicht, dachte Rina, aber er weiß es. Die älteren Kinder wittern immer, wenn etwas nicht in Ordnung ist.

Die Klassenbesten hatten ihre Arbeiten schon abgegeben, und Rina überlegte, daß sie sich bei ihnen eigentlich die Mühe des Korrigierens sparen konnte. Fehler würde sie in diesen Arbeiten schwerlich finden. Bald kamen auch die anderen Jungen mit ihren Blättern, nur noch Yossie saß auf seinem Platz und starrte ins Leere.

«Yossie», sagte sie sanft. «Geh nach Hause. Nimm die Arbeit mit und mach sie fertig, wenn dir danach ist. Ich weiß, daß ich mich auf dich verlassen kann.»

«Danke», sagte er leise. Er stand auf, stopfte die Blätter in seine prall gefüllte Aktentasche und ging hinaus.

Rina kam als letzte zur Konferenz. Dreimal im Semester setzte sie sich mit den anderen beiden weltlichen Lehrern zu einer Besprechung des Lehrplans zusammen. Rina war für Mathematik zuständig, die beiden Kollegen für Geisteswissenschaften und für die naturwissenschaftlichen Fächer.

Matt Hawthorne war Lehrer für Geschichte und Englisch. Er war Mitte Zwanzig, nicht sehr groß, dunkel gelockt, mit einem Gesicht wie ein freundlicher Kobold. Er war immer zu Scherzen aufgelegt und deshalb besonders beliebt bei den weniger braven Schülern.

«Willst du nicht die Tür zumachen, Rina?» fragte er.

«Ich lasse sie lieber offen», antwortete sie automatisch.

In Hawthornes Augen blitzte es belustigt auf. «Müssen denn unbedingt alle Schüler unsere Berufsgeheimnisse mitbekommen?»

Rina seufzte. Matt wußte genau, daß sie aus religiösen Gründen nicht gern mit den Männern hinter verschlossener Tür tagte, aber er zog sie trotzdem immer wieder damit auf. Meist nahm sie es nicht krumm, doch heute war ihr nicht nach Frotzeleien zumute.

Steve Gilbert kam ihr zu Hilfe. «Berufsgeheimnisse? Daß ich nicht lache. Laßt ruhig die Tür offen, bei dieser Hitze ist man ja für jeden Luftzug dankbar.»

Rina kam mit beiden Kollegen gut aus, aber Steves ruhige Art lag ihr mehr. Er war Mitte Dreißig und Brillenträger. Sein Haar lichtete sich bereits, aber sein Gesicht wirkte noch jugendlich. Wie Matt unterrichtete er an einer staatlichen Schule und besserte mit der Arbeit an der Jeschiwa am späten Nachmittag sein Gehalt ein wenig auf.

Die Besprechung der anstehenden Probleme verlief reibungslos. «Machen wir Schluß für heute?» fragte Rina.

Matt sah nach unten. Sein Auge zuckte – ein nervöser Tick, den Rina schon an ihm kannte. «Was gibt's, Matt?»

«Es hat nichts mit dem Lehrplan zu tun. Ich habe gehört, daß hier letzte Nacht etwas vorgefallen ist. Eine Frau soll vergewaltigt worden sein.»

«Wo hast du das gehört?»

«Es wird da so einiges gemunkelt. Angeblich war Yossie Adlers Mutter das Opfer. Stimmt das?»

«Ja, aber ich möchte nicht darüber sprechen, Matt. Es ist zum Glück noch einmal glimpflich abgegangen.»

«Da bin ich aber froh», sagte Hawthorne. «Man kann ja heute keine Zeitung mehr aufschlagen, ohne daß einem in dicken Schlagzeilen eine neue Untat des Sittenstrolchs von Foothill vorgesetzt wird. Hör zu, Rina. Wir wissen, daß du allein stehst und deshalb besonders angreifbar bist. Wenn du uns brauchst, kannst du uns jederzeit anrufen.»

«Danke. Wenn sonst nichts mehr zu besprechen ist, würde ich jetzt gern heimgehen.»

Sie stand auf. Matt Hawthorne rückte ihren Stuhl ab.

«Wie ritterlich», bemerkte Gilbert ziemlich frostig.

«Ja, meine Mami hat mich gut erzogen, Stevie.»

«Das hätte ich fast vergessen, Rina.» Gilbert kramte in seiner Aktentasche herum und holte ein paar Computerbogen heraus. «Nimm das doch bitte deinen Jungs mit. Es sind die Programme, die sie gestern im Computerclub geschrieben haben, ich habe sie heute früh durchlaufen lassen.»

«Und sie haben funktioniert?» Rina nahm ihm die Bogen ab.

«Natürlich haben sie funktioniert.»

Rina war der mütterliche Stolz anzusehen. «Unsere Kinder kommen heute offenbar schon intelligenter auf die Welt. Aber sie haben auch bessere Lehrer.»

Gilbert nahm das Kompliment mit einem Nicken zur Kenntnis und stand ebenfalls auf. Alle drei schwiegen einen Augenblick verlegen.

«Gut, daß dir nichts passiert ist», sagte Hawthorne.

«Dank dir schön für deine Fürsorge.»

«Soll ich dich nach Hause bringen?» fragte Gilbert.

«Danke, aber das ist wirklich nicht nötig. Mit Übervorsicht macht man sich nur verrückt.»

Es gab zwar in der Synagoge keine feste Sitzordnung, aber es hatte sich trotzdem eingebürgert, daß jeder seinen bestimmten Platz hatte. Rina saß meist in der ersten Reihe der Galerie, die den Frauen vorbehalten war.

Sie sah Zvi vorn am Podium *davenen.* Rechts von ihm stand Yossie mit verlorenem Gesichtsausdruck, daneben seine beiden kleinen Brüder, die sich hin und wieder ein bißchen schubsten.

Nicht nur Rina, sondern alle Frauen, die gestern in der Mikwe gewesen waren, starrten Zvi an. Der «Zwischenfall» war das vorherrschende Thema der geflüsterten Unterhaltung auf der Galerie. Auch Rina versuchten die anderen Frauen ins Gespräch zu ziehen, aber ihr widerstrebte der müßige Klatsch, und sie konzentrierte sich auf ihren hebräischen Text. Heute betete sie mit besonderer Hingabe. Das Schicksal liegt wahrlich in der Hand des Höchsten, dachte sie. Aber sie würde das Ihrige dazu tun, indem sie dem Rat des Kriminalbeamten folgte und kein Risiko einging. Meist kehrte sie mit ihren Söhnen nach dem Gottesdienst so schnell wie möglich heim, um die letzten Vorbereitungen für das Schabesessen zu treffen. Heute wartete sie auf ihre Gäste, und sie gingen alle zusammen.

Der Tisch war festlich gedeckt, Rinas bestes Silber funkelte im warmen Licht der Sabbatkerzen. Das Essen war reichlich und gut. Es wurde gesungen und erzählt, die Kinder berichteten über lustige Begebenheiten der vergangenen Woche, Rinas Schüler gaben eine kurze Talmudlektion. Nach dem Gebet, mit dem das Essen endete, wurde wieder gesungen.

Das festliche Zusammensein dauerte bis Mitternacht. Als die Gäste gegangen waren, konnte Rina die übermüdeten Jungen kaum bändigen. Doch geduldig brachte sie die Kinder mit einer Gutenachtgeschichte und viel Zärtlichkeit zur Ruhe. Als sie in der Küche aufgeräumt hatte, war es halb zwei.

Jetzt schlüpfte auch sie unter die Decke und schlief sofort ein. In den frühen Morgenstunden riß ein durchdringender Schrei sie aus dem Schlaf. Sie sprang aus dem Bett und lief ins Kinderzimmer. Die beiden Jungen schliefen fest. Noch einmal überprüfte sie die Türschlösser, konnte sich aber nicht aufraffen, aus dem Fenster zu schauen. Wieder hörte sie die Schreie, dann Schritte auf dem Dach. Diese verflixten Katzen!

Die nachfolgende Stille war zutiefst unheimlich. Mit jagendem Herzen legte Rina sich wieder ins Bett und starrte auf die Schatten an der Wand, bis ihr vor schierer Erschöpfung die Augen zufielen.

6

«Steckst du mir mal meine *kipah* fest, Ima?» fragte Shmuel.

Rina legte die Zeitung aus der Hand, befestigte das widerspenstige Käppchen mit vier Haarklemmen in den kurzen Locken und gab ihrem kleinen Sohn einen zärtlichen Kuß auf die salzigfeuchte, samtweiche Wange.

Er bedankte sich und lief zu seinen Spielfiguren, wo das Team von G. I. Joe gerade erbarmungslos den Mächten der Finsternis den Garaus machten. Kinder urteilen viel rigoroser als Erwachsene, dachte Rina. Wenn es nach ihnen ginge, wäre jedem Verbrecher die Todesstrafe sicher.

Sie schlug die Zeitung wieder auf, und die Schlagzeile sprang ihr förmlich ins Gesicht. Merkwürdig, daß sie die Meldung erst jetzt sah. Der Sittenstrolch von Foothill hatte wieder zugeschlagen. Im zweiten Absatz war Deckers Name genannt.

Sie legte die Zeitung beiseite und trank langsam ihren Kaffee. Seit der Vergewaltigung vor der Mikwe waren fast zwei Wochen vergangen. Die ärgste Furcht hatte sich gelegt, in der Jeschiwa war wieder der Alltag eingekehrt – mit dem Unterschied, daß die Mikwetür jetzt ein Sicherheitsschloß hatte und die Frauen sich nach dem rituellen Bad von ihren Männern heimbringen ließen.

Rina war zunächst meist mit der letzten Frau, die das Bad benutzte, nach Hause gegangen. Das bedeutete aber, daß sie entweder am nächsten Tag zum Saubermachen früher kommen mußte als gewöhnlich oder daß schon jemand wartete, während sie noch die Böden scheuerte. In letzter Zeit war sie leichtsinnig geworden und manchmal auch wieder allein nach Hause gegangen. Ein paarmal war sie drauf und dran gewesen, Decker anzurufen, weil sie draußen verdächtige Geräusche gehört hatte, aber dann hatte sie es doch gelassen, weil sie ihn nicht umsonst bemühen mochte.

Als sie jetzt seinen Namen schwarz auf weiß sah, hätte sie ihn zu gern gefragt, wie weit der Fall gediehen war. Aber in dem kleinen Haus war es unmöglich, ein Telefongespräch zu führen, ohne daß die Kinder mithörten. Sie würde sich gedulden müssen.

Als die Jungen aus dem Haus waren, hielt sie einen Augenblick unschlüssig den Hörer in der Hand, legte ihn dann aber wieder auf die Gabel. Vielleicht war die Zeit nicht günstig. Nach diesem neuen Fall wußte er wahrscheinlich vor Arbeit nicht, wo ihm der Kopf stand. Rina machte sich noch eine Tasse Kaffee und überlegte. Als Staatsbürgerin hatte sie gewisse Rechte und Pflichten. Finanzierte sie nicht mit ihren Steuern auch die Polizei? Sie hatte sogar gegen eine Steuersenkung gestimmt, die eine Reduzierung der Dienstleistung von Polizei und Feuerwehr bedeutet hätte. Rina gab sich einen Ruck und wählte die Dienstnummer, die er ihr gegeben hatte. Vielleicht war er gar nicht im Büro...

Als er sich nach dem zweiten Klingeln meldete, verschlug es ihr einen Augenblick die Sprache, so daß er noch einmal nachfragen mußte. «Hallo?»

«Hier Rina Lazarus. Ich weiß nicht, ob Sie sich noch an mich erinnern...»

«Aber natürlich. Was kann ich für Sie tun, Mrs. Lazarus?»

Es war ihr jetzt schon peinlich, daß sie ihn angerufen hatte. «Ich wollte nur wissen, was Sie in unserem Fall erreicht haben.»

Sie hörte Decker stöhnen – oder bildete sie sich das nur ein? «Ich will ganz ehrlich sein, Mrs. Lazarus. In Ihrem Fall sind uns die Hände gebunden. Mrs. Adler war nicht bereit, eine Aussage zu machen, wir haben also keinerlei konkrete Hinweise. Den Täter erwischen wir höchstens durch Zufall, wenn er sich wieder etwas zuschulden kommen läßt und bei der Vernehmung auch den Überfall in der Jeschiwa zugibt.»

Rina schwieg.

«Ist alles ruhig bei Ihnen?» fragte Decker.

«Ich höre ab und zu mal komische Geräusche, aber passiert ist nichts.»

«Und Sie lassen sich auf dem Heimweg begleiten?»

«Ja, meistens. Die Tür zur Mikwe hat jetzt ein Sicherheitsschloß.»

«Sehr gut. Kann ich sonst noch was für Sie tun?»

«Eigentlich nicht.» Sie zögerte einen Augenblick. «Angenommen, Mrs. Adler würde zu Ihnen kommen, um eine Aussage zu machen. Könnten Sie dann an dem Fall weiterarbeiten?»

«Es wäre ein Anfang.»

«Ich will sehen, was sich tun läßt, Detective Decker.»

7

Michael Hollander war um die fünfzig. Er hatte eine Glatze, ein stets gerötetes Gesicht und eine Leibesfülle, bei der er gut und gern zehn Zentimeter größer hätte sein dürfen. Nachdem er sich die neunte Tasse Kaffee an diesem Tag eingeschenkt hatte, legte er Decker eine schwere Hand auf die Schulter.

«Eine Lady aus der Judenschule wartet draußen.»

Decker erledigte rasch sein Telefongespräch, dann sah er auf die

Uhr. Sie waren pünktlich. Aber Hollander hatte nur von einer Lady gesprochen. Die andere hatte offenbar kalte Füße bekommen.

Rina hatte das dunkle Haar unter einer weißen Strickmütze versteckt, aber sie hatte ein leichtes Make-up aufgelegt und sah noch genauso reizvoll aus, fand Decker, wie bei ihrer ersten Begegnung. Er brachte sie zu seinem Schreibtisch, und sie sah sich neugierig um.

Ein bißchen anders hatte sie sich ein Polizeirevier schon vorgestellt. Betriebsamkeit und ein ständiges Kommen und Gehen hatte sie erwartet, nicht aber diese drangvolle Enge. Zwischen den Metallschreibtischen und den Schränken, in denen sich bunt markierte Akten stapelten, konnte man sich kaum drehen. Auf einem angerosteten Tisch in der Ecke stand ein kleiner Computer. An den Wänden hingen Fahndungsplakate, eine Übersichtskarte des Bezirks und eine weitere Karte, die mit bunten Stiften gespickt war. Rechts stand die Kaffeemaschine. Die Beamten trugen helle, kurzärmelige Hemden, die Schlipse gelockert, zerknautschte Hosen und abgestoßene Schuhe. Nur an den Schulterhalftern erkannte man, daß man es mit Polizisten zu tun hatte. Die Ventilatoren liefen auf Hochtouren, spendeten aber nur ein Mindestmaß an Kühle.

Decker holte einen Stuhl für Rina. Auf seinem Schreibtisch häuften sich Akten, daneben standen eine mechanische Schreibmaschine und ein schwarzer Telefonapparat mit Leuchtknöpfen. «Wo ist denn Mrs. Adler?» fragte er.

Rina senkte die Stimme. «Sie wollte nicht mitkommen.»

«Ich kann Sie kaum verstehen.»

«Können wir vielleicht in ein Nebenzimmer gehen?»

«In unseren Vernehmungsräumen herrscht Saunatemperatur. Ideal, wenn man einen Täter in die Zange nehmen möchte.»

Rina rutschte unruhig auf ihrem Stuhl herum.

«Wenn Sie wollen, mache ich heute früher Mittagspause», schlug Decker vor. «Dann können wir zusammen essen und ungestört miteinander reden.»

Sie standen auf und gingen zur Tür. Ein dicker Cop pfiff, eine Pfeife zwischen die Zähne geklemmt, anerkennend hinter ihr her.

Decker startete den Plymouth. «Wo möchten Sie essen?»

Rina zögerte. «In ein Restaurant kann ich nicht gehen, weil dort nicht koscher gekocht wird. Ich habe mir etwas mitgebracht.» Sie deutete auf eine Tüte.

Also wieder mal Hamburger, dachte er resigniert. «Kein Problem. Ich fahre bei McDonalds vorbei und hole mir was.»

«Ich habe reichlich mit, weil ich mit Mrs. Adler gerechnet hatte», sagte Rina schüchtern.

Decker lächelte. «Auch recht.»

«Es wäre mir lieber, wenn wir nicht im Wagen essen würden», setzte sie verlegen hinzu.

«Auch das läßt sich machen.»

Sie fuhren zu einem verwahrlosten Park mit verbranntem Gras und vergrautem Sand in der Spielkiste. Im Schatten eines Baumes mit breit ausladenden Zweigen standen ein paar windschiefe Holzbänke. Zwei nackte Kinder liefen durch einen Regner, der ohne viel Erfolg ein Beet mit welken Tagetes wässerte. Die Großmutter der Kinder saß strickend in der Nähe. Es war heiß, über dreißig Grad, und Smog hing in der Luft, aber durch die lockeren Zweige kam eine sanfte Brise, die ein wenig Erleichterung brachte.

Rina wußte wohl, daß es sich eigentlich nicht gehörte, mit diesem Mann allein zu sein, aber sie hatte das Bedürfnis, etwas zur Ergreifung des Täters zu tun. Im Interesse der Allgemeinheit und um selbst wieder Ruhe zu finden. Als sie sich gesetzt hatten, winkte die alte Frau Decker zu, der den Gruß erwiderte. Rina griff in ihre Tüte. «Ich habe Hamburger gemacht.»

«Einverstanden. Ich mag Hamburger.»

«Und Krautsalat.»

«Ich mag Krautsalat.»

«Sie sind sehr entgegenkommend.» Rina lachte.

«Das hängt immer von den Umständen ab...»

«Da habe ich ja Glück gehabt. Sie reichte ihm ein großes, mit gebratenem Hackfleisch gefülltes Zwiebelbrötchen.

Decker besah es sich nachdenklich. «So also kann ein Hamburger aussehen. Wer sich jahrelang nur in Fast-Food-Ketten ernährt hat, vergißt das leicht.» Er nahm einen kräftigen Bissen. Der Saft spritzte ihm über Kinn und Schnurrbart.

«Ich habe Servietten mitgebracht.»

«Die werde ich brauchen können.»

Rina wickelte ein paar gelbliche Würfel aus. «Das ist ein *kugel*. Aus Kartoffeln.»

«Ich mag Kartoffeln.» Er nahm einen Happen und überlegte. «Wissen Sie, wie das schmeckt? Wie eine besonders dicke *latke*.»

Sie sah ihn überrascht an. «Das ist es auch.»

«Nicht schlecht für einen Goj, was? Meine geschiedene Frau war Jüdin. Allerdings nahm sie es nicht so genau damit wie Sie. Schon ihre Eltern waren sehr amerikanisiert. Aber die Großeltern väterlicherseits hatten an den alten Sitten festgehalten. Die Großmutter meiner Frau hat mir immer *latkes* gemacht.»

«Waren sie gut?»

«Spitze.»

Rina goß aus einer Thermoskanne Orangensaft ein. Sie hatte ihren Hamburger noch nicht ausgepackt.

«Essen Sie nichts?» fragte er.

«Doch, gleich.»

Sie holte einen Pappbecher aus ihrer Tüte und ging damit zu dem Regner, füllte ihn und goß sich das Wasser über die Hände.

«Sehr hygienebewußt», meinte Decker lächelnd. «Das gefällt mir an einer Frau.»

Sie nickte flüchtig, dann murmelte sie etwas vor sich hin und biß in ihr Brötchen.

«Das sollte ein Scherz sein», erläuterte Decker.

«Ich weiß, aber ich konnte nicht gleich antworten, weil ich den Segen gesprochen habe. Zwischen der Handwaschung und dem Brotbrechen dürfen wir nicht sprechen. Detective Decker –»

«Warum nennen Sie mich nicht Peter? Ich kenne eine Menge Leute, die mich beim Vornamen nennen und die mir lange nicht so sympathisch sind wie Sie.»

«Einverstanden. Sie können mich Rina nennen.»

Sie wurde ernst. «Ich habe Mrs. Adler nicht dazu bewegen können, mich zum Revier zu begleiten. Aber sie möchte der Polizei gern helfen.»

«Und wie hat sie sich das vorgestellt?»

«Ich habe allein mit ihr sprechen können, und sie hat mir den Tathergang genau geschildert.»

Decker hörte auf zu essen. «Wenn die Aussage nicht unmittelbar von ihr kommt, ist sie für uns wertlos.»

«Das ist mir klar. Wenn Sie einen Verdächtigen haben, ist sie vielleicht sogar zu einer offiziellen Aussage bereit. Aber sie will sich nicht vorzeitig exponieren.»

«Sie würde sich nicht exponieren, es wäre ein simples Gespräch...»

«Sie kann sich nicht dazu überwinden, mit Wildfremden darüber zu reden. Und wenn Sie Sarah Libba anrufen und ihr sagen würden, daß ich Ihnen alles erzählt habe, würde sie glatt ableugnen, je mit mir darüber gesprochen zu haben. Wir sind Fremden gegenüber sehr zugeknöpft.»

«Na gut, lassen Sie hören.»

Rina holte tief Luft. «Sarah – ich meine Mrs. Adler – hatte die Mikwe verlassen und war ein paar Schritte gegangen, als dieser Mensch, der Täter oder wie man ihn nennt...»

«Der Angreifer.»

«– als der Angreifer sie von hinten packte. Sie schrie, und er schlug ihr ins Gesicht. Als sie wieder schrie, stopfte er ihr etwas in den Mund, eine Socke oder einen Handschuh, etwas Pelziges. Sie wäre fast daran erstickt.»

«Hat sie sich den Mann ansehen können?»

«Er trug eine Skimaske und hatte etwas Dunkles an. Dann hat er ihr das Kleid vom Leib gerissen und sie an den Haaren gezogen. Dabei hat Sarah die Perücke vom Kopf verloren, und das hat ihn aus irgendeinem Grund noch wütender gemacht. Er hat die Perücke weggeworfen, Sarah mit sich geschleppt und geschlagen.»

«Hat er etwas gesagt?»

«Nicht direkt zu Sarah. Er hat nur immer vor sich hingebrabbelt: Dieses Luder, dieses gemeine Luder...»

«Wie klang seine Stimme?»

«Rauh. Irgendwie heiser.»

«Hatte Mrs. Adler sie schon mal gehört?»

«Das habe ich nicht gefragt. Ich möchte annehmen, daß sie es erwähnt hätte. Richtig, das hätte ich fast vergessen. Er hat gesagt, daß er eine Waffe hat.»

«So? Das ist aber eine ganz wichtige Information.»

«Sarah hätte mir nicht erlaubt, daß ich mir Notizen mache, ich muß mich ganz auf meine Erinnerung verlassen», verteidigte sich Rina. Decker begriff, daß sie seine Bemerkung als Kritik aufgefaßt hatte, und lenkte sofort ein.

«Sie machen Ihre Sache sehr gut. Hat er ihr gedroht, sie zu erschießen?»

«Nein. Er sagte nur: ‹Ich habe eine Waffe!›, und dann spürte Sarah etwas Kaltes an der Schläfe. Schließlich hörte er auf, sie zu schlagen, riß ihr die Unterwäsche herunter und...»

«Lassen Sie sich nur Zeit.» Decker schenkte ihr Saft nach.

«Danke.» Sie nahm einen Schluck. «Das... das ist für mich nicht leicht. Er – er versuchte es von hinten mit ihr zu machen, aber er war nicht erregt genug.»

«Hat sie seinen Penis gesehen?»

«Das weiß ich nicht. Sie hat kaum gespürt, wie er in sie eindrang.»

Was Rina da sagte, stimmte mit dem medizinischen Befund überein. In der Vagina waren weder Sperma noch Samensekret gefunden worden und nur ein paar Tropfen Samensekret in der Analregion.

«Konnte sie sich erinnern, ob der Mann ejakuliert hat?» fragte Decker.

«Sie hat gemerkt, wie etwas Warmes, Feuchtes an ihrem Bein herunterlief.»

Hätte sich die Ärztin das Bein des Opfers genauer angesehen, hätte sie eine Probe nehmen können, die genaueren Aufschluß über den Spermatyp hätte geben können. Das kam dabei heraus, wenn man mit Amateuren arbeiten mußte.

Decker verbarg seinen Ärger, so gut er konnte. «Erzählen Sie weiter.»

«Als er fertig war, hat er gesagt, er wüßte, wer sie sei, und wenn sie reden würde, müßte er sie umbringen. Dann hat er wieder angefangen, sie zu schlagen, aber da bin ich aus dem Haus gekommen, und Sarah meint, daß ihn das wohl erschreckt hat. Als er meine Stimme hörte, rannte er davon.» Rina fröstelte.

Decker steckte seinen Block weg.

«Detective Decker –»

«Peter.»

«Peter, gibt es Ähnlichkeiten mit den Sittlichkeitsverbrechen von Foothill?»

Gewisse Parallelen waren vorhanden – die versuchte anale Penetration, die mißlungene Erektion –, aber anderes wieder paßte nicht auf den früheren Täter. Die Skimaske beispielsweise. Und Mrs. Adler hatte keine hochhackigen Schuhe, sondern Sandalen angehabt. Er mochte sich nicht festlegen.

«Vielleicht, vielleicht auch nicht.»

«Bitte sprechen Sie nicht in Rätseln!»

«Wir wissen zur Zeit auch über den Sittenstrolch von Foothill nur sehr wenig.»

«Das muß eine große Belastung für Sie sein.»

«Belastung ist noch stark untertrieben.» Er zündete sich eine Zigarette an. «Normalerweise arbeite ich unter Druck besonders gut, aber in letzter Zeit war's doch ein bißchen happig. Entschuldigen Sie mich einen Moment.»

Decker ging zu der strickenden Großmutter hinüber, neben der ein magerer puertoricanischer Junge mit bräunlich-fahler Gesichtshaut aufgetaucht war. Als Decker näher kam, wich er zurück.

«Hey, Mann, ich mach doch gar nichts.»

«Hey, Ramon, ich hab ja gar nicht behauptet, daß du was machst. Ich wollte nur mal guten Tag sagen.»

Der Junge schniefte und wischte sich mit dem Ärmel über die Nase. «Seit wann darf man nicht mehr in 'nem öffentlichen Park rumlaufen? Ich hab schließlich auch meine Rechte.»

«Klar hast du deine Rechte. Ich wollte nur mal nachsehen, ob auch Mrs. Sanchez zu ihrem Recht kommt.»

Die strickende Großmutter lächelte freundlich.

Decker tippte dem Jungen auf die eingesunkene Brust. «Hau ab, Ramon. Und laß dich hier nicht noch einmal sehen.»

«Hey, Mann, ich geh ja schon.»

Decker sah dem Jungen nach, bis er verschwunden war, dann ging er zu Rina zurück. «Ein Junkie. Die suchen sich am liebsten wehrlose Leute wie die nette alte Señora dort drüben aus, von denen sie keine Verfolgung zu fürchten haben. Dann klauen sie die Geldbörse und sind ohne viel Aufwand um ein paar Dollar reicher.»

«Schreckliche Zustände», sagte Rina. «Bisher haben wir uns eingebildet, daß uns all diese weltlichen Dinge nichts anhaben können.»

«Das war leider ein Trugschluß. Wissen Sie was? Ich würde Sie gern wiedersehen.»

Rina antwortete nicht.

«Wenn Sie sich nicht zum Essen einladen lassen, wie wär's dann mit einem Drink? Oder wir könnten mal tanzen gehen...»

«Ich glaube nicht, daß das möglich ist.»

Decker verzog keine Miene. «Tja, dann machen wir uns wohl jetzt am besten auf den Rückweg.»

«Das geht nicht gegen Sie persönlich, Peter. Sie haben die Welt gesehen, in der ich lebe. Sie müssen das verstehen.»

Sie wandte sich ab. Decker starrte auf ihr Profil und kämpfte mit einem heftigen Gefühl der Enttäuschung.

«So? Muß ich das? Dann begreife ich aber beim besten Willen nicht, wieso Sie sich die Mühe gemacht haben, zu mir zu kommen. Was Sie mir gesagt haben, hätten Sie ebensogut telefonisch erledigen können. Statt dessen locken Sie mich aus dem Revier, laden mich zum Essen ein...»

«Es tut mir leid. Ich dachte mir, daß es Ihnen ganz lieb ist, da mal rauszukommen und die Spannung ein bißchen abzubauen. Ich habe Ihnen nur einen Gefallen tun wollen.»

«Geschenkt. Gehen wir.»

«Ich muß noch das Dankgebet sprechen.»

Decker sah auf die Uhr. «Machen Sie's kurz.»

«Seien Sie mir nicht böse», sagte sie, als sie zu Ende gebetet hatte.

«Ich bin nicht böse», erwiderte er frostig. «Nur enttäuscht. Aber ich verstehe schon. Ich bin ein Goj, Sic sind Jüdin, da gibt's nichts mehr zu sagen.»

Er fuhr sehr schnell und schien immer noch verärgert zu sein, aber Rina sagte nichts. Er hatte recht. Sie hatte falsche Hoffnungen in ihm geweckt, und das war ihr sehr unangenehm. Sie hätte nie ins Revier kommen, sie hätte nie die Jeschiwa verlassen dürfen.

Er überfuhr bei Gelb eine Ampel, und ein Streifenwagen holte ihn ein.

«Trottel», knirschte er und trat auf die Bremse. Der Fahrer des Streifenwagens sah zu ihm hinüber. «Entschuldige, Pete. Mein Partner ist neu, er hat deinen Wagen nicht erkannt.»

«Schon gut. Aber wenn ihr so sehr darauf brennt, in Aktion zu treten, Doug, kann ich euch Ramon Gomez empfehlen. Ich hab ihn im Areta Park überrascht, wie er sich gerade die Geldbörse der alten Sanchez schnappen wollte. Der Junge scheint dringend einen Schuß zu brauchen. Ich habe ihm Beine gemacht, aber wahrscheinlich drückt er sich noch irgendwo in der Gegend herum.»

«Das haben wir gleich.» Der Streifenwagen brauste davon.

Fünf Minuten später standen sie vor Rinas altem Volvo. «Es tut mir wirklich leid, wenn ich den Eindruck erweckt habe –»

Decker schüttelte den Kopf. «Jeder hört das, was er gern hören will, ich bin da keine Ausnahme. Ich hätte Ihnen nicht unterstellen dürfen –»

«Nein, wirklich nicht – ich meine, Sie haben mich nicht gekränkt.»

«Das freut mich.» Er lächelte, und das schien sie zu erleichtern. «Passen Sie schön auf sich auf. Meine Telefonnummern haben Sie noch?»

«Sie hängen bei mir zu Hause neben dem Telefon und in der Mikwe auch.»

«Sie können mich jederzeit anrufen. Ich hoffe in Ihrem Interesse, daß es nicht nötig sein wird.»

8

Als er wieder am Schreibtisch saß, arbeitete Decker die Notizen durch, die er sich von seinem Gespräch mit Rina gemacht hatte, brachte ein paar Verbesserungen und Ergänzungen an und heftete die Blätter in der Akte Adler ab. Da hatte er sich ja ganz schön lächerlich gemacht. Seine Aufgabe war es, in einem Fall von Vergewaltigung zu ermitteln. Kein Mensch hatte von ihm verlangt, einen Annäherungsversuch bei einer Frau zu starten, die erstens fromm und zweitens zwölf Jahre jünger war als er.

Er griff nach einem Bleistift und begann gedankenvoll damit zu spielen. Schluß mit dem Selbstmitleid, befahl er sich. Ist alles halb so wild. Aber das gute Zureden half nicht. Er kam sich alt und schäbig vor.

Das Telefon läutete. Er atmete tief ein. «Decker!»

Am anderen Ende hörte man lautes Surren. «Hi», sagte jemand. Eine Frauenstimme, jung, höchstens um die zwanzig.

Decker trommelte mit dem Bleistift auf die Schreibtischplatte. «Was kann ich für Sie tun?»

«Sind Sie der Beamte, der diese Sittlichkeitsverbrechen in Foothill bearbeitet?»

Decker schnellte hoch und angelte sich einen Zettel. «Ja, das bin ich, Mrs. –?»

«Es geht um die letzte Frau, die vergewaltigt worden ist, die Bibliothekarin...»

«Ja?» sagte Decker ermutigend. Die Anruferin war über dem summenden Hintergrundgeräusch kaum zu verstehen.

«Wie hieß sie doch gleich, Ball oder Bell... Es stand in der Zeitung...»

«Ja, was ist mit ihr?»

«Hat sie – äh – hat sie vielleicht schwarzweiße, hochhackige Pumps angehabt?»

Decker versuchte, sich die Aufregung nicht anmerken zu lassen, die ihn gepackt hatte. «Das kann schon sein. Wissen Sie was? Am besten kommen Sie mal bei uns vorbei, und wir sehen gemeinsam nach, Mrs. –?»

Aber die Anruferin hatte schon aufgelegt.

«Verdammter Mist», sagte Decker laut und vernehmlich. Dann wählte er rasch die Zentrale.

«Hier Peter Decker. Sag mal, Arnie, kannst du feststellen, von wo der letzte Anruf kam, der bei mir eingegangen ist? Die Frau hat vor einer Sekunde aufgelegt.»

«Moment, ich rufe gleich zurück.»

Decker wartete. Die Frage der Anruferin hatte genau ins Schwarze getroffen. Das letzte Opfer des Sittenstrolchs von Foothill hatte tatsächlich schwarzweiße, hochhackige Pumps angehabt, und von Rechts wegen hätte das nur der Polizei bekannt sein dürfen. Daß der Kerl ein Schuhfetischist war, hatte man der Presse wohlweislich verschwiegen.

Er wußte genau, daß er ihre Stimme schon mal gehört hatte; unter den Hunderten anonymer Hinweise, die seit Beginn der Vergewaltigungsserie eingegangen waren, hatte er sie im Gedächtnis behalten. Er notierte Datum, Zeit und Inhalt des Gesprächs sowie das Hintergrundgeräusch und legte den Zettel zu den Akten. Auf seinem Schreibtisch trieb sich ein halbleeres Aspirinröhrchen herum. Er spülte zwei Tabletten mit einem Schluck kalten Kaffees herunter. Dann stand er auf und holte sich die Berichte über die Fälle von mutwilliger Zerstörung in der Jeschiwa aus den Akten.

Viel gaben sie nicht her. Eingeworfene Fensterscheiben, umgekippte Mülltonnen, an die Wände gesprühte Hakenkreuze und Obszönitäten. *Scheißjuden, Schwanzlecker, Kinderschlächter, Kannibalen, Jesusmörder.* Vielleicht hätte er die Zwischenfälle ernster nehmen sollen. Ein paar ortsbekannte Halbstarke waren vernommen worden, aber es hatte keine Verhaftungen gegeben.

Decker setzte sich wieder an den Schreibtisch. Antisemitismus war nichts Neues für ihn. In Gainesville, wo er aufgewachsen war, gab es kaum Kontakte mit Juden, wohl aber massive Vorurteile. Für die braven Bürger von Gainesville war das dekadente Miami ein rotes Paradies für Juden, Spione und Nigger. Seine erste persönliche Erfahrung in dieser Hinsicht hatte er als Vierzehnjähriger gemacht. Einer seiner Freunde war von einem jüdischen Mitschüler, einem großen, kräftigen Jungen, der ganz und gar nicht in das gängige Schema paßte, aus der ersten Football-Liga der Schule verdrängt worden. An diesem Tag liefen Decker und seine Freunde dem Jungen außerhalb der Schule über den Weg. Es kam zu einer handfesten Schlägerei, bei der Decker sich zunächst passiv verhielt, bis er merkte, daß der jüdische Junge der Übermacht klar unterlegen war. Da machte er – schon damals groß und mit Muskeln bepackt, um die Erwachsene ihn hätten beneiden können – dem ungleichen Kampf ein Ende.

Beim Abendessen hatte er seinen Eltern davon erzählt. Sein Vater, ein großer, schweigsamer Mann, hatte nur gesagt: «Wenn einer dich bedroht oder deine Familie oder dein Land, mußt du dich wehren, und dann lohnt auch der Kampf. Aber einen Menschen seiner Abstammung wegen zu bekämpfen, das ist falsch, und das ist dumm.» Seine Mutter hatte eher theologisch argumentiert. «Der Herr Jesus hat auch die andere Backe hingehalten. Es ist nicht unsere Sache, die Ungläubigen zu verurteilen, das sollen wir ruhig dem lieben Gott überlassen.» Sein kleiner Bruder Randy, damals sechs, hatte nur gegrinst und in seinem Kartoffelbrei herumgemalt.

Deckers Freunde hatten ihm eine Woche die kalte Schulter gezeigt, und auch der Jude hatte ihm den Einsatz nicht gedankt und war ihm auffällig aus dem Weg gegangen. Allmählich hatte sich alles wieder eingerenkt, aber er hatte nun eine leise Ahnung davon, wie es ist, ein Außenseiter zu sein.

Nur sein Vater hatte offenbar die Entfremdung gespürt und sich um größere Zuwendung bemüht. Aber Lyle Decker war kein Mann von vielen Worten. Als therapeutische Maßnahme hatte er statt dessen den Sohn überredet, ihm bei der Reparatur der Garage zu helfen.

Im Grunde hatte es Decker nichts ausgemacht, daß es zu Hause keine Gespräche von Mann zu Mann gegeben hatte. Sein Vater war ein guter, fleißiger Mensch mit einer sanften Seele. Seine Mutter war äußerlich robuster, aber auch sie war gütig und warmherzig. Daß er ein adoptiertes Kind war, hatte er erfahren, als er eines Tages von der Schule heimkam und erfuhr, daß er einen kleinen Bruder bekommen hatte.

«Wo ist der denn her?» hatte er seine Mutter gefragt.

«Wo du auch herkommst, vom lieben Gott.» Im Lauf der Jahre hatte er dann ganz allmählich die Wahrheit herausgefunden.

Auf Grund dieser Erfahrungen hatte er sich um so mehr bemüht, eine offene und ehrliche Beziehung zu seiner Tochter aufzubauen. Es war nicht immer einfach gewesen, aber es hatte sich gelohnt.

Der Kollege aus der Zentrale meldete sich. «Es war ein Ortsgespräch. Aus Sylmar. Wenn du willst, können wir eine Fangschaltung beantragen.»

«Ja, danke, ich komme darauf zurück.»

Der Sittenstrolch hatte bisher hauptsächlich in Sylmar sein Unwesen getrieben, weit weg von der Jeschiwa. Wahrscheinlich gab es da keinerlei Zusammenhang, vorsichtshalber würde er sich trotzdem noch mal die Akte vornehmen. Im Fall Adler war am Tatort und an der Kleidung des Opfers Blut gefunden worden, allerdings nur das Blut der Frau, und die Laboruntersuchung hatte an ihren Kleidungsstücken Fremdfasern ermittelt. Von Rina wußte er, daß der Täter eine Skimaske – wahrscheinlich aus Strickstoff – getragen, und daß er Mrs. Adler etwas Pelziges in den Mund gestopft hatte. Die Fasern konnten von der Maske oder von dem Knebel stammen, die vorliegenden Proben waren nicht ganz schlüssig.

Decker sah auf die Uhr. Er hatte einen Gerichtstermin. Ein Handtaschenraub, begangen von einem Elfjährigen an einer siebzigjährigen Frau, die ihren Enkel im Kinderwagen ausgefahren hatte. Es war das erste Vergehen, bei dem man ihn geschnappt hatte. Nennenswert verletzt worden war niemand, er würde mit einem strengen Verweis davonkommen.

Hawthorne holte Rina ein, als sie gerade das Klassenzimmer betreten wollte.

«Was hat sich bei dem Treffen mit dem Cop getan?» fragte er.

Sie sah ihn überrascht an. «Woher weißt du das?»

«Sammy hat mir erzählt, daß du dich mit einem Polizisten verabredet hast, da habe ich messerscharf kombiniert, daß es sich nur um den Überfall handeln kann. Hat er schon eine Spur?»

Woher wußte Shmuel von ihrer Verabredung? Sie würde vor ihren Söhnen in Zukunft vorsichtiger sein müssen.

«Nein, keine Spur.» Sie wandte sich zum Gehen.

«Komm, es muß sich doch irgendwas ergeben haben, weshalb wärst du sonst hingegangen?»

Sie zögerte. «Mir sind noch ein paar Dinge eingefallen. Bitte, sprich nicht darüber, Matt.»

«Ich bin verschwiegen wie ein Grab. Was für Dinge?»

«Nichts weiter Wichtiges. Aber jetzt müssen wir los, sonst kommen wir beide zu spät.»

«Hör mal, Rina, wenn du willst, gehe ich mit Sammy am Donnerstag zum Baseball. Er möchte doch schon so lange mal hin, und ich habe an diesem Abend nichts weiter vor.»

«Am Donnerstag ist Computerclub.»

«Den kann er doch mal ausfallen lassen, Steve nimmt's ihm bestimmt nicht übel.»

«Nicht diese Woche, Matt. Ein andermal.»

Hawthorne zeigte die Zähne wie Dracula. «Traust du mir nicht?»

Rina lächelte matt. «Wir sind spät dran.»

Hawthorne hielt ihr die Tür auf. «Nach dir.»

Seine übertriebene Höflichkeit ging ihr gegen den Strich. Aber sie schlug die Augen nieder. «Danke», sagte sie leise.

9

Schon seit Tagen hörte Rina jetzt verdächtige Geräusche vor der Mikwe. Sie war inzwischen so nervös geworden, daß sie sich wieder regelmäßig von Zvi Adler oder einem anderen Mann aus der Gemeinde nach Hause bringen ließ.

Heute klang das Knacken, klangen die dumpfen Laute, die Schritte sein konnten, besonders nah. Seit zehn Minuten ging das schon so. Rina spürte, daß ihre Angst in Wut umschlug.

Sie griff zum Hörer und rief das Revier an. Zwölfmal ließ sie es klingeln, aber Decker meldete sich nicht. Unschlüssig sah sie auf seine Privatnummer. Ihre jäh aufschießende Wut war verraucht, und sie zögerte, ihn in seiner Freizeit zu stören.

Die Schritte draußen waren jetzt deutlich zu hören. Sie gab sich einen Ruck und wählte. Er meldete sich nach dem dritten Läuten.

«Peter? Hier Rina Lazarus. Ich bin in der Mikwe. Draußen schleicht jemand herum.»

«Ist das Haus dicht?»

«Ja. Aber ich habe Angst.»

«Ich brauche eine Viertelstunde, Rina. Wenn Sie glauben, in unmittelbarer Gefahr zu sein, warten Sie nicht auf mich, rufen Sie einen Ihrer Leute an –»

«Nein, so lange wird es schon gehen. Aber Sie kommen so schnell wie möglich, ja?»

«Natürlich.»

Sie zwang sich, die Waschmaschine in Gang zu setzen, aber dann sah sie sich suchend um. Womit konnte sie sich im Notfall verteidigen? Halbwegs bedrohlich wirkten nur der Haartrockner und der Lockenstab. Sie stellte sich vor, wie sie damit einen Angreifer an seiner empfindlichsten Stelle würde treffen können, und fühlte sich vorübergehend besser.

Unvermittelt rüttelte es an der Tür. Jemand versuchte ins Haus zu kommen. Ihr Herz begann wie rasend zu klopfen. Sie ging zum Telefon, aber jetzt war alles wieder still. Sie hob ab, lauschte eine Weile dem Freizeichen nach, dann legte sie wieder auf.

Peter muß jeden Augenblick kommen, redete sie sich zu. Bleib cool, du darfst jetzt nicht durchdrehen. Sie setzte sich in den Sessel und griff nach einem Stoß Mathematikarbeiten. Die Zahlen und Zeichen tanzten vor ihren Augen und kamen ihr plötzlich fremd vor.

Ganz ruhig bleiben... Es sind Arbeiten aus der Oberstufe... das da muß ein Differential sein... das hier ein Additionszeichen... Allmählich bekam alles wieder einen Sinn. Sie griff nach dem Rotstift und begann mit der Korrektur.

Minuten später klopfte es draußen laut und selbstbewußt. Sie fuhr so heftig zusammen, daß der Stift eine rote Spur über das Papier zog.

«Peter Decker. Machen Sie auf.»

«Ich bin ja so froh, daß Sie da sind», sagte sie spontan.

Er lächelte. «Ganz meinerseits.»

Sie wurde rot. «Ich habe damit nicht gemeint...»

«Ich weiß schon, wie Sie's gemeint haben. Am besten schaue ich mich gleich mal draußen um.»

«Ich komme mit.»

Er schüttelte den Kopf. «Im Haus sind Sie besser aufgehoben. Und außerdem... Was würden die Leute sagen?»

«Die Rettung eines Menschenlebens hat im Judaismus Vorrang vor allem anderen.» Sie sah zur Decke. Vergib mir, wenn ich das ein bißchen großzügig auslege, dachte sie.

«Meinetwegen, dann kommen Sie mit. Wir dürfen keine Zeit verlieren. Bleiben Sie in der Nähe.»

«Darauf können Sie sich verlassen.»

Draußen schlug ihnen warme Luft entgegen. Die Mücken waren eine Plage. Decker schlug fluchend auf sie ein. Er knipste seine starke Taschenlampe an und leuchtete damit das Buschwerk und den Weg ab, während er auf den Wald zuging. Rina hielt sich dicht hinter ihm.

«Ist Ihnen schon etwas aufgefallen?» fragte sie.

Er lauschte. «Sie haben recht, hier draußen tut sich was. Sehen Sie die Spuren, die in den Wald führen? Ich höre Atemgeräusche. Das ist kein Tier, jedenfalls keins, das ich kenne.» Er drehte sich zu Rina um. «Ich möchte nicht, daß Sie noch weiter mitgehen. Und ich brauche Verstärkung. Laufen Sie zurück zur Mikwe und rufen Sie im Revier an. Sie brauchen nur *Code sechs* zu sagen.»

«Ich soll allein zurückgehen?»

«Es macht weniger Lärm.» Er holte seinen Revolver heraus. «Ich gebe Ihnen Feuerschutz. Vielleicht haben wir Glück und locken den Burschen aus der Deckung hervor.»

«Klingt ja toll», sagte Rina mit nicht ganz sicherer Stimme.

Er gab nach. «Also meinetwegen, ich begleite Sie zurück.»

«Nein, nein, ich schaffe es schon allein.»

«Knipsen Sie zweimal das Licht an und aus, wenn Sie hinter sich abgeschlossen haben.»

Rina war fast an der Tür, als sie die Gestalt auf sich zukommen sah. Ehe sie reagieren konnte, hörte sie Peter rufen: «Stehenbleiben! Polizei!» Während sie sich zu Boden warf, sah sie, wie die dunkle Gestalt sich in die Richtung drehte, aus der Peters Stimme gekommen war, und zielte, hörte es schnell und laut von allen Seiten knallen, dann lief die Gestalt in Richtung Wald davon.

Decker war schon auf dem Sprung. «Alles in Ordnung?»

«Ja, ich bin okay.»

«Geben Sie *Code drei* durch, ich gehe dem Kerl nach.»

Rina rappelte sich auf, lief ins Haus und schloß ab. Sie staunte, wie gefaßt sie der Polizei Bericht erstatten konnte. Doch als sie aufgelegt hatte, fing sie an zu zittern und konnte nicht wieder aufhören. Minuten später hörte sie Schritte am Haus, dann klopfte es.

Vor der Tür stand ein Dutzend Polizisten. Ein Hubschrauber ratterte über ihre Köpfe hinweg und machte mit seinem Scheinwerfer die Nacht zum Tage. Marge und der dicke Cop mit der Pfeife, den Rina auf dem Revier gesehen hatte, liefen auf sie zu.

«Detective Decker ist draußen im Wald», sagte sie atemlos zu Marge. «Der Kerl hat auf ihn geschossen, aber er hat ihn wohl nicht erwischt.»

Die Polizisten verteilten sich im Gelände, die beiden Frauen blieben allein zurück.

«Wollen Sie wieder ins Haus?» fragte Marge.

«Nein, das ist nicht nötig. Allerdings wäre mir wohler, wenn ich wüßte, daß Peter – ich meine, daß Detective Decker nichts passiert ist.»

Marge legte einen Arm um Rina. «Prima, wie Sie das durchstehen. Und um Peter brauchen Sie sich keine Sorgen zu machen, der ist hart im Nehmen. Was ist hier eigentlich passiert?»

Während Rina erzählte, erschienen die ersten Jeschiwaschüler auf dem Gelände. Mit großen Augen betrachteten sie die Streifenwagen und den kreisenden Hubschrauber.

In wenigen Minuten hatte sich eine ziemlich große Menschenmenge versammelt, und Marge hatte Mühe, alle zusammenzuhalten. Chana, Ruthie und Chaya traten zu Rina. Sie waren auf dem Heimweg von einer Bibelstunde auf den Tumult aufmerksam geworden und überschütteten Rina mit Fragen. Scheinbar endlose Minuten vergingen. Endlich sah sie Peter zwischen den Bäumen auftauchen.

«*Baruch Hashem*», sagte sie laut.

«Haben sie den schlechten Kerl erwischt?» fragte Chana aufgeregt.

Decker war allein. «Nein, ich glaube nicht», erwiderte Rina.

«Warum dann *Baruch Hashem*?» wollte Chana wissen.

Ohne ein weiteres Wort ging Rina zu Decker hinüber. Er führte sie ein paar Schritte von der Menge weg. Sie spürte Chanas scharfen Blick und war froh, als ein wenig später Marge und Hollander zu ihnen traten.

«Ich habe ihn verloren», berichtete Decker. «Er hat mich mit seiner Ballerei erfolgreich auf Abstand gehalten. Verdammt guter Schütze.»

Er zündete sich eine Zigarette an. «Viel war nicht zu erkennen in der Dunkelheit. Ich hatte den Eindruck, daß er mit der rechten Hand geschossen hat. Größe etwa einsfünfundsechzig bis einssiebzig, durchschnittlicher Körperbau, dunkle Kleidung. Und eine Skimaske. Das letzte Mal habe ich ihn etwa fünfhundert Meter hinter dem Hauptgebäude gesichtet. Inzwischen sind dort vier Kollegen. Wahrscheinlich zwecklos, aber ich habe ihnen gesagt, sie sollen noch eine halbe Stunde zulegen. Ich gehe noch mal los, kann sein, daß er versucht, die Nacht über irgendwo unterzukriechen.»

«Ich klappere mal die Häuser ab», sagte Hollander.

«Gute Idee.»

Marge kniff die Augen zusammen. «Da kommt Mrs. Adlers Mann.»

«Es tut mir leid, Mr. Adler», sagte Decker, als Zvi heran war. «Wir suchen noch nach ihm.»

In Zvis Augen brannte der Zorn. «Ich will mitsuchen.»

«Sie können nichts tun, Mr. Adler, jetzt sind die Profis am Zuge.»

«Profis?» fuhr Zvi auf. «Herumstehen und schwatzen, statt diese Bestie zu schnappen, ist das professionell?»

«Detective Decker war eine Stunde draußen, Zvi», kam Rina ihm zu Hilfe. «Der Bursche hat auf ihn geschossen.»

Zvi überschüttete sie mit einem Schwall hebräischer Worte, sie antwortete in der gleichen Sprache. Es klang scharf und feindselig.

«Ich kann ja den allgemeinen Frust verstehen», sagte Decker ruhig. «Aber statt uns gegenseitig an die Gurgel zu gehen, sollten wir uns darauf konzentrieren, den Verbrecher zu fangen.»

Der Rosch-Jeschiwa trat zu ihnen. «Was geht hier vor?» fragte er mit unterdrückter Erregung. «Niemand sagt mir etwas.»

Decker informierte ihn.

Der Rabbi wandte sich an Rina. «Und du hast die Polizei gerufen?»

«Ich habe Detective Decker verständigt.»

Der Rabbi schwieg.

«Es war das einzig Richtige», sagte Decker. «Wozu bin ich denn da?»

«Ich werde versuchen, meine Schüler wieder in ihre Klassenzimmer und Schlafsäle zu schicken», meinte Schulman. «Aber sagen Sie bitte Ihren Leuten, sie sollen die Drohungen und Handgreiflichkeiten unterlassen. Einige sind etwas ausfallend geworden.»

«Ich gehe mit Ihnen, Rabbi. Reden Sie mit Ihren Jungen, ich spreche inzwischen mit den Kollegen.»

«Ja, dafür wäre ich Ihnen dankbar.»

Zvi seufzte. «Entschuldige, Rina.» Er sah Decker an. «Ich weiß ja, daß Sie nichts dafür können. Aber man fühlt sich so hilflos...»

«Schwamm drüber. Ich will mich noch mal im Gelände umsehen. Bleiben Sie inzwischen bei Mrs. Lazarus?»

Adler nickte.

«Geh nur heim, Zvi», sagte Rina müde. «Ich komme mit den Frauen nach.»

«Detective Decker? Sehen Sie mal, was wir im Gebüsch gefunden haben.»

Sie drehten sich alle drei um. Zwischen zwei Streifenpolizisten kam ein hagerer, gebeugter Mann mit schwarzem, ungepflegtem Bart auf sie zu. Er mochte Ende Zwanzig sein. Die schwarze Jacke mit den eingerissenen Taschen umschlotterte die schmale Gestalt, das zerknitterte weiße Hemd war unordentlich in die geflickte schwarze Hose gesteckt, die Schuhe waren abgetreten und schmutzverkrustet, die dunklen Augen blickten stumpf. Er trug eine schwarze Melone mit abgerissenem Rand. Die Arme waren hinter dem Rücken gefesselt.

Rina seufzte hörbar.

«Habt ihr ihm seine Rechte vorgelesen? Okay, dann bringt ihn aufs Revier», bestimmte Decker.

«Das ist nicht der Täter, Peter», sagte Rina.

Er sah sie an. «Was soll das heißen?»

«Das ist Moshe, unser Hausmeister.»

«Das schließt nicht aus, daß er außerdem ein Sittlichkeitsverbrecher ist.»

«Moshe ist harmlos, der würde keiner Fliege was zuleide tun.»

«Nur weil Sie ihn kennen, weil er einer von Ihren Leuten ist?»

Zvi sagte etwas auf hebräisch, und Rina wurde dunkelrot. Sie war wütend auf beide Männer, bemühte sich aber, ruhig zu bleiben. «Nein, nicht, weil er einer von meinen Leuten ist, sondern weil ich weiß, daß er sich nie an einer Frau vergreifen würde.»

«Was sollen wir denn nun mit ihm machen?» fragte einer der Polizisten. Moshe brabbelte mit leerem Lächeln vor sich hin.

«Moment noch.» Decker zog Rina verärgert zur Seite. «Sie haben mich hergerufen. Lassen Sie mich meine Arbeit tun.»

«Hören Sie zu, Peter. Die Jeschiwa hat Moshe nur aus Mitleid behalten. Er ist nicht ganz richtig im Kopf, läuft oft in der Nacht auf dem Gelände herum und führt Selbstgespräche. Wir kennen ihn und wissen, was mit ihm los ist. Er ist harmlos, Peter, das schwöre ich Ihnen.»

«Das nützt leider nichts, Rina. Wenn der Mann spinnt, müssen wir ihn uns erst recht vornehmen. Falls er unschuldig ist, hat er ja nichts zu befürchten. Ich will ihm nur ein paar Fragen stellen.» Decker inhalierte tief. «Eine Frau ist vergewaltigt worden, auf mich hat man geschossen. Ich brauche ein paar Antworten.»

«Für die Nacht des Überfalls hat er bestimmt kein Alibi. Er streift jede Nacht im Wald herum, er wird gar nicht wissen, wovon Sie reden.»

«Darf ich mal was sagen?» schaltete Zvi sich ein.

Decker bedachte ihn mit einem ziemlich unfreundlichen Blick. «Meinetwegen.»

«Mrs. Lazarus hat recht. Keiner brennt mehr darauf als ich, den *mamzer* zu fangen, der meine Frau geschändet hat, aber der Mann, den Ihre Leute dort festhalten, ist es nicht, das weiß ich genau. Moshe ist wunderlich, meinetwegen auch ein bißchen verrückt, aber er ist kein Triebtäter. Wenn Sie ihn in die Zange nehmen, dreht er früher oder später durch und erzählt Ihnen alles, was Sie hören wollen.»

«Wenn Sie ihn verhaften, wird man in der Jeschiwa der Polizei nie wieder trauen. Und dann sind wir erst recht gefährdet.»

«Wissen Sie überhaupt, was Sie da von mir verlangen?» fuhr Decker auf.

«Bitte, Peter!»

Er trat seine Zigarette mit dem Absatz aus. «Also, gut. Ich gebe den verrückten Kerl in Ihre Obhut, Mr. Adler. Aber Sie und Ihre Leute müssen ihm klarmachen, was Sache ist. Wenn ich noch einmal hergerufen werde und wir den Kerl im Wald erwischen, wird er verhaftet, und ich kann mich auf eine sehr unangenehme Abmahnung gefaßt machen, weil ich ihn beim erstenmal habe laufen lassen.»

Decker gab den Polizisten seine Anweisungen und stürmte davon. Zvi nahm Moshe beiseite und begann geduldig auf ihn einzureden.

Eine Viertelstunde später stellte die Suchmannschaft ihre Arbeit ein, nach einer halben Stunde hatte die Menge um die Mikwe sich verlaufen. Decker brachte Rina und die anderen Frauen heim. Eine nach der anderen verabschiedete sich vor ihrer Haustür. Schließlich war er mit Rina allein.

«Ich muß noch meine Kinder abholen, sie sind bei Sarah Libba.»

«Tun Sie das.»

«Meist bringt mich dann Zvi nach Hause.»

«Heute bringe ich Sie nach Hause. Wir sind mit dem Thema Moshe noch nicht fertig.»

«Ich – ich kann Sie nicht gut in mein Haus bitten...»

«Dann reden wir eben hier draußen», sagte er gereizt und griff nach seinem Notizbuch.

«Muß es unbedingt noch heute sein? Ich bin gern bereit, mich irgendwo mit Ihnen zu treffen und Ihre Fragen zu beantworten.»

Er zögerte.

«Ich bin ziemlich fertig, Peter.»

Er sah sie an. Das schöne Gesicht trug deutliche Spuren der Angst und Sorge. In so einem Fall durfte man schon mal ein Auge zudrükken.

«Na, schön. Morgen vormittag im Revier. Punkt elf.»

«Könnten wir es eventuell auf Montag vertagen? Morgen abend beginnt unser Sabbat. Ich erwarte Besuch und brauche eigentlich den ganzen Tag für die Vorbereitungen, weil wir ab Sonnenuntergang nicht mehr kochen dürfen. Ich könnte natürlich heute noch anfangen, aber es ist schon so spät...»

«Meinetwegen.» Decker stieß eine Rauchwolke aus. «Dann also am Montag im Revier.»

Rina schwieg einen Augenblick, dann fragte sie schüchtern: «Ginge es statt dessen im Arleta Park?»

Sie möchte nicht, daß die Kollegen sich was Falsches denken, dachte er. «Na, gut, treffen wir uns also im Park.»

«Ich bin Ihnen sehr dankbar, daß Sie gleich gekommen sind, Peter.»

«Das ist mein Job. Was hat Zvi eigentlich vorhin zu Ihnen gesagt?»

«Er hat mich heruntergeputzt.»

«Und später? Als er vor sich hingebrummelt hat? ‹Das hat man davon, wenn man sich auf einen Goj verläßt›?»

Er war verletzt. Sie hätte gern die Hand nach ihm ausgestreckt, hielt sich aber gerade noch zurück.

«So was Ähnliches», sagte sie leise.

10

Der Sittenstrolch von Foothill hatte schon wieder zugeschlagen, was ihm Hollander diesmal besonders verübelte. Denn abgesehen davon, daß die zunehmende Publicity ihnen die Arbeit immer mehr erschwerte, waren wegen der Ermittlungen jetzt Marge und Dekker unabkömmlich, so daß er sich als Vertreter der Behörde an einem Sonntagabend mit den verrückten Juden herumschlagen mußte.

Der Versammlungssaal war gedrängt voll. Die Juden brachten allen Außenseitern ein gewisses Mißtrauen entgegen, aber an Dekker hatten sie sich inzwischen gewöhnt und waren deshalb nicht begeistert, daß man ihnen statt seiner nur den zweiten Mann geschickt hatte. Hollander versuchte, ihre Fragen zu beantworten und ihre Besorgnis zu zerstreuen, aber es war ein hartes und langwieriges Stück Arbeit. Wenn er nicht bald nach Hause kam, war Mary bestimmt schon zu müde zum Bumsen. Der einzige Lichtblick war die hübsche Brünette, auf die Decker ein Auge geworfen hatte und die in der letzten Reihe saß.

Rina tat der dicke Hollander leid. Es war nicht einfach, vor einem feindseligen Publikum im Rampenlicht zu stehen. Er versuchte zwar, sich mit Humor aus der Affäre zu ziehen, aber seine Antworten kamen zu schnell, zu unbeteiligt. Peter hätte es geschickter gemacht.

Zvi Adler hatte sich zu Wort gemeldet. Zum erstenmal seit dem Überfall hatte sich auch Sarah wieder aus dem Haus gewagt. Sie saß mit gesenktem Kopf und verkrampften Händen neben ihm. Rina hatte zwar ihre Schwierigkeiten mit Zvi, aber wie unerschütterlich er zu seiner Frau hielt – das fand sie bewundernswert. Er hatte sogar den Mut, seine Gefühle für sie öffentlich zu zeigen, als sie während der Diskussion in Tränen ausbrach. Da hatte er sie einfach in die Arme genommen und ihr einen Kuß auf die Wange gegeben.

Jetzt stellte Zvi erneut eine heikle Frage, und Hollander reagierte recht ungnädig. Peter fehlte an allen Ecken und Enden. Er hatte Rina angerufen und ihr erklärt, warum er heute abend nicht würde kommen können, er hatte sie auch gebeten, in der Jeschiwa nichts von dem neuesten Überfall verlauten zu lassen. Aber sie war sicher, daß die Gemeinde Verdacht schöpfen würde, weil er nicht persönlich erschienen war.

Steve Gilbert und Matt Hawthorne kamen herein und setzten sich neben Rina.

«Was macht ihr denn hier?» fragte sie erstaunt.

«Persönliche Einladung von Rabbi Schulman», sagte Hawthorne. «Erklärung folgt in Kürze.»

«Wie geht es dir, Rina?» fragte Gilbert.

«Nicht besonders.»

«Und wo ist dein Freund?»

«Welcher Freund?»

«Die Jungs sagen, daß du ein Herz und eine Seele mit dem rothaarigen Cop bist», ergänzte Hawthorne.

«Er ist nicht mein Freund. Unglücklicherweise hatten wir in letzter Zeit ein paarmal miteinander zu tun, das ist alles.»

«Für den Cop kann das kein so großes Unglück gewesen sein», griente Hawthorne.

Rina überhörte die Bemerkung.

«Was hat sich bis jetzt getan?» wollte Gilbert wissen.

«Eigentlich noch gar nichts. Der arme Mann da vorn wird angeschrien, und er versucht, sich zu verteidigen. Es steht zwanzig zu eins für die Jeschiwa.» Sie wurde ernst. «Alle haben Angst, und das ist ja kein Wunder.»

«Und du?» fragte Gilbert.

«Mehr als Angst.»

«Warum gibst du den Job in der Mikwe nicht auf?» meinte Hawthorne. «Für eine alleinstehende Frau ist das zu gefährlich.»

«Die Jeschiwa ernährt meine Kinder und mich. Dafür unterrichte ich und halte die Mikwe in Ordnung.»

«Du hättest mir Sammy übrigens am Donnerstag ruhig mitgeben sollen, Rina, im Stadion war es weniger gefährlich als hier», sagte Matt.

«Den Jungen konnte überhaupt nichts passieren», wandte Gilbert ein. «Sie waren in meiner Obhut.»

«Richtig, ich habe mich noch gar nicht bedankt, daß du sie nach dem Computerclub zu Mrs. Adler gebracht hast.»

«Gern geschehen.» Gilbert zögerte. «Yossie ist in letzter Zeit auffallend still. Weiß er, was passiert ist?»

«Bestimmt», meinte Hawthorne. «Er ist dreizehn und sehr aufgeweckt.»

«Wir stehen unter Beobachtung, Genossen», flüsterte Hawthorne.

Rina drehte sich um. Einige Frauen starrten sie an. Sie rückte eine Reihe weiter.

«Ich kann diesen Wachdienst wärmstens empfehlen», sagte Hollander. «Sie haben besonders viel Erfahrung mit der Sicherung von Wohnhäusern und Grundstücken.»

«Und was ist mit dem weiblichen Personal?» fragte jemand.

«Die Frauen sind ebensogut ausgebildet wie die Männer, sie sind groß und kräftig und können bestens mit Schußwaffen umgehen.»

«Ich sehe nicht ein, wieso die Jeschiwa Geld für etwas ausgeben soll, was eigentlich Sache der Polizei ist», nörgelte ein anderes Gemeindemitglied.

«Die Polizei kann nicht überall zugleich sein, Menachem», meinte Rav Schulman. «Andererseits ist die Skepsis von Rabbi Marcus verständlich. Bei den mutwilligen Zerstörungen sind seinerzeit die Ermittlungen im Sande verlaufen. Weshalb sollte es in diesem Fall anders sein?»

Hollander seufzte. «Wir kennen die Schuldigen, Rabbi Schulman, aber wenn wir sie nicht auf frischer Tat ertappen, können wir sie nicht zur Verantwortung ziehen.»

«Das sind diese Halbstarken», ereiferte sich Ruthie Zipperstein. «Burschen mit Nazi-Armbinden in Lederkluft, Antisemiten alle miteinander. Würde mich nicht wundern, wenn sie hinter dem Zwischenfall vor der Mikwe steckten.»

«Sie belästigen uns beim Einkaufen in der Stadt», ergänzte Chana.

«Haben Sie Anzeige erstattet?» fragte Hollander.

«Was hilft eine Anzeige gegen obszöne Sprüche?» fragte Chana zornig.

Jetzt schaltete sich der Rabbi ein. «Ich möchte etwas sagen, Detective Hollander. Ich meine, die Polizei sollte uns ihr Vertrauen beweisen, indem sie uns verrät, warum Detective Decker nicht gekommen ist.»

Hollander kaute auf seiner Pfeife herum. Was soll's, dachte er, in den Elf-Uhr-Nachrichten hören sie es sowieso.

«Er ermittelt wegen einer weiteren Vergewaltigung in Foothill.»

«Ist es derselbe Kerl, der meine Frau überfallen hat?» fragte Zvi.

«Ich weiß es nicht, Mr. Adler. Nach Einzelheiten müssen Sie Detective Decker fragen.»

Zvi wandte sich an Rina. «Hast du mit ihm darüber gesprochen?»

Sie wich aus. «Ich weiß nicht mehr als du.»

«Ich denke, du hast einen heißen Draht zur Polizei», sagte Chana spitz.

«So kommen wir nicht weiter», unterbrach der Rosch-Jeschiwa. «Ich habe einen Plan. Einen guten Plan. Erstens: Wir engagieren eine Frau für den Wachdienst. Sie wird die Mikwe im Auge behalten und unsere *wajber* abends heimbringen. Zweitens: Am *schabbes* müssen wir uns zusätzlich etwas einfallen lassen. Ich werde nicht dulden, daß diese *rashes* unseren heiligen Ruhetag stören. Deshalb habe ich mit Steve und Matthew gesprochen, und *Baruch Hashem*, sie sind *gutten neschomes.*» Er wandte sich an Hollander. «Gute Seelen. Sie wollen uns helfen und haben uns freiwillig angeboten, am Freitagabend, wenn wir in der *schul* sind, Streife zu gehen.»

Die Zuhörer nickten den beiden Lehrern dankbar zu, aber Hollander war skeptisch. Für ihn waren alle verdächtig, die irgend etwas mit der Jeschiwa zu tun hatten, die Lehrer machten da keine Ausnahme. Doch er behielt seine Zweifel für sich.

«Nett von euch», flüsterte Rina.

«Zumindest bis zu Steves Hochzeit», ergänzte Rabbi Schulman. «Und das ist – wann, Steve?»

«In drei Monaten.»

Der Rabbi verschränkte die Hände. «So tut denn jeder das Seine. Die Polizei wird sich weiter bemühen, und wir werden besonders wachsam sein. Wenn Gott der Gerechte es will, wird das Recht obsiegen. Wenn es sein muß, kämpfen wir auch, Detective. Nie wieder werden wir uns wie Lämmer zur Schlachtbank führen lassen.»

Hollander wurde es unbehaglich zumute, als er den Blick über die grimmig-entschlossenen Gesichter gehen ließ.

«Ich kann verstehen, daß Sie frustriert sind, Rabbi, aber ich kann nur dringend empfehlen, nichts ohne die Polizei zu unternehmen. Selbstjustiz kann sehr gefährlich werden und Ihnen jede Menge Scherereien einbringen.»

«Darauf müssen wir es ankommen lassen», sagte der Rabbi ungerührt.

Als Rina sich zum Gehen wandte, rief der Rosch-Jeschiwa sie zu sich. «Eine Jeschiwa ist nicht unbedingt das beste Milieu für eine junge Witwe mit zwei Kindern, Rina Miriam», sagte er sanft. «Bist du glücklich hier?»

«Ich bin zufrieden. Meine Jungen fühlen sich hier zu Hause.»

«Dann bin ich froh, daß wir Yitzchak, *alav bashalom*, haben ehren können, indem wir seine Familie in unsere Gemeinschaft aufnahmen.»

«Danke», sagte Rina. Aber sie wußte, das war noch nicht alles.

«Bei uns wird immer Platz für dich und deine Söhne sein, Rina Miriam. Du hast hier eine sehr wichtige Rolle übernommen, du unterrichtest, du hältst Vorträge vor nicht-religiösen Frauen. Dir haben wir es zu verdanken, daß die Mikwe jetzt so gut besucht ist.»

«Das freut mich.»

«Du und deine Kinder, ihr werdet uns immer willkommen sein. Aber –» Der Rabbi blickte sie streng an. «– ein Goj hat hier nichts zu suchen.»

Rina wurde dunkelrot. «Was soll das heißen?»

«Du bist eine kluge Frau, du weißt genau, was ich damit meine.»

«Falls Ihnen Gerüchte zu Ohren gekommen sind, Rabbi –»

«Ich gebe nichts auf Gerüchte.»

«Nein, natürlich nicht.» Sie schlug die Augen nieder.

«Aber, *Baruch Hashem*, auf meine Augen kann ich mich noch verlassen, und mit denen habe ich so einiges gesehen. Dein Gesicht zum Beispiel, als du am Donnerstag mit dem langen Detective geredet hast. Und sein Gesicht, als er mit dir geredet hat. Er ist ein netter Junge, sportlich, fleißig, manierlich – *a mensch*. Man gerät leicht einmal auf Abwege, besonders wenn man eine Weile allein war.»

«Zwischen Detective Decker und mir spielt sich nichts ab.»

«Schön, daß dein Kopf es einsieht. Aber deinem Herzen – dem mußt du es wohl erst noch beibringen.»

11

Zu dumm, dachte Decker, sie hat die Kinder mitgebracht. Er sah auf die Uhr. Zwei Minuten nach elf. Immerhin – pünktlich war sie. Sie kam, mit Einkaufstüten beladen, auf ihn zu, während die beiden Jungen sich gegenseitig über den Rasen jagten. Er ging ihr entgegen, nahm ihr die Tüten ab und begleitete sie zu einer freien Bank.

Sie hatte eine tolle Figur, das war selbst unter der langärmeligen Bluse und dem tristen Rock noch deutlich zu erkennen. Aber mehr noch als ihr Körper erregte ihn ihr Gesicht, diese Mischung aus Unschuld und Sinnlichkeit. Wenn sie wüßte, wie sie auf Männer wirkte... Aber wenn sie das wüßte, hätte er nicht die Spur einer Chance.

«Sie kommen in Begleitung», stellte er fest, bemüht, sich keine Enttäuschung anmerken zu lassen.

«Mein Ältester hat in der Nacht Halsschmerzen bekommen, da bin ich vorsichtshalber gleich mit beiden beim Kinderarzt gewesen, wir kommen gerade von dort.»

Sie rief die Kinder heran.

«Ist das der Polizist, Ima?» fragte der Kleinere.

«Ja, das ist Detective Decker.» Sie sah Peter an. «Und das sind Sammy und Jake.»

Decker schüttelte ihnen die Hand. Ein Glück, daß sie die Kinder ganz normal anzieht, dachte er, mit Baseballmützen, Shorts, T-Shirts und Turnschuhen. Daß unter den Hemden Bänder hervorschauen, stört ja weiter nicht.

«Haben Sie einen Revolver?» fragte Sammy.

«Shmuel, das ist –»

Decker lächelte. «Lassen Sie nur. Das fragen mich alle Jungen.» Er zauste Sammys schwarzes Haar. «Ja, ich habe einen Revolver.» Er knöpfte das Halfter auf und zeigte ihnen seine Dienstwaffe.

«Ist der echt?» fragte Jake.

«Allerdings.»

«Haben Sie schon mal auf einen geschossen?» fragte Sammy aufgeregt.

«Haben Sie schon mal einen umgebracht?» ergänzte Jake mit glitzernden Augen.

«Schluß mit der Fragerei, Kinder», fuhr Rina dazwischen. «Wollt ihr nichts essen?»

«Ich hab keinen Hunger», krächzte Sammy.

«Tut der Hals noch weh?»

«Bißchen. Ich will nur Saft.»

«Ich hab auch keinen Hunger», sagte Jake solidarisch.

«Gezwungen wird hier niemand.» Rina holte eine Packung Preiselbeersaft heraus.

«Also, ich könnte jetzt schon was verdrücken», erklärte Decker.

«Darf ich mal Ihre Kanone halten?» fragte Sammy.

«Nein», erwiderte Decker entschieden. «Aber ich mache euch einen Vorschlag. Ihr Jungs laßt mich ein paar Minuten mit eurer Mom reden, und hinterher nehme ich euch ein Stück in meinem Wagen mit.»

«Ich seh aber gar keinen Streifenwagen», sagte Jake skeptisch.

«Ich fahre den alten klapprigen Schlitten da drüben.» Decker deutete auf den Plymouth. «Macht auf den ersten Blick nicht viel her, was?»

«Nein, wirklich nicht», bestätigte der Kleine.

«Wenn ich ein Verbrecher wär, würde mir der nicht imponieren», ergänzte Sammy.

Decker lachte schallend. «Das muß ich mal meinem Chef erzählen. Aber er hat Polizeifunk und eine Halterung für Gewehre.»

«Und eine Sirene?» wollte Jake wissen.

«Auch das.»

«Wie schnell fährt er?» fragte Sammy.

«Ganz schön schnell.»

Rina beendete das Verhör. «Jetzt laßt ihn erst mal essen.»

«Was gibt's denn, Ima?» fragte Sammy.

«Ich denke, du hast keinen Hunger?»

Sammy setzte sich neben Decker. «Hab's mir anders überlegt.»

«Ich auch.» Jake setzte sich auf die andere Seite.

Er versteht sich gut auf Kinder, dachte Rina. Zu gut...

Nach dem Essen schickte sie die beiden zum Spielen.

«Nette Jungs», sagte Decker.

«Sonst sind sie gar nicht so fragelustig.»

«Wissensdurst ist etwas ganz Normales.»

«So einen echten Detective finden sie einfach aufregend.»

Er sah Rina an. «Wie nett, daß es auch Leute gibt, die mich aufregend finden.»

Sie wandte sich ab.

Er lachte verlegen. «Das war eine dumme Bemerkung.»

Einen Augenblick herrschte befangenes Schweigen, dann sagte Rina: «Wie kommen Sie mit dem Fall in Foothill –»

Er verdrehte die Augen. «Hören Sie bloß auf. Im übrigen bin ich ganz schön zusammengestaucht worden, weil ich Ihren Moshe nicht mitgenommen habe. Jetzt sagt man mir schon nach, daß ich parteiisch bin.» Er zuckte die Schultern. «Vielleicht ist da sogar was dran.»

«Es tut mir leid, wenn Sie meinetwegen Ärger hatten, aber glauben Sie mir, Peter, Moshe Feldman ist wirklich nicht der Mann, den Sie suchen. Er war ein glänzender Talmudschüler und der beste Freund von Yitzchak, meinem Mann. Sie waren *chavruses* – Studienpartner. Moshe und Yitzchak hatten ihre künftigen Frauen etwa zur gleichen Zeit kennengelernt, wir vier waren unzertrennlich und haben auch kurz nacheinander geheiratet.

Zwei Monate nach der Hochzeit hat Moshes Frau ihm eröffnet, daß sie mit der Religion und mit der Ehe Schluß machen wollte. Was zwischen den beiden gewesen ist, weiß ich nicht genau, niemand mochte darüber reden. Sie hat mir noch ein paarmal geschrieben, sie sei dabei, zu sich selbst zu finden, aber Einzelheiten hat sie nicht verraten. Neuerdings soll sie mit einem Rock-Gitarristen zusammenleben.»

Rina hob entmutigt die Hände. «Danach hat sich Moshe von der Welt zurückgezogen, auch Yitzchak kam nicht mehr an ihn heran, obgleich sie nach wie vor miteinander lernten. Als mein Mann vor zwei Jahren starb, gab Moshe das Studium auf. Einen Monat danach hat er mir einen Heiratsantrag gemacht, ich habe ihm einen Korb gegeben, und seither... seither ist er so, wie Sie ihn erlebt haben.»

Rinas Augen wurden feucht. «Mit dem Verstand weiß ich, daß er schon vorher ausgerastet war, eigentlich schon seit der Trennung von seiner Frau. Aber irgendwie hatte ich trotzdem das Gefühl, daß es meine Schuld war.»

Sie sah Decker an. «Für mich war es sehr wichtig, daß Sie ihn nicht mitgenommen haben. Einmal, weil er kein Sittlichkeitsverbrecher ist, und dann auch, weil Sie auf meinen Anruf hin gekommen waren und ich für Moshes Verhaftung verantwortlich gewesen wäre.»

«Das ist doch lächerlich, Rina.»

«Ich hätte immer das Gefühl haben müssen, daß ich ihn endgültig ins Unglück gestürzt habe. Er würde nie ein Verbrechen begehen, ebensowenig wie Sie. Es liegt nicht in seinem Wesen.»

Decker schwieg.

«Sie sind nicht überzeugt?»

«Nein. Im Gegenteil, er ist mir jetzt noch verdächtiger geworden. Sittlichkeitsverbrecher haben meist einen angestauten Groll auf Frauen, der sich irgendwann einmal Bahn bricht. Ich habe ihm seine Chance gegeben. Beim nächstenmal halte ich mich an die Regeln.»

«Ich bin Ihnen sehr dankbar.» Sie streckte die Hand nach ihm aus, bremste sich aber noch rechtzeitig.

«Hey, ich beiße nicht.»

«Eben, das ist es ja! Mit einem unsympathischen Machotyp hätte ich es bedeutend leichter.»

«Gut, daß Sie keine Gedanken lesen können, in meinen geht es in diesem Augenblick ganz schön machohaft zu...»

Sie sagte nichts.

«Habe ich Sie gekränkt?»

«Ich bin kein ahnungsloses Dummchen, Peter, keine unschuldige Seele, die die ganze Welt durch eine rosarote Brille sieht. Und ebensowenig gehöre ich zu diesen prüden, verklemmten Menschen, die glauben, Mann und Frau dürften sich nur angezogen und im Dunkeln lieben. Ich bin religiös, und mir ist klar, daß dieser Begriff für die meisten Leute, besonders hier in Kalifornien, ein Fremdwort geworden ist. Bestimmte Dinge tue ich nicht, obwohl ich sie vielleicht gern täte, weil ich eine religiöse Wertvorstellung habe.

Sex zwischen zwei Partnern, die nicht miteinander verheiratet sind, ist in meinen Augen Unrecht. Nicht wegen der Moral – obgleich sich auch dafür einiges sagen ließe –, sondern weil es schamlos ist. *Tsnios* – die körperliche Scham – ist uns wichtig. Das erklärt unsere Kleidung, und deshalb bedecken bei uns die verheirateten Frauen ihr Haar. Nicht, um sich mit Gewalt häßlich zu machen – wir ziehen uns ebensogern hübsch an wie andere Frauen –, sondern, weil nach unserem Glauben der Körper Privatsache ist und kein öffentliches Kunstwerk. Wir wissen, daß unsere Einstellung als vorsintflutlich gilt. Aber für mich hat sie einen Sinn.»

Decker war überrascht von ihrer Eindringlichkeit. «Na ja, ein bißchen altmodisch ist es schon...»

«Wissen Sie, wofür die Mikwe bei uns steht, Peter?» Rina hatte sich in Schwung geredet. «Für die geistliche Reinigung, für eine Erneuerung der Seele. Zwölf Tage lang nach Einsetzen der Monatsregel bei der Frau dürfen Ehepaare nicht miteinander verkehren. Erst nach der Reinigung durch das rituelle Tauchbad kann die eheliche Beziehung wieder aufgenommen werden. Das kommt Ihnen bestimmt verrückt vor.»

«Ehrlich gesagt, ja.»

«Dabei ist es für mich etwas so Normales...»

«Normalität sieht wohl jeder Mensch anders. Aber so streng halten das doch nicht alle Juden, oder? Meine Frau hat das nie gemacht.»

«Alle Thorajuden halten sich daran. Verstehen Sie jetzt, warum wir nicht miteinander ausgehen können?»

Sie schob ein paar dunkle Strähnen unter die Strickmütze zurück.

«Wenn man es recht überlegt, Peter, leben wir doch in einer verkehrten Welt. Sie sind ein intelligenter Mann, ein guter Mensch. Es fällt Ihnen nicht schwer zu akzeptieren, daß es Männer gibt, die sich an einer Frau vergehen, weil sie ihre Triebe nicht unter Kontrolle haben. Daß auf der anderen Seite Männer ihr körperliches Begehren steuern können, um den Geboten der *taharat hamishpacha* – der Reinheit der Familie – zu folgen, damit haben Sie Schwierigkeiten. Solche Leute sind das genaue Gegenteil von einem Triebtäter – und doch betrachtet man sie im allgemeinen als Sonderlinge.»

«Das sind zwei Extreme», wandte Decker ein. «Aber dazwischen gibt es auch noch den Durchschnittsmann wie mich, und der dürfte sich mit Ihren Sitten und Gebräuchen schwertun.»

«Deshalb bleiben wir ja auch unter uns.»

Darauf ließ sich nichts sagen. Schweigend zündete er sich eine Zigarette an. Er begehrte sie immer noch. Die Diskussion hatte ein blaues Feuer in ihren Augen entfacht, das sie noch reizvoller machte. Sie hatte ihre Sache voller Leidenschaft vertreten, sie würde auch im Bett leidenschaftlich sein. Aber da war nichts zu machen.

«Ich mag Sie», sagte er offen. «Ich finde Sie sehr attraktiv und rede gern mit Ihnen. Aber mir ist schon klar, daß eine Beziehung zwischen uns problematisch werden könnte.»

Sie lächelte. «Ich bin froh, daß Sie das erkennen. Hoffentlich darf ich Sie trotzdem anrufen, wenn ich etwas Verdächtiges höre...»

«Natürlich. Das eine hat mit dem anderen nichts zu tun.»

Er stand auf und sah den beiden Jungen beim Spielen zu. Der Anblick erinnerte ihn an seine Kindheit, als er mit seinen Freunden Räuber und Gendarm gespielt hatte. Seine Freunde waren dem Spiel inzwischen entwachsen.

Er dachte an seine Tochter. Sechzehn war sie jetzt. Ein vernünftiges Mädchen. Jean und er hatten nie Schwierigkeiten mit ihr gehabt, nicht einmal in der schlimmen Zeit vor der Scheidung. Er hatte es nie bedauert, keinen Sohn zu haben. Als er jetzt, mit fast vierzig Jahren, zu Rinas Kindern hinüberblickte, war er seiner Sache nicht mehr so sicher.

12

Die Endsumme war um acht Dollar höher, als Rina erwartet hatte, aber sie hatte für solche Notfälle immer noch einen Schein in einem anderen Fach ihrer Brieftasche. Sie reichte ihn der Kassiererin, steckte das lose Wechselgeld in die Umhängetasche und schob den Einkaufswagen zurück zu ihrem Volvo. Der Parkplatz war jetzt leerer. Vorhin hatte sie auf der asphaltierten Fläche keinen Platz mehr bekommen und hatte ganz hinten, auf einem unbefestigten Erweiterungsgelände, parken müssen.

Daß sie ihren Voranschlag so weit überschritten hatte, war ihr noch immer unbegreiflich. Vielleicht hatte sie mehr Besuch zum Schabbes gehabt, vielleicht hatten auch die Kinder und ihre Freunde kräftiger zugelangt als sonst. Sie selbst hatte seit dem Zwischenfall vor der Mikwe wenig Appetit und fast vier Pfund abgenommen.

Sie machte den Kofferraumdeckel auf und begann, die Lebensmittel einzuladen. Als sie Schritte hörte, drehte sie sich schnell um. Es waren vier. Halbstarke mit langen, strähnigen Haaren, glasigen Augen, einem unverschämten Grinsen. Junge Burschen in Jeans, schwarzen T-Shirts mit Satansbildern, abgewetzten Gummistiefeln. Einer kam jetzt auf sie zu. Er war mittelgroß, hatte ein fliehendes Kinn, blonden Bartflaum und vorstehende gelbe Zähne. Auf dem linken Arm war ein in einem Herzen steckendes Messer eintätowiert, am rechten Ohr baumelte ein Goldreif. Er zog Zigaretten heraus und bot ihr eine an.

«Nein, danke», sagte sie leise.

«Darf ich Ihnen beim Einladen helfen, *Miss*?» fragte der Junge. Die anderen kicherten. Rina wandte sich wieder ihrem Einkaufswagen zu, aber da packte sie der Junge mit seinen schmutzigen Fingern am Arm, riß ihr das Kopftuch weg, nahm ihr die Umhängetasche von der Schulter und holte die zwei Dollar Wechselgeld heraus. Seine Begleiter johlten vor Vergnügen.

«Tut der reichen Judensau bestimmt nicht weh, wenn wir die Knete einsacken, was meint ihr? Hält dich ganz schön kurz, dein Itzig, was? Mußt mal 'n bißchen öfter für ihn die Beine breitmachen...»

Sie sah ihn an, ohne eine Miene zu verziehen.

Er steckte das Geld in die Hosentasche.

«Was haben wir denn da? Was Schönes zum Ansehen. Zwei kleine Judenlümmel. Sind das deine?»

Rina schwieg.

Er schnalzte mit der Zunge. «Diese Juden machen Kinder am laufenden Band. Erst nehmt ihr unser Geld, und zum Schluß drängelt ihr uns noch aus der Stadt raus.» Er holte die Fotos aus der Plastikhülle, riß sie entzwei und verstreute die Fetzen auf dem Boden.

«Was noch, Schätzchen? Ein Füllfederhalter, ganz was Feines. Gold. Na ja, ihr habt's ja, für den Itzig ist das Beste gerade gut genug.»

Er las die Gravierung. «Für Rina. Alles Liebe von Yitzchak. Scheißnamen haben die, das muß man schon sagen.» Er suchte weiter in der Tasche herum und holte ein kleines Gebetbuch heraus.

«Was ist denn das für'n Mist? Sieht aus wie 'ne Geheimschrift. Biste etwa auch noch 'ne Rote?»

Er griff nach seinem Messer und zerschnitt die Seiten. In Rinas Augen standen Tränen der Wut.

Inzwischen hatten sich die anderen über die Einkaufstüten hergemacht. Einer holte eine Flasche Sodawasser heraus und schüttelte sie kräftig.

«Hey, Mann, mir ist heiß. Ist dir auch so heiß, Cory?»

«Und ob. Heiß auf die Judensau.»

«Soll ich dich mal abkühlen?»

Der Sodawasserstrahl durchnäßte die ganze Gruppe. Die Halbstarken bogen sich vor Lachen und wiederholten die Prozedur, bis alle Flaschen leer waren. Cory, offensichtlich der Rädelsführer, warf seinen Freunden Eier zu und griente. «Wie wär's mit Rührei, Schätzchen?»

Er schlug ein Ei auf und leerte es in den Kofferraum. Die anderen warfen Eier an den Wagen.

Cory rülpste laut. «Hey, ich hab mal gehört, daß Eigelb gut gegen trockene Haare ist.»

Er zerschlug ein Ei auf Rinas Kopf. Sie wischte sich die klebrige Feuchtigkeit aus den Augen und blieb stocksteif stehen.

«Ist nicht persönlich gemeint, Schätzchen.» Er zerschlug auch auf seinem Kopf ein Ei, die anderen folgten seinem Beispiel. «Sind wir jetzt Eierköpfe?»

Ein älterer Mann näherte sich der Gruppe. Er war Mitte Fünfzig, aber kräftig gebaut und offenbar gut in Form.

«Haut ab, Jungs, oder es wird euch leid tun.»

«Hau du lieber selber ab, Alter, oder willste 'ne weiche Birne?»

Der Mann versuchte sich auf Cory zu stürzen, aber der wich geschickt aus und hielt Rina fest, während die anderen drei gleichzeitig den älteren Mann attackierten. Rina schrie auf, und Cory legte ihr eine schmutzige Hand über den Mund.

«Macht ihn nicht alle», rief er den anderen zu. «Ich will auch was davon haben.»

Er preßte Rina an sich und rieb sein Becken an ihrem Gesäß. Übelkeit erfaßte sie. Zwei seiner Kumpel rissen den Mann hoch, einer versetzte ihm einen Schlag auf die Nase, die sofort anfing zu bluten.

Rina schrie wieder auf, woraufhin Cory ihr ein schmutziges Stirnband in den Mund stopfte. Sie keuchte und würgte.

«Wenn du brav bist, Schätzchen, nehm ich's wieder raus.» Er zerrte das Stirnband weg, sie spuckte und fing wieder an, laut um Hilfe zu rufen.

Dann hörten sie die Sirenen. Rina nutzte die kurze Ablenkung, um Cory kräftig gegen den Rist zu treten. Er brüllte auf vor Schmerz. Sie wirbelte herum und stieß ihm ein Knie zwischen die Beine. Cory faßte sich schnell wieder, aber er hatte seine Chance verpaßt. Seine Freunde hatten das Weite gesucht, ihm selbst schnitten Cops und Streifenwagen den Weg ab. In seiner Panik holte er sein Messer heraus und legte es Rina an die Kehle.

«Stehenbleiben! Polizei!» Einer der Polizisten hatte seine Dienstwaffe auf Cory gerichtet. «Messer hinwerfen! Los, wird's bald?»

Cory wußte, daß er erledigt war. Er verlor die Kontrolle über seine Blase, ein warmes Rinnsal floß an seinem Bein herunter. Das Messer fiel auf den Asphalt, federte noch einmal nach, blieb mit einem dumpfen Laut liegen.

«Hinlegen», brüllte der Cop ihn an. «Los, auf den Boden, aber dalli.»

Drei Uniformierte packten ihn. Sie lasen ihm seine Rechte vor, legten ihm Handschellen an und ließen ihn mit dem Gesicht nach unten liegen, während sie miteinander beratschlagten.

Rina hatte sich das alles wie betäubt mit angesehen. Ihr Herz raste, ihr Atem ging schnell und flach, und trotzdem kam sie sich vor, als hätte ihr jemand ein starkes Beruhigungsmittel gegeben. Alles war weit weg und schien leicht zu schwanken.

Ein Polizist trat zu ihr und tippte ihr behutsam auf die Schulter. Sie fuhr zusammen.

«Brauchen Sie einen Arzt?»

Sie sah einen Automaten vor sich, der die Augen und die Lippen bewegte und der atmen konnte. «Wie bitte?»

Der Automat wiederholte die Frage.

«Nein, nein, es ist alles in Ordnung», erwiderte sie abwesend. Der Automat war jung. Sehr jung, höchstens zwanzig. «Folstrom» stand auf seinem Namensschild.

«Bestimmt?» Er holte seinen Notizblock heraus.

«Ich will nicht mit Ihnen reden», sagte Rina nachdrücklich. «Ich will nach Hause.»

«Aber wir brauchen Ihre Unterstützung.»

«Zum Teufel mit meiner Unterstützung», fuhr sie auf. «Sie sehen ja, was dabei herauskommt, wenn man die Polizei unterstützt.»

Der junge Beamte sah sie ratlos an. Ein älterer Kollege mit harten Zügen und kalten blauen Augen trat zu ihnen. «Walsh» stand auf seinem Namensschild.

«Ruhen Sie sich einen Augenblick aus», sagte er freundlich. «Versuchen Sie, sich zu beruhigen. Möchten Sie etwas trinken?»

«Nein, ich möchte nur nach Hause.»

«Sie heißen?»

«Rina Lazarus. Wenn Sie nicht wissen, wie man das schreibt, lassen Sie sich's von Detective Decker buchstabieren.»

«Sie kennen Peter Decker?»

«Ja.»

Walsh nahm den jüngeren Kollegen beiseite. «Am besten sagen wir Decker Bescheid, der ist sowieso für Jugendkriminalität zuständig, ein weiterer Fall wird ihn nicht umbringen. Vielleicht kriegt er ein bißchen mehr aus ihr raus.»

Folstrom gehorchte grollend. Wenn Walsh nicht gewesen wäre, hätte er aus der Frau schon rausgekitzelt, was sie wissen wollten.

Walsh ging zu Rina zurück. «Wir verständigen jetzt Detective Decker. Möchten Sie auf ihn warten?»

Sie nickte. «Kann ich mich in meinen Wagen setzen? Und – kann ich mein Kopftuch zurückhaben?»

«Hat der Bursche es als Waffe gegen Sie verwandt? Als Knebel vielleicht? Hat er Sie damit geschlagen oder gewürgt?»

«Er hat es mir nur vom Kopf gerissen.»

«Wann?»

Rina sah ihn an. «Das werde ich Detective Decker erzählen. Kann ich das Tuch haben?»

«Was haben Sie da für Zeug in Ihrem Haar?»

«Ei.»

Der Beamte sah sie mitfühlend an. «Tut mir leid, aber es kann sein, daß wir das Tuch als Beweismaterial brauchen. Detective Decker muß jeden Augenblick hier sein.»

Cory lag noch immer gefesselt am Boden, als der Plymouth hielt. Decker stieg aus, warf einen flüchtigen Blick auf den Halbstarken, winkte Walsh zu und trat an den Volvo heran. Er klopfte an die Windschutzscheibe. Rina stieg aus. Als sie ihn sah, kamen die Tränen.

Zum Teufel mit der Religion, dachte er und nahm sie in die Arme. Sie schluchzte an seiner Brust weiter. Er drückte sie an sich und streichelte ihr Haar, das naß und klebrig war. «Bist du verletzt?»

«Der da hat mir ein Messer an die Kehle gesetzt, aber mir ist nichts passiert.»

Sie faßte sich an den Hals. «Ich möchte nach Hause, Peter. In zwanzig Minuten kommen die Kinder zurück.»

«Hast du schon deine Aussage gemacht?»

Sie schüttelte den Kopf.

«Sag mir kurz, was passiert ist, das offizielle Protokoll nehmen wir dann später auf.»

Sie berichtete so kurz und knapp wie möglich.

«Wir brauchen das Auto und alles, was darin ist, für die Beweisaufnahme, Rina», sagte Decker. «Die Eier, die leeren Flaschen, einfach alles. Das ist eindeutig ein bewaffneter Überfall. Ich brauche Fotos und einen ausführlichen Bericht. Ich kann dich von einem Streifenwagen heimfahren lassen.»

Sie nickte stumm.

«Hör zu, Rina, erzähl deinen Leuten in der Jeschiwa nichts davon, wir müssen erst das Protokoll fertigmachen. Leider wirst du noch eine Weile warten müssen, bei uns ist wieder mal Hochbetrieb. Das macht die Hitze, da kriechen alle Kakerlaken aus den Ritzen. Komischerweise waren es in dieser Woche alles Jugendliche.» Er nahm einen langen Zug aus seiner Zigarette.

«Das tut mir leid, Peter.»

Er lachte ein bißchen. «Na, hör mal! Du bist mit einem Messer bedroht worden, und ich jammere hier herum wie ein Fünfjähriger mit einem wunden Knie. Ich werde versuchen, um neun bei dir zu sein.»

«Da bin ich in der Mikwe.»

«Dann hole ich dich dort ab und bringe dich nach Hause.»

Was würden die anderen denken? Aber das kümmerte sie jetzt nicht mehr. Sie sagte Peter, er solle um Viertel nach zehn bei ihr sein.

«Wie macht sich die Frau vom Wachdienst?» fragte er.

Rina lächelte noch ein bißchen mühsam. «Sehr gut. Wenn das so weitergeht, stelle ich sie am besten als Leibwache ein.»

Vielleicht gar keine schlechte Idee, dachte Decker. Aber das sagte er nicht laut.

«Hast du einen Gefangenentransport bestellt, Doug?» fragte Dekker.

Walsh nickte. «Kommt aber erst in einer Stunde. Unheimlich viel los, heute.» Er wandte sich an Folstrom. «Chris, kennst du Peter Decker schon?»

Decker sah sich den Kollegen genauer an. «Sie sind der Junge, der mich neulich an der Ampel gestoppt hat.»

Folstrom wurde rot, aber Decker lachte nur. «Macht nichts. Nur Armleuchter und Cops fahren so bescheuert. Und manchmal ist der Unterschied schwer auszumachen.

«Das Mädchen kommt aus der Judenschule?» fragte Walsh.

«Hatte sie was mit dem Überfall dort zu tun?» Decker zuckte unwillkürlich zusammen. Die Bezeichnung klang in seinen Ohren jetzt rassistisch und beleidigend. Dann nickte er. «Ja, aber nur als Zeugin.»

«Meinen Sie, daß es da einen Zusammenhang geben könnte?»

«Man kann nie wissen.» Decker gab Rinas Darstellung von dem Zwischenfall wieder. Walsh nickte. «Das stimmt mit dem überein, was der gute Samariter zu Protokoll gegeben hat.»

«Armer Kerl», meinte Folstrom. «Für seine Hilfsbereitschaft hat er sich noch eine blutige Nase eingehandelt.»

«Hat Glück gehabt, daß es nicht mehr war», sagte Walsh trokken.

«Und der Bursche hat sie mit einem Messer bedroht?» vergewisserte sich Decker. «Warum ist er eigentlich nicht mit den anderen getürmt?»

«Das Mädchen hat ihm offenbar einen kräftigen Tritt in die Eier gegeben.»

Decker lachte laut auf.

«Hat sie Ihnen das nicht erzählt?» fragte Folstrom.

«Muß sie total vergessen haben.» Decker besah sich den Jungen am Boden. Nach einer Weile fiel ihm auch der Name ein, der zu dem Gesicht gehörte. Cory Schmidt. Kein unbeschriebenes Blatt mehr. Ruhestörung, Schlägereien, Sachbeschädigung. Daß es dabei nicht bleiben würde, hatte man voraussehen können. Er tippte ihn mit der Schuhspitze an.

«Hey, Cory, wie siehst du denn aus? Hast du dir in die Hosen gemacht?»

«Hauen Sie ab, Decker. Ich will einen Anwalt.»

«Ich bin Anwalt.»

«Einen richtigen Anwalt, keinen Bullen.»

«Du kriegst deinen Anwalt, mein Junge, und wir holen auch deine Eltern dazu, da lassen wir uns nichts nachsagen. Und dann setzen wir uns alle in einem klitzekleinen Zimmer zusammen, in dem eine Affenhitze herrscht, und führen ein richtig gutes, langes Gespräch miteinander. Verlockende Aussichten, wie?»

«Scheißcop.»

Decker widerstand der Versuchung, schwungvoll mit dem Fuß auszuholen, und ging zurück zu Walsh.

«Ich habe einen Termin mit dem Fernmeldeamt. Es gibt hier irgendwo eine Frau, die etwas über den Sittenstrolch von Foothill weiß, und wenn sie noch mal anruft, schnappe ich sie mir. Marge Dunn soll sich den Jungen schon mal ohne Anwalt und ohne Eltern vornehmen, vielleicht wird er weich. Gegen eins müßte ich eigentlich wieder da sein. Dann kriegt er seinen Anwalt. Seht zu, daß ihr auch die Eltern ranschafft, oder wenigstens ein Elternteil. Wird gar nicht so einfach sein, sie sind beide arbeitslos und trinken. Und laßt den kleinen Stinker auf keinen Fall laufen, ehe ich mit ihm geredet habe.»

«Glaubst du, daß er was mit der Vergewaltigung in der Judenschule zu tun hat, Pete?» fragte Walsh.

«Mit dem Vandalismus dort bestimmt. Ob er auch an dem Überfall beteiligt war, weiß ich nicht genau.» Er klappte sein Notizbuch zu. «Aber das krieg ich noch heraus.»

13

Auf dem Kassettenrecorder liefen Songs von Lionel Richie. Gestern abend waren es die Pointer Sisters gewesen, in der vorigen Woche Smokey Robinson. Nett, mal wieder Popmusik zu hören, dachte Rina, während sie in der Mikwe aufwischte. Aber mehr noch als die Musik, die sie mitgebracht hatte, verbesserte Florence selbst Rinas Stimmungslage.

Der kaffeebraunen Florence Marley, einsachtzig groß und zwei Zentner schwer, die der Wachdienst ihnen geschickt hatte, nahm man durchaus ab, daß sie in der Lage war, die ihr anvertrauten Sachen und Personen zu schützen. Darüber hinaus war sie eine fröhliche, warmherzige Frau, die eine Fülle guter Rezepte parat hatte. Einige hatte Rina – nach den jüdischen Speisevorschriften abgeändert – schon ausprobiert, und mit diesem praktischen Erfahrungsschatz hatte Florence auch die anderen Frauen der Jeschiwa für sich gewonnen.

Rina sah auf die Uhr. «Du brauchst heute abend nicht zu warten, Florence. Detective Decker muß jeden Augenblick hier sein.»

«Kommt überhaupt nicht in Frage. Ich werde dich doch hier nicht alleinlassen.» Florence wirbelte ihren Schlagstock herum und zog die beigefarbene Uniformhose hoch. «Ich schau mich mal draußen ein bißchen um», sagte sie und tippte an ihren Revolver. «Bin in fünf Minuten wieder da.»

Rina schloß hinter ihr ab und suchte die schmutzige Wäsche zusammen. Dank Florence hatte sich das Klima der Angst, das in der Jeschiwa geherrscht hatte, weitgehend gelegt. Seit sie da war, hatte es keine verdächtigen Geräusche mehr gegeben, und die Frauen fühlten sich wieder sicherer.

Draußen hörte Rina lautes Rufen, und ihr Herz begann wieder zu jagen. Gedämpfte Worte, Schritte, dann ein Klopfen. Auf der Schwelle stand Decker, Florence im Rücken.

«Diese Lady hätte mir fast den Kopf abgerissen», sagte er mit einem etwas schiefen Grinsen.

«Ich habe nur getan, wofür ich bezahlt werde, Sir.»

«Das war kein Vorwurf. Nur eine Feststellung. Sie könnten bei der Polizei noch ganz groß Karriere machen.»

Florence lachte laut auf. «Vorläufig habe ich dafür noch fünfzig Pfund zuviel auf den Rippen. Kann ich Sie jetzt mit dieser jungen Dame allein lassen?» Sie versetzte ihm einen freundschaftlichen Hieb auf den Rücken.

«Da müssen Sie schon die junge Dame selber fragen.»

Rina nickte. «Du brauchst dir keine Sorgen zu machen.»

«Okay, dann zieh'ich jetzt ab.» Sie stellte den Kassettenrecorder ab, verstaute ihn in einem leeren Schrank und knuffte Deckers Schulter. «War nett, Sie kennenzulernen.»

«Ganz meinerseits.» Decker rieb sich den Rücken. «Die Frau hat einen verdammt harten Schlag. Ich könnte sie ohne weiteres gegen jeden meiner Kollegen aufstellen. Nur an Fordebrand würde sie sich wahrscheinlich die Zähne ausbeißen.»

«Wer ist Fordebrand?»

«Ein Kollege vom Morddezernat. Fünf Zentimeter kleiner als ich, aber mindestens sechzig Pfund schwerer. Alles Muskeln.»

«Du hast im Morddezernat gearbeitet?»

«Sieben Jahre.»

«Und warum bist du weggegangen?»

«Ich dachte mir, es müßte schön sein, mit Kindern zu arbeiten. Aber die Kinder, mit denen ich es zu tun habe, sind meist schlimmer als die Erwachsenen. Du kennst ja diese Fernsehschnulzen. Cop kümmert sich um verwahrlosten Jungen. Großer Konflikt. Harte Gespräche. Junge kommt immer wieder auf die schiefe Bahn. Cop läßt ihn nicht im Stich. Zum Schluß hält der Junge die Abschiedsrede in Harvard, blickt zurück auf eine schwere Jugend und dankt dem einen Menschen, der an ihn geglaubt hat. Dem Cop.»

Decker schüttelte den Kopf. «In Wirklichkeit sind die Kinder, mit denen wir uns herumschlagen müssen, knallhart. Innerlich und äußerlich.»

«Das klingt zynisch.»

«Nicht zynisch. Realistisch. Ich habe ja auch ein Kind großgezogen, und es ist gut geraten. Aber in dieser Welt gibt es nun mal die Cynthia Deckers und die Cory Schmidts. So ist das Leben.»

Er lächelte. «Sehen wir zu, daß wir das Protokoll hinter uns bringen. Du gehörst ins Bett.»

Rina packte die Handtücher in den Trockner und startete die Maschine. Herausnehmen und zusammenlegen konnte sie die Wäsche morgen. Sie gingen zur Tür. Auf dem Weg blieb Decker stehen.

«Was ist?» fragte Rina erschrocken.

Decker legte den Finger an die Lippen und lauschte eine Minute intensiv. Als er Rinas verängstigtes Gesicht sah, kam er sich schäbig vor.

«Gar nichts. Ich habe mir nur das Geräusch des Wäschetrockners angehört. Für einen anderen Fall, den ich bearbeite.»

«Was ist das für ein Fall?»

«Das sage ich dir, wenn er unter Dach und Fach ist.»

«Also zerbrich dir nicht dein hübsches Köpfchen, liebes Kind», ergänzte sie trocken. Aber insgeheim war sie doch sehr erleichtert.

Er lachte und war versucht, sie ganz spontan zu kitzeln oder über die Schulter zu werfen. Dann hätte sie gezappelt und sich gewehrt, sie wären beide hingefallen, und zum Schluß, erschöpft von dem Gebalge, hätten sie sich in den Armen gelegen und sich geliebt.

Schöne Phantasien...

Er sah sich den Wäschetrockner näher an. Es war eine große, schwere Maschine, eine Speed Queen. Noch einen Augenblick lauschte er dem lauten Summen nach. «Jetzt können wir gehen», erklärte er schließlich.

Behutsam legte er einen Arm um Rinas Schulter und berührte mit den Fingern ihr Schlüsselbein. Sie wandte sich um, lächelte ihm zu und machte sich los. Er hatte es nicht anders erwartet. Es blieb bei den Phantasien.

«Was war mit Cory?» fragte Rina, als sie draußen waren.

«Er wird mit einem Denkzettel davonkommen. Übrigens hat er seine Freunde verpfiffen, und wir haben ihnen deinen Füller abgenommen. Hier ist er.»

Sie nahm ihn etwas zerstreut entgegen. «Ein Denkzettel, mehr nicht? Der Bursche hat mir ein Messer an die Kehle gesetzt.»

«Glücklicherweise hast du keine Verletzungen erlitten. Außerdem fällt er noch unter das Jugendrecht und ist nicht einschlägig vorbestraft.»

«Das ist doch nicht zu fassen.»

«Reg dich nicht auf, es ist nur eine Frage der Zeit, bis er wieder etwas anstellt. Früher oder später fängt er sich in der eigenen Schlinge. Immerhin hat er die mutwilligen Zerstörungen in der Jeschiwa zugegeben. Als ich ihn nach dem Überfall auf Mrs. Adler fragte, hat er natürlich behauptet, er habe keine Ahnung. Und was er in der bewußten Nacht gemacht hat, weiß er angeblich nicht. Ich werde seine Angaben natürlich nachprüfen. Aber ich persönlich glaube, daß er mit der Sache wirklich nichts zu tun hat. Ein ausgebuffter Kunde wie unser Cory hätte für so einen Fall sofort ein Alibi bei der Hand gehabt.»

Er lockerte den Schlips und öffnete den obersten Hemdenknopf. Die verflixte Hitzewelle war noch immer nicht zu Ende.

Rina schwieg.

«Wenn der Bursche sich dir jemals wieder auf fünfzig Meter nähert, sag mir Bescheid. Dann wird es ihm leid tun.»

Vor ihrem Haus blieb Rina einen Augenblick stehen. «Meine Eltern sind heute abend als Babysitter eingesprungen. Ich habe ihnen von heute vormittag erzählt. Sie haben sich ziemlich aufgeregt.»

«Kein Wunder.»

Sie zögerte noch einen Augenblick, dann schloß sie auf und ließ Peter eintreten.

Decker fiel es nicht leicht, in dem gepflegten Ehepaar, dem er gegenüberstand, Rinas Eltern zu sehen. Die Mutter war größer als Rina, gertenschlank und geschmeidig. Das tiefschwarze Haar umrahmte in weichen Wellen ein perfekt geschminktes ovales Gesicht. Sie trug eine hellblaue Seidenbluse, marineblaue Hosen und Eidechslederschuhe. Um den Hals hatte sie eine geflochtene Goldkette mit einem herzförmigen Brillanten.

Rinas Vater war ein paar Zentimeter kleiner als seine Frau, aber kräftig gebaut. Er hatte müde Augen mit schweren Lidern, eine breite Nase und einen buschigen grauen Schnurrbart. Auf dem dichten grauen Haar saß eine kleine gestrickte Jarmulke.

«Du bist spät dran», sagte Rinas Mutter. Ihr Akzent erinnerte Decker an Zsa Zsa Gabor.

«Ich habe gesagt, daß ich gegen halb elf hier sein würde, Mama. Jetzt ist es knapp halb.»

«Es ist Viertel vor elf. Ich habe mir schon Sorgen gemacht.» Sie sah Decker an. «Ist das der Polizist?»

«Ja, das ist Detective Decker. Peter, das sind meine Eltern, Mr. und Mrs. Elias.»

Mrs. Elias schüttelte den Kopf. «Schrecklich, daß man nicht einmal mehr beim Einkaufen seines Lebens sicher ist.»

«Es ist doch nichts passiert, Mama.»

«Warum wohnst du hier? Es ist zu gefährlich, Ginny. Du darfst nicht nur an dich denken. Denk auch mal an die Kinder.»

Rina schwieg.

«Haben Sie Kinder, Detective?» fragte Mrs. Elias.

«Eine Tochter.»

«Und wie wäre Ihnen zumute, wenn ihr so etwas passiert wäre?»

«Ich wäre sehr böse.»

«Eben. Ich bin auch sehr böse, und ich habe Angst. Sie ist eine alleinstehende Frau.»

«Ich bitte dich, Mama, es –»

Mrs. Elias sagte etwas in einer Decker unverständlichen Sprache. Er tippte auf Ungarisch.

«Kriminalität gibt es überall, Mutter.»

«Du kennst doch deine Mama, Regina», warf Mr. Elias ein. «Sie macht sich immer Sorgen.»

«Willst du nicht übers Wochenende zu uns kommen?» fragte Mrs. Elias. «Du bringst uns die Kinder gar nicht mehr. Und du läßt sie zu lange aufbleiben, Ginny. Sie sind erst um Viertel nach zehn schlafen gegangen.»

«Sie schlafen mittags, Mama. Da sind sie um neun einfach noch nicht müde.»

«Für einen Mittagsschlaf sind sie zu alt.»

«Können wir das ein anderes Mal besprechen, Mama? Es ist sehr spät, und ich muß meine Aussage noch zu Protokoll geben.»

Mrs. Elias sah Decker an. «Das hier ist keine gute Gegend, nicht?»

«Nun ja, es gibt hier einige Kriminalität...»

«Beverley Hills ist sicherer, nicht?»

Rina rang sichtlich um Beherrschung. «Seitdem es Autos gibt, ist keine Gegend vor Kriminalität sicher. In Beverley Hills kommt auch genug vor.»

«Aber da gibt es keine kriminellen Jugendlichen, die einem Eier auf dem Kopf zerschlagen.» Mrs. Elias appellierte an Decker. «Beverley Hills ist sicherer, nicht?»

«Statistisch ist die Verbrechensrate dort tatsächlich niedriger, aber so etwas kann leider überall passieren.»

«Mama, es ist sehr spät.»

«Komm am Wochenende. Die Kinder sind immer so gern bei uns.»

«Ich rufe dich an, Mama. Es war lieb, daß ihr heute gekommen seid.»

«Wir könnten öfter einspringen, wenn du mehr in unserer Nähe wohnen würdest», stellte die Mutter fest. «Wir sind Ihnen sehr dankbar, Detective Decker, daß Sie ihr beigestanden haben. Rina hat uns erzählt, wie nett Sie waren. Sagen Sie ihr, daß eine junge Frau mit kleinen Kindern hier nichts zu suchen hat.»

Mr. Elias stand auf und gab seiner Tochter einen Kuß. Er nahm seine Frau am Arm und flüsterte auf ungarisch mit ihr, während er sie mit sich fortzog.

Rina hatte Tränen in den Augen. «Entschuldige, Peter. Aber es war ein strapaziöser Tag.»

«Das Protokoll hat Zeit, Rina. Es genügt, wenn du morgen früh ins Revier kommst.»

Sie setzte sich aufs Sofa, und er kam zu ihr.

«Ich habe es nicht ganz leicht hier, Peter. Die Jeschiwa ist eine Oberschule und ein College für Jungen. Die Frauen, die hier wohnen, sind entweder mit den Lehrern verheiratet oder mit den Gelehrten, die hier wissenschaftlich arbeiten, wie mein Mann es getan hat. Er lebte für seine Wissenschaft, und ich habe unterrichtet, damit er sich seinen Studien widmen konnte. Das gilt als ehrenvoll. Eine alleinstehende Frau ist hier tatsächlich fehl am Platz. Es ist nicht so, daß ich Angst davor hätte, wieder draußen zu leben. Es ist auch keine Geldfrage, arbeiten und sparsam wirtschaften bin ich gewöhnt. Aber sobald ich meine Sachen zusammenpacke und hier weggehe, werde ich von meiner Mutter mit Haut und Haaren verschlungen, das weiß ich genau.»

Die Tränen liefen ihr jetzt über die Wangen. Natürlich war daran nicht nur die Szene mit ihren Eltern schuld, sondern die ganze Anspannung dieses Tages, die sich in den Tränen löste. Decker hatte das schon oft bei den Opfern von Gewaltverbrechen erlebt. Er legte den Arm um Rinas zuckende Schultern. Zu seiner Überraschung schmiegte sie sich an ihn.

«Ich will dir mal was sagen, Rina. Eine Frau, die es fertigbringt, ihren Angreifer mit dem Knie kampfunfähig zu machen, wird sich nie von irgend jemandem verschlingen lassen.»

Sie lachte ein bißchen und lehnte den Kopf an seine Brust. Der bedächtige, gleichmäßige Rhythmus seines Herzschlags beruhigte sie. Sie legte die Arme um ihn, spürte seinen Körper an dem ihren. Er streifte ihr Kopftuch ab, zog ein paar Haarnadeln heraus, und das dichte schwarze Haar fiel ihr bis auf die Schultern.

Er legte Rina eine Hand unters Kinn, hob ihr Gesicht zu dem seinen und sah ihr in die Augen. «Findest du das nicht frustrierend?»

«Natürlich finde ich es frustrierend. Aber Sex ist keine Patentlösung.»

Er küßte ihren Scheitel und strich ihr übers Haar. «Irgendwie komme ich mir vor wie in der Oberschule. Früher mußte man um *alles* betteln.»

Er lächelte spitzbübisch und legte die Hände zusammen. «Bitte, bitte, ich will auch ganz lieb sein.»

Sie gab ihm einen leichten Klaps und rückte ein Stück von ihm ab.

Decker richtete sich auf. «Ja, so ähnlich haben die Mädchen im College auch reagiert.»

«Vielleicht liegt's an der Technik?» Sie wurde ernst. «Wie findest du meine Eltern?»

«Sie machen sich offenbar viel Gedanken um dich, fast kommen sie mir ein bißchen zu fürsorglich vor. Aber schließlich bist du ja auch heute vormittag überfallen worden. Im übrigen sind sie viel moderner, als ich sie mir vorgestellt hatte. Du bist wohl nicht im strengen Judentum großgeworden?»

«Wir gehörten zur modernen Orthodoxie, das heißt, ich hatte als Kind eine starke jüdische Identität. Meine Mutter ging allerdings sehr viel lässiger mit den Vorschriften um als mein Vater, da gab es oft Auseinandersetzungen. Deshalb hat – ganz nach Freud – mein älterer Bruder, der Arzt geworden ist, sich eine Frau genommen, die bei weitem nicht so religiös war wie er, und ich habe einen zutiefst frommen Mann geheiratet. Wir heiraten mehr oder minder alle unsere Eltern, nicht?»

Decker überlegte. Seine geschiedene Frau, seine Pflegemutter, seine eigentliche Mutter... Vielleicht war das alles wirklich genetisch verankert.

Rina fuhr fort: «Mein zweiter Bruder – ich bin die Jüngste – hatte es schwer mit sich. Weil meine Eltern nicht wußten, was sie mit ihm anfangen sollten, haben sie ihn nach Israel geschickt. Da ist er unter die Chassiden geraten und ist jetzt der Frömmste von uns.»

«Zwei von drei Kindern sind also in einer Jeschiwa gelandet. Das ist ein beachtliches Ergebnis.»

«Aber nur mein Bruder ist Chassid. Das sind die Juden, die in *Anatevka* gezeigt werden, die mit den langen schwarzen Mänteln und den Pelzmützen. Unsere Jeschiwa ist Misnagid, eine ganz andere Richtung. Wenn du erleben willst, wie jemand buchstäblich Feuer spuckt, brauchst du nur Row Aaron einen Chassiden zu nennen. Die Chassidim meinen, daß es den Misnagdim an menschlicher Wärme fehlt, die Misnagdim halten die Chassidim allesamt für Ignoranten.

Row Aaron ist in einem kleinen Dorf zur Welt gekommen, aber er hat in einer Jeschiwa in Minsk studiert, der damaligen Hauptstadt von Litauen. Die Litauer sind besonders stolz auf ihre Bildung und Kultur. Deshalb hat er sich so gut mit Yitzchak verstanden. Er war immer wieder begeistert von seiner Lern- und Aufnahmefähigkeit und seiner logischen Begabung.

Die Anhänger des Chassidismus kamen hauptsächlich vom Land, und weil sie sich in der Thora und der großen Welt nicht so gut auskannten, haben die Chassidim ihre Leute damit beschwichtigt, daß sie sagten, Judentum käme weniger aus dem Hirn als aus dem Herzen.»

Sie sah ihn an. «Dir und der übrigen Welt müssen wir ganz schön verrückt vorkommen.»

Decker wurde ernst. «Du darfst nicht mich und Millionen anderer Menschen in einen Topf werfen. Ich bin mehr als irgendein beliebiger Goj.»

Sie berührte kurz und scheu seine Wange. «Entschuldige. Das war chauvinistisch gedacht. Aber ich bin sehr stolz darauf, Jüdin zu sein.»

«Das merke ich.»

«Daß deine Tochter auch als Jüdin gilt, weißt du, nicht wahr?»

«Ja, und sie hat das auch akzeptiert. Vor etwa fünf Jahren hat sie sich entschlossen, den jüdischen Glauben anzunehmen. Freiwillig. Niemand hat ihr den Hals mit Religion vollgestopft.»

Er sah Rina an, daß er etwas Falsches gesagt hatte. «Verzeih, so war es nicht gemeint.»

«Schon gut.» Das klang recht frostig. «Können wir jetzt das Protokoll erledigen?»

«Bitte nicht schmollen. Ich finde es sehr schön, daß sie zum jüdischen Glauben gefunden hat. Unter meinen besten Freunden sind Juden.»

Rina mußte lachen. «Ich bin wirklich nicht fanatisch, Peter, unsere Jeschiwa gilt als relativ liberal. Wir haben Radio und Fernsehen, wir können weltliche Zeitungen und Zeitschriften abonnieren. Manche unserer Schüler studieren später auf einer weltlichen Universität weiter.»

Decker schwieg.

«Einer der Männer hat mich sogar mal ins Kino eingeladen.»

«Geht ihr sonst nicht ins Kino?»

«Es gilt als *narrischkeit* – als Torheit. Ich glaube, es war ein Film mit Steve Martin.»

«Und wie hat er dir gefallen?»

«Der Film recht gut, aber der Mann...» Rina verdrehte die Augen. «Er hat sich natürlich nicht getraut, mich anzufassen, aber seine Blicke sprachen Bände. Das war ein Jahr nach Yitzys Tod, und ich sehnte mich so sehr nach ein bißchen Abwechslung. Aber nachdem es ein paarmal schiefgegangen ist, habe ich mich lieber wieder in mein Schneckenhaus zurückgezogen.»

«Was hattest du denn gegen den Mann?»

«Er hat mir zu viele persönliche Fragen gestellt. Ob ich noch zur Mikwe gehe, obgleich ich Witwe bin. Ob ich nach wie vor meinen Trauring trage. Und ob ich immer noch mein Haar bedecke...»

«Was noch?»

«Ob ich auch mal nichtkoscher essen würde. Ob ich schon mal Hasch geraucht hätte. Das klingt für dich vielleicht alles ziemlich harmlos, aber für einen *jeschiwa bocher* ist es eigentlich sehr ungehörig.»

«Ist er noch hier?»

«Ja. Inzwischen ist er verheiratet und beschäftigt sich mit wissenschaftlichen Arbeiten. Ich glaube, seine Frau hat ihn ein bißchen zurechtgebogen.»

«Wie heißt er?»

Sie sah ihn mißtrauisch an. «Der Mann ist kein Sittlichkeitsverbrecher.»

«Das habe ich auch nicht behauptet. Ich wollte nur wissen, wie er heißt.»

Sie schwieg, und Decker wechselte das Thema. «Mit deinen Verehrern hat es also nie so recht geklappt?»

«Es war eine einzige Katastrophe. Vielleicht habe ich zu früh wieder angefangen.»

«Vielleicht fischst du auch nur im falschen Weiher.»

Sie seufzte. «Es gibt genug jüdische Gemeinden. Größere Gemeinden, mit vielen Männern. Ich bin einfach noch nicht wieder soweit, die gängigen Paarungsrituale durchzustehen.»

«Möglicherweise brauchst du für den Übergang ein bißchen Unterstützung.»

Sie lächelte. «Und da meldest du dich freiwillig?»

«Die Polizei, dein Freund und Helfer...»

«Weißt du was? Du wärst ein sehr guter *jeschiwa bocher* geworden.»

Er schüttelte sich vor Lachen.

«Nein, im Ernst. Du bist intelligent, wissensdurstig, fleißig. Du stellst die richtigen Fragen. Du bist Anwalt. Eine Jeschiwa ist wie eine Hochschule für jüdisches Recht mit zusätzlichen Vorlesungen über Ethik und Moral. Das jüdische Recht ist sehr viel komplizierter und anspruchsvoller als amerikanisches Recht, das wird dir jeder bestätigen, der sich mal mit beidem beschäftigt hat.»

«Hört sich an, als ob ich meinen Beruf verfehlt habe.»

«Du lachst, aber ich meine es ernst, Peter. Wärst du als Jude geboren worden und in einer orthodoxen Umwelt aufgewachsen, hättest du ein Fanatiker werden können.»

Er rutschte unbehaglich hin und her. «Du hast wohl nicht zufällig eine Zigarette für mich?»

Sie schüttelte den Kopf. «Möchtest du einen Kaffee? Oder Saft?»

«Nur einen Schluck Wasser.»

Sie stand auf, und er atmete tief. Verflixt heiß hier drin. Komisch, daß ihm das eben erst aufgefallen war. Rina kam mit einem großen Glas Eiswasser zurück.

«Danke.» Er leerte das Glas. «Wenn ihr nicht ins Kino geht und auch nicht zum Essen in Restaurants, was fangt ihr dann mit eurer Freizeit an?»

«Wir haben den Schabbes. Ich koche und backe wie besessen für den Freitagabend und den Samstag, meine Gäste stopfen sich voll, und ich darf hinterher den Abwasch machen.» Sie lachte. «Nein, jetzt mal im Ernst. Der Schabbes ist ein wunderschöner Tag. Morgens gehen wir in die Synagoge, dann habe ich entweder Gäste zum Mittagessen oder wir sind eingeladen, es gibt gute Gespräche, wir singen, lernen, spielen mit den Kindern, essen und trinken. Am Schabbes verzichten wir auf Strom, Telefon und Auto. Ein Tag, den man völlig abgeschlossen von der Außenwelt verbringt, hat reinigende Wirkung, Peter. Wie das Tauchbad in der Mikwe.

Ich habe seit Yitzchaks Tod vor zwei Jahren viel nachgedacht und bin darauf gekommen, daß ich dieses Leben, das sich ganz an religiösen Grundsätzen ausrichtet, gern führe. Es hat Zweck und Ziel, und das ist heutzutage selten genug.»

«Gib mir deine Hand», bat er. «Keine Angst, ich habe nicht die Absicht, dich zu überfallen. Selbst ein mieser Goj kann sich beherrschen. Ich will nur deine Hand halten.»

Überraschenderweise überließ Rina sie ihm.

«Ich unterhalte mich gern mit dir», sagte er. «Geht es dir auch so?»

«Das weißt du doch.»

«Wir könnten ab und zu ein paar Stunden miteinander verbringen. Ganz harmlos. Am Strand zum Beispiel. Um miteinander zu reden.»

Sie schüttelte den Kopf.

«Nur einmal. Zum Ausprobieren.»

«Es geht nicht, Peter. Bei dem einen Mal würde es nicht bleiben, das weißt du genau.»

Sie hatte recht. Aber ganz mit leeren Händen mochte er doch nicht nach Hause gehen.

«Mit Goldberg bist du doch auch ausgegangen, obwohl er so ein komischer Kauz war.»

«Goldberg? Wie kommst du auf den Namen? Das war Shlomo Stein.»

«Soso, Shlomo Stein also...»

Rina funkelte ihn zornig an, rückte aber nicht von ihm ab. «Das war gemein.»

«Die Einladung war ehrlich gemeint.»

«Wie ist das jetzt mit dem Protokoll?»

Decker feixte. Es war also doch kein ganz verlorener Abend gewesen.

14

Sammy starrte ins Leere, ballte die Rechte zur Faust und hieb damit auf den Baseballhandschuh, den er an der Linken trug. Rina sah auf die Uhr. Seit einer Stunde ging das schon so, und bis Peter kam, waren es noch gut fünfzig Minuten.

Sie versuchte ihn abzulenken, schlug ein Spiel vor, bot ihm an, seine Lektion abzuhören – aber er reagierte nur mit einem ungeduldigen Schulterzucken. Jake hatte den Sonntagvormittag wie üblich vor dem Fernseher verbracht. Auch er freute sich auf sein erstes Baseballmatch, was ihn aber nicht daran hinderte, sich den Jerry Lewis-Film anzusehen, der ab elf lief. Er war der bei weitem unkompliziertere von beiden.

Rina beschloß zu backen, das wirkte immer beruhigend auf ihre Nerven. Sie rührte Margarine und Zucker mit dem Holzlöffel schaumig.

Zunächst hatte sie nein gesagt, als Peter ihr vorgeschlagen hatte, mit den Jungen zu den Dodgers zu gehen, und er hatte nicht versucht, sie umzustimmen. Es waren ihre Kinder, sie mußte wissen, was das Beste für sie war.

Doch dann bekam sie Gewissensbisse. Jeden Morgen nach dem Gebet machte sich Sammy über den Sportteil der Zeitung her. Er kannte alle Ergebnisse auswendig und war über die Lebensgeschichte sämtlicher Dodger-Spieler informiert. War es da nicht grausam, ihm dieses kleine Vergnügen vorzuenthalten?

Sie gab Mehl und Kakao zu und schlug den Teig kräftig durch.

«Ima, wie spät ist es?» rief Sammy aus dem Nebenzimmer.

«Noch vierzig Minuten.»

Stille.

Jake kam in die Küche. «Was machst du da?»

«Napfkuchen.»

«Ist er *parewe*?»

«Ja.»

«Können wir ihn mit ins Stadion nehmen?»

«Dafür backe ich ihn ja.»

«Darf ich die Schüssel auslecken?»

«Einer von euch kriegt die Schüssel, der andere den Löffel. Einigt euch.»

Jake zog sich einen Stuhl heran.

«Aufgeregt?»

«Klar. Dürfen wir uns im Stadion eine Cola kaufen?»

«Das wird sich wohl machen lassen.»

«Danke.» Er rutschte vom Stuhl, ging zu seinem Bruder ins Nebenzimmer, war aber gleich wieder da. «Shmueli hat keinen Hunger. Darf ich die Schüssel und den Löffel haben?»

Der Kuchen war gerade so weit abgekühlt, daß sie ihn einpacken konnte, als es draußen klingelte. Sammy rannte zur Tür.

Rina machte große Augen. Bisher hatte sie Peter nur während seiner Dienstzeit gesehen, in Hemd, Schlips und langen Hosen. Heute trug er ein weißes T-Shirt, schmuddelige Shorts, Turnschuhe und eine Baseballmütze auf dem dichten roten Haar. Er wirkte sehr hemdsärmelig, sehr amerikanisch. Neben ihm standen zwei Teenager. Das Mädchen war hübsch, wenn auch ein bißchen schlaksig, sie hatte das Haar ihres Vaters, große braune Augen und ein herzliches Lächeln. Sie trug sehr kurze Shorts, ein Top, das knapp bis unter die Brust reichte, und Sandalen. Der Junge war blond und sportlich, ein Stück größer als sie und fast ebenso angezogen. Sie hielten sich eng umschlungen.

Vielleicht hätte ich es doch nicht tun sollen, dachte Rina. Gewiß, ewig konnte sie die Kinder nicht vor der Außenwelt abschirmen, aber wäre es nicht doch besser gewesen, sie noch eine Weile vor der Lebensweise der Gojs zu bewahren? Aber jetzt konnte sie keinen Rückzieher mehr machen.

Decker begriff, daß die lässige Kleidung, die offen zur Schau gestellte Zärtlichkeit der jungen Leute Rina gegen den Strich gingen, daß sie es schon bereute, ihre Söhne einem Goj zu überlassen. Als sie neulich zusammengesessen hatten, war er drauf und dran gewesen, ihr von seiner Adoption und seiner Herkunft zu erzählen, aber er fürchtete die Komplikationen, die sich daraus ergeben konnten. Er steckte mitten in den Ermittlungen, ein Sittlichkeitsverbrecher lief noch immer frei herum.

«Das ist meine Tochter Cindy, und das ist ihr Freund, Eric», stellte Decker vor. «Kinder, das ist Rina Lazarus, und das sind ihre Jungs, Sammy und Jake.»

Er deutete auf Sammys Baseballhandschuh. «Du hast dich ja gut vorbereitet. Kann's losgehen?»

«Hier ist ihr Essen, Peter.» Rina reichte ihm eine Tüte. «Sie können eine Cola oder ein Seven-up haben, aber sonst nichts. Keine Würstchen, kein Eis, keine Fritten oder Kartoffelchips oder dergleichen. Hier sind fünf Dollar –»

Peter lachte. «Na, hör mal! Eine Runde Cola kann wohl selbst ein armer Cop mal spendieren. Keine Bange, ich bring sie dir heil und gesund zurück. Und nicht weniger jüdisch als vorher.»

Sie holte tief Luft. «Ich verlasse mich auf dich, Peter.»

«Cindy, gehst du mit Eric und den Kindern schon voraus? Ich will schnell noch etwas mit Rina besprechen.»

Als sie allein waren, fuhr er fort: «Wir sind bei Shlomo Stein fündig geworden. Er ist kein unbeschriebenes Blatt mehr. Zwei Anklagen wegen Kokainbesitz, eine wegen Erpressung, eine wegen eines tätlichen Angriffs mit einer gefährlichen Waffe. Zur Verhandlung ist nur der tätliche Angriff gekommen, und auch da hat er sich mit Hilfe eines geschickten Anwalts aus der Affäre gezogen.»

Er machte eine kleine Pause. «Früher hieß der Mann Scotty Stevens. Es würde mich mal interessieren, was der hier zu suchen hat.»

«Ich möchte annehmen, daß er sich bemüht, seinem Leben einen Sinn zu geben.»

«Als alter Zyniker wage ich zu bezweifeln, daß sich tiefgreifende Persönlichkeitsänderungen über Nacht vollziehen.»

«Er ist nicht der Mann, den du suchst, Peter.»

«Natürlich nicht. Wenn einer immerfort betet, ist er ein Muster an Vollkommenheit.»

«Das habe ich nicht gesagt. Aber zur Tatzeit saß er mit zwanzig anderen Männern zusammen in einem Studiensaal.»

«Woher weißt du das?»

«Ich habe mich ein bißchen umgehört.»

«Und hast dem Mann Gelegenheit gegeben, sich ein Alibi zu zimmern.»

«Wir halten sehr zusammen, aber keiner von uns würde einen Sittlichkeitsverbrecher decken. Ich habe ein paar zuverlässige Leute gefragt, Zvi zum Beispiel. Würde sich Zvi vor einen Mann stellen, der seine Frau überfallen hat?»

«Frag mich was Leichteres. Ich habe so meine Schwierigkeiten mit eurer Mentalität.»

«Ich will damit Shlomo Stein gar kein Leumundszeugnis ausstellen, Peter. Ich sage dir nur, daß er es nicht war.»

«Hast du von seiner kriminellen Vergangenheit gewußt, als du mit ihm ausgegangen bist?»

«Natürlich nicht. Sonst hätte ich mich gar nicht erst mit ihm eingelassen. Erst später habe ich erfahren, daß er Probleme hatte. Er ist in einer orthodoxen Familie aufgewachsen und auf Abwege geraten, aber dann hat er zum Glauben zurückgefunden. Es kam erst heraus, nachdem er schon eine Weile in der Jeschiwa verbracht hatte. Row Aaron war zwar nicht sehr glücklich darüber, aber er hat ihn dann doch nicht weggeschickt. Eine Jeschiwa ist kein Refugium für Sonderlinge und gescheiterte Existenzen, andererseits aber kann die Gemeinschaft auch nicht einen der Ihren ausstoßen, nur weil er früher mal vom Wege abgekommen ist.»

«Warum hast du mir das nicht gesagt?»

«Ich wußte, daß du es doch herausfinden würdest.»

«Du deckst lieber einen von deinen Leuten, auch wenn er kriminell ist, als dich einem von draußen anzuvertrauen, der zufällig ein Cop ist, aber außerdem auch ein Mensch, der sich um dich sorgt. So langsam kommt mir die ganze Jeschiwa verdächtig vor. Ich hätte gute Lust, eine gründliche Untersuchung anzuordnen...»

«In der Jeschiwa wohnen sechzig Familien, Peter, zweihundert Jungen, die das College, und hundert, die die Highschool besuchen. Die Jungen machen ihre Prüfungen und gehen ab, andere kommen neu hinzu, manche mitten im Semester. Außerdem haben wir ständig Gaststudenten, Rabbis auf der Durchreise, interessierte Wissenschaftler, die hier ein Jahr verbringen... Es herrscht ein unaufhörliches Kommen und Gehen. Unter so vielen Leuten finden sich immer ein paar komische Käuze.»

«Ein Gangster, ein Psychopath...»
«Moshe ist harmlos.»
Decker schwieg.
«Du hast ihn doch bestimmt überprüfen lassen», sagte Rina.
«Es liegt nichts gegen ihn vor.»
«Eben.»
Aus dem Funksprechgerät, das er am Gürtel trug, piepste es, eine Stimme gab eine Telefonnummer durch.
«Kann ich mal bei dir telefonieren?»
«Ja, natürlich.»
Er gab ein paar knappe Anweisungen und legte wieder auf.
«Etwas Wichtiges?» fragte Rina.
«Nicht sehr. Solange wir den Strolch nicht haben, der in Foothill sein Unwesen treibt, liegt mir daran, immer und überall erreichbar zu sein.»
«Das ist bestimmt hart für dich. Es tut mir leid, Peter. Nachdem du mir Shlomos Namen entlockt hattest, hätte ich dir das andere auch erzählen sollen.»
Sein Gesichtsausdruck wurde versöhnlicher. Er setzte ihr seine Baseballmütze auf. «Paß schön auf dich auf.»
«Du hast eine entzückende Tochter.»
Er strahlte sie an. «Ich werd's ihr ausrichten.»

Rina kam ziemlich früh zur Bibelstunde, aber Ruthie Zipperstein und Chana Marcus waren schon da. Rina freute sich auf das Buch Samuel, mit dem sie sich heute beschäftigen würden.
Es handelte von der aufregenden Regierungszeit des Königs David und war nicht nur historisch interessant, sondern gewährte auch tiefe Einblicke in menschliche Schwächen: David, der rechtschaffene Jude, der das Unsagbare tat, um die Frau zu gewinnen, die er begehrte, der Anführer, Gelehrte, Sünder und demütige Diener des *Hashem*...
Auch David hatte rotes Haar gehabt.
Sie setzte sich und erzählte den Frauen, wo ihre Jungen waren. Es würde sich sowieso herumsprechen, da war es besser, sie erfuhren es von ihr direkt.
«Es ist mir unbegreiflich, daß du ihm die Jungen anvertraut hast.»
«Es ist nur ein Baseballspiel, Ruthie.»

«Die Oberschule steht in Verhandlungen wegen einer Gruppenermäßigung», sagte Chana. «Hättest du nicht solange warten können?»

«Darüber wird schon seit vier Monaten geredet. Die Saison ist fast vorbei. Und Peter hat –»

«Peter?» hakte Chana nach.

«Detective Decker hat von seinem Chef Tribünenplätze geschenkt bekommen. Ich konnte Shmueli einfach nicht mehr hinhalten.»

«Das scheint ja eine ziemlich dicke Freundschaft zwischen euch zu sein.»

«Ich brauche mich nicht zu rechtfertigen. *Hashem* weiß, was in meinem Herzen ist.»

Die beiden ließen sich ihr Mißfallen deutlich anmerken.

«Ich erwarte einen Vetter aus Baltimore», sagte Chana. «Er ist achtundzwanzig, ein sehr netter Junge. Ein bißchen wie Yitzchak. Aber nicht ganz so ernsthaft. Er interessiert sich für die Universal Studios und für Disneyland –»

«Hast du von mir erzählt?»

«Beiläufig», gab Chana zu.

«Hast du ihm auch erzählt, daß ich Kinder habe?»

«Ja.»

«Und was hat er gesagt?»

«Gar nichts. Nur, daß er dich gern kennenlernen würde. Ich hab ihm gesagt, wie hübsch du bist. Shimon sieht gern hübsche Frauen. Kann ich ihm sagen, daß er dich anrufen soll?»

«Meinetwegen», erwiderte Rina ohne besondere Begeisterung. Sie schlug ihren Text auf und las noch einmal den Abschnitt, in dem David Bathseba zum erstenmal zu Gesicht bekommt. «Da begab es sich des Abends... daß er vom Dache aus ein Weib sich baden sah. Das Weib aber war von sehr schöner Gestalt.»

Rina wußte, daß sie kein gewöhnliches Bad genommen hatte, sondern das Tauchbad in der Mikwe.

Sie fand ihn unter einer Ulme mit breit ausladenden Ästen. Direkt hinter dem schattenspendenden Baum war ein Eukalyptushain, der die Gegend mit würzigem Duft erfüllte. Der Tag war brütend heiß. Sie dachte an die Jungen im Stadion und wie schnell Kinder einen Sonnenstich bekommen konnten. Dann schob sie die Sorgen entschlossen beiseite. Peter war ein vernünftiger Mann.

Moshe hatte ein Gebetbuch im Schoß, er wiegte sich hin und her und pries den Herrn. Schweißtropfen standen ihm auf der Stirn, aber die Hitze schien ihm nichts auszumachen.

Rina setzte sich auf einen Laubhaufen neben ihm. Er nahm sie zunächst überhaupt nicht zur Kenntnis.

«Moshele», sagte sie sanft. «Moshele, ich weiß, daß du mich hörst. Bitte, antworte mir, Moishy.»

Er sah sie flüchtig an und nickte.

«Wie geht es dir?»

«*Baruch Hashem*, mir geht es gut. Ja, sehr gut, vielen Dank. Mir geht es gut, *Baruch Hashem*.»

«Moshe, hat Zvi dir gesagt, was in jener Nacht vorgefallen ist?»

«Ja. Ja, das hat er. Er hat mir alles erklärt, jawohl.»

«Hat er dir gesagt, daß du nachts nicht mehr im Gelände herumlaufen sollst?»

«Ja, das hat er, vielen Dank. Das hat er, ja, das hat er.»

«Moshe, es ist sehr wichtig, daß du auf ihn hörst. Bis die Polizei den Täter erwischt hat, darfst du nicht mehr nachts in den Wald. Sonst denken sie, daß du es warst.»

«Ja, ich verstehe. Ich verstehe, was du sagst. Vielen Dank, ich verstehe.»

«Ich habe dich nachts im Wald gesehen, Moshe. Flo und ich haben dich zweimal in der letzten Woche gesehen. Und am Schabbes habe ich dich auch gesehen, als Steve Gilbert mich nach Hause gebracht hat. Das geht nicht mehr, Moshe, du darfst nachts nicht mehr draußen herumlaufen. In deinem eigenen Interesse. Hast du mich verstanden?»

«Ja, ich verstehe. Vielen Dank. Ja, ich verstehe. Danke dir, danke.»

«Es ist sehr wichtig, Moishy. Es ist wichtig für dich, für *shem tov*, deinen guten Namen. Es wäre ein *chillul Hashem*, wenn jemand dich für den Täter halten würde. Die Gojim sollen doch nicht denken, daß wir eine Bande von *ganovim* sind.»

«Das ist richtig. Sehr richtig. *Shem tov* ist so wichtig. Ein guter Name ist wichtig. Ganz wichtig.»

Das Gespräch schmerzte sie sehr. Sie sah die beiden jungen Männer noch vor sich, Yitzchak und Moshe, wie sie mit leuchtenden Augen über ihren Büchern gesessen hatten. Jetzt war der eine tot, der andere unzurechnungsfähig. Einen Augenblick verspürte sie

Zorn auf *Hashem*. Schlimm genug, daß das mit Yitzchak geschehen mußte. Aber wie konnte Er so grausam zu Moshe sein? Doch sehr rasch fiel ihr Zorn in sich zusammen, an seine Stelle traten Gewissensbisse, wie immer, wenn Glaubenszweifel sie plagten.

«Bitte, Moshele, lauf nachts nicht mehr im Wald herum. Versprich es mir.»

«Ja, das tu ich. Danke dir, das tu ich. Danke dir sehr.»

Sie stand auf und ließ ihn in seiner wirren Welt allein.

Rina nahm die Heimkehrenden an der Tür in Empfang.

«Sie haben gewonnen», rief Sammy aufgeregt.

«Ich weiß, ich habe mir die Übertragung im Radio angehört.»

Zu Deckers Überraschung trat sie vors Haus und machte die Tür hinter sich zu.

«Kinder, geht doch mit Detective Decker, Cindy und Eric in den Garten und zeigt ihnen unseren Orangenbaum.»

«*Ma at osah, Ima*?» fragte Sammy.

«*Shmuel Dov, lechu kulchem hachutza achshav*!» sagte sie energisch, dann wandte sie sich lächelnd an ihre Gäste. «Es ist wirklich ein schöner Baum. Entschuldigt mich bitte noch einen Augenblick.» Damit verschwand sie wieder im Haus und ließ sie auf der Schwelle stehen.

Sammy krauste die Stirn. «Wollt ihr den Baum anschauen?»

«Aber sicher», sagte Decker. Insgeheim fragte er sich, was hier gespielt wurde, und ärgerte sich, daß Rina ihn nicht hereingebeten und eingeweiht hatte.

«Na, dann los», meinte Jake.

Cindy kicherte. «Ist das ein jüdischer Brauch, Dad? Nach dem Baseballspiel huldigt man dem heiligen Orangenbaum...»

«Das war eine taktlose und völlig überflüssige Bemerkung, Cynthia», fuhr Decker sie an.

Cindy machte ein betretenes Gesicht und sah zu Boden. Decker legte seufzend einen Arm um ihre Schulter. «Schon gut, Cindy. Ich weiß auch nicht, was hier los ist.»

Der Baum, eine fünf Meter hohe Madarinorange, hing voll reifer Früchte.

Sammy pflückte eine ab, schälte sie, sprach leise ein Gebet und schob sich eine Spalte in den Mund. «Sie sind ganz toll süß.» Er reichte den Rest an Decker und die jungen Leute weiter.

«Ihr könnt welche pflücken», sagte Jake. «Ima hat bestimmt nichts dagegen.»

«Klar, warum nicht?» Eric griff zu. «Wir haben ja nichts Besseres zu tun.»

Während die jungen Leute Mandarinen pflückten, ging Decker wieder nach vorn und fixierte Rinas Haustür mit bösem Blick. Am liebsten hätte er sie eingetreten. Er haßte es, im dunkeln zu tappen. Auch deshalb arbeitete er wie ein Besessener an all seinen Fällen. Er brauchte das Gefühl, einen Abschluß erreicht zu haben.

Gleich darauf öffnete sich die Tür. Rina erschien Arm in Arm mit einer jungen Frau. Sie sprachen noch ein paar Worte miteinander, dann gab Rina der anderen einen Kuß auf die Wange. Decker betrachtete nachdenklich ihr Profil – und dann erkannte er sie.

Es war Sarah Libba Adler, aber sie war völlig verändert. Heute wirkte sie viel jünger und nicht so zerbrechlich. Die blonde Perücke mit dem schulterlangen Haar umrahmte ein glattes, zartes Gesicht. Äußerlich waren die Wunden verheilt, aber innerlich waren bestimmt Narben geblieben.

Rina sah ihr noch einen Augenblick nach, dann ging sie in den Garten. Decker folgte ihr.

«Ich hole euch eine Tüte», sagte sie zu den jungen Leuten. «Pflückt nur, soviel ihr wollt.»

Rina bemerkte sofort, daß Peter und Cindy sich umgezogen hatten. Cindy trug eine kurzärmelige Bluse und einen leichten Baumwollrock, Peter ein Polohemd und Designerjeans, die nagelneu aussahen und in denen er ein wenig seltsam wirkte – wie ein kleiner Junge, der für den Kindergeburtstag feingemacht worden ist.

Sie ging rasch ins Haus zurück, brachte die versprochenen Tüten und außerdem Tassen und eine Kanne mit Eistee.

«Es war ein knapper Sieg», sagte sie zu Sammy.

«Aber ein tolles Spiel.» Er trank durstig. «Weißt du, was wir noch erlebt haben?»

«Einen Raubüberfall. Im Polizeifunk», fuhr Jake mit funkelnden Augen dazwischen.

Rina sah Peter an. «Tatsächlich?»

«Ein bewaffneter Raubüberfall, ein paar Blocks vom Stadion entfernt», bestätigte er. «Wir konnten den Hergang über Funk verfolgen. Die Kinder fanden es toll.»

«Ich hätte es mir ja gern angesehen, aber Peter hat mich nicht gelassen», beklagte sich Sammy und streckte Rina seine leere Tasse hin.

«Detective Decker», verbesserte Rina. «Und da hat er ganz recht gehabt.»

«Den Räuber haben sie übrigens geschnappt», mischte sich Cindy ein. «Sie mußten Tränengas einsetzen, um ihn rauszukriegen.»

«Das war aber noch nicht alles. Außerdem gab's eine Ruhestörung, eine Rauferei, noch einen Raubüberfall, einen Handtaschenraub, und – und –»

«Eine Körperverletzung», half Eric aus.

«Ja, Verbrechen gibt's hier am laufenden Band», meinte Peter achselzuckend.

«Toll war's.» Sammy hieb begeistert mit der Faust in den Baseballhandschuh.

«Detective Deckers Polizeifunk hat euch offenbar genauso imponiert wie das Match.»

«Das Match war Klasse. Kann ich noch Tee haben?»

Rina füllte reihum die Tassen nach.

«Wir sind auf Peters Ranch gewesen», sagte Jake. «Er hat Pferde. Können wir nachher zum Reiten hin?»

«Detective Decker», wiederholte sie betont. «Was sind denn das für Manieren?»

«Er hat aber gesagt, daß wir ihn Peter nennen sollen», wehrte sich Sammy.

«Können wir zum Reiten hin?» wiederholte Jake.

Rina zögerte.

«Von mir aus gern», sagte Decker.

«Heute nicht, es ist schon spät.»

«Ich bin nicht müde», protestierte Sammy.

«Heute nicht, Shmuel.» Rina fuhr ihm zärtlich durchs Haar. «Ein andermal. Jetzt bedankt euch bei Peter, daß er euch mitgenommen hat.»

«Danke», sagte Sammy mürrisch.

Peter streckte ihm die Hand hin. Als Sammy einschlug, warf er ihn in die Luft, fing ihn wieder auf und stellte ihn auf die Füße. Dasselbe Kunststück machte er mit Jake. Lachend stürzten sich die beiden Jungen auf ihn, immer wieder warf er sie hoch.

Es war ein überaus unbefriedigender Tag für Rina gewesen. Erst das fruchtlose Gespräch mit Moshe, dann die mehr oder minder unverhohlenen Vorwürfe der Freundinnen und vor allem – Peter. Warum hatte sie das Gefühl, als sei dieser fremde Goj schon immer in ihrem Leben gewesen? Wenn er sich nur nicht so gut mit den Kindern verstanden hätte... Jungen in diesem Alter mußten auch manchmal raufen und toben, und das war ihr körperlich einfach zu anstrengend. Sie brauchten eine männliche Bezugsperson. Die Jeschiwaschüler waren immer nett zu ihnen, aber zum Aufbau einer permanenten Beziehung waren sie nie lange genug da.

Nach ein paar Minuten machte sie der Balgerei ein Ende. «Schluß jetzt, Jungs. Sie sind schon ganz aufgedreht, Peter.»

Diese Tonart kannte er. Genau wie Jean. *Du machst sie ganz verrückt, Peter.* Es sind nicht deine Kinder, sagte er sich streng, du hast bei ihrer Erziehung nichts zu sagen. Er hörte auf zu raufen.

«Ihr beide wollt sicher zusammen essen gehen?» fragte er Cynthia und Eric.

«Ja, wir haben uns mit der Clique verabredet.»

Decker sah Rina an und hob die Augenbrauen. «Wenn aus den Kindern erst mal Teenager geworden sind, sieht man sie überhaupt nicht mehr.»

«Du, Dad, können wir den Plymouth haben?»

Peter lachte. «Nein, das schlagt euch aus dem Kopf. Ihr könnt doch nicht in einem Polizeifahrzeug eure Freunde spazierenfahren. Auf Ideen kommst du...»

«War ja nur 'ne Frage. Wir warten am Wagen auf dich, ja?»

Sie verabschiedeten sich von Rina, und nach ein paar Schritten hörte man sie miteinander kichern.

Decker machte ein verblüfftes Gesicht. «Da ist mir wohl ein Witz entgangen.»

«Das wird dir noch öfter passieren.» Rina wandte sich an die beiden Jungen. «Geht schon immer ins Haus, ich möchte einen Augenblick allein mit Peter sprechen.»

Als sie widerstrebend abgezogen waren, sagte sie: «Entschuldige, daß ich dich vorhin so weggescheucht habe. Sarah Libba war bei mir, wir haben über unserem Gespräch gar nicht auf die Zeit geachtet. Sie mochte dir nicht über den Weg laufen.»

«Mein Anblick weckt schlimme Erinnerungen in ihr, was?»

«Ja, und sie geniert sich auch. Aber sie ist dir sehr dankbar.»

«Hört man gern. Wie geht es ihr denn seelisch?»

«Besser. Du hast dich umgezogen?»

«Daß du mit meinem Aufzug nicht einverstanden warst, konnte man dir an der Nasenspitze ablesen.»

«Ich muß an unsere Leute denken, Peter, sie haben gewisse Normen...»

Decker schwieg.

«Ein bißchen liegt es natürlich auch an mir», räumte sie ein. «Ich müßte wohl toleranter sein.»

Sie sahen sich einen Augenblick stumm an. Dann sagte Decker: «Die Kinder warten.»

«Dank dir schön. Für alles.»

«Gern geschehen. Paß gut auf dich auf, Rina. Und wenn dir danach ist, ruf einfach an. Auch, wenn du nur mal guten Tag sagen willst.»

«Mach ich.»

Es war fast elf, und ihr war, als hörte sie draußen ein Geräusch. Es war nicht so laut oder so deutlich, daß es sie beunruhigt hätte, aber es brachte ihr ihre angreifbare Lage wieder zu Bewußtsein.

Sollte sie Peter anrufen? Bildete sie sich die Geräusche am Ende nur ein, um einen Vorwand für den Anruf zu haben?

Lächerlich. Sie war eine erwachsene Frau und konnte anrufen, wen sie wollte. Wenn du ihn anrufen willst, redete sie sich zu, ruf ihn an. Er hat ja gesagt, du könntest dich jederzeit melden. Rina griff nach dem Hörer.

Was sollte sie sagen? Sie würde sich noch einmal bedanken, weil er die Kinder mitgenommen hatte. Das war höflich und unverbindlich. Aber es war elf Uhr abends. Und wenn schon... Er war bestimmt noch auf. Sie wählte und bekam prompt Herzklopfen vor Aufregung. Nach dem dritten Anschlag meldete sich eine kehlige Frauenstimme. Rina entschuldigte sich und wählte neu. Als dieselbe Stimme antwortete, legte sie auf, ohne etwas zu sagen. Sie wußte genau, daß sie sich nicht verwählt hatte.

15

Florence hätte schon seit einer halben Stunde wieder zurück sein müssen, und Rina machte sich allmählich Sorgen. Sie legte die Klassenarbeiten zur Seite, stand auf und horchte an der Tür. Aber sie hörte nur Grillengezirp und eine Spottdrossel, die ihr Lied unermüdlich wiederholte. Sie zog die Vorhänge zurück und sah aus dem Fenster. Es war Vollmond, die Sterne funkelten. Draußen war kein Mensch zu sehen.

Sie schaute zum Telefon hinüber. Vor ein paar Tagen hatte Peter angerufen und ihr angeboten, die Kinder am Sonntag auf die Ranch zu holen. Sie hatte sich bedankt und gesagt, sie würde es sich überlegen, aber ihre Stimme hatte sehr kühl geklungen. Peter hatte wissen wollen, ob bei ihr alles in Ordnung sei. Es hätte alles in schönster Ordnung sein können, wenn – ja, wenn diese Frau nicht gewesen wäre.

Rina wurde den Gedanken an Peter und die Unbekannte mit der rauchigen Sexstimme nicht los. Gewiß, Peter war kein Mönch, sondern ein ganz normaler Mann, und sie hatte ihm keinen Anlaß gegeben, sich Hoffnungen zu machen – und trotzdem plagte sie die Eifersucht. Sie scheute sich, ihn anzurufen. Wenn nun die andere sich meldete?

Doch schließlich war die Sorge um Florence stärker als kleinliche Eifersucht. Sie wählte Peters Privatnummer. Dort meldete sich niemand. Bitte, mach, daß er auf dem Revier ist, dachte sie. Sie versuchte es mit seiner Durchwahlnummer und atmete auf, als er gleich am Apparat war.

«Peter, ich mache mir Sorgen. Ich glaube, Florence ist was passiert. Sie wollte Shayna Silver nach Hause bringen und hätte vor einer guten halben Stunde wieder hier sein müssen. Kann sein, daß sie noch einen Kontrollgang macht, aber ich trau mich nicht vor die Tür...»

«Bleib, wo du bist, ich bin gleich bei dir.»

Zehn Minuten marschierte sie stur auf und ab, wie eine Palastwache. Das bringt nichts, dachte sie. Du mußt dich beschäftigen, dich ablenken. Sie beschloß, den Vorratsschrank durchzusehen. Das Haarwaschmittel ging zur Neige. Sie holte sich einen Stift und schrieb *Shampoo* auf eine Liste, die an das Korkbrett gepinnt war. Ihre Schrift war schief und zittrig.

Nimm dich zusammen, Peter muß jeden Augenblick hier sein ...

Die Tür ratterte. Sie sah, wie der Türknauf sich bewegte. Ihr Herz raste, sie fing unbeherrscht an zu zittern. Das Rattern wurde lauter, heftiges Klopfen an der Tür folgte. Sie taumelte zum Telefon. Die heftigen Schläge an der Tür ließen den Boden erzittern. Der Hörer fiel ihr aus der Hand, aber sie bekam ihn wieder zu fassen und hielt ihn ans Ohr. Die Leitung war tot.

Unvermittelt wurde es still. Die Knie wurden ihr weich, und sie sackte auf dem Fußboden zusammen. Dann splitterte Glas, blitzend und blinkend flogen Scherben an ihrem Kopf vorbei. Schützend legte sie die Hand vors Gesicht, spürte stechenden Schmerz an Armen und Beinen, rote Tropfen erschienen auf der Haut. Ein warmer Luftzug drängte ins Zimmer. Ein menschlicher Arm schob sich tastend hinter dem Vorhang hervor, war wieder verschwunden. Sie hörte Schritte, die sich entfernten, dann Deckers Stimme. «Rina!»

Sie versuchte zu antworten, brachte aber nur ein mattes Stöhnen heraus. Zwei Explosionen, und die Tür gab nach.

Decker half ihr hoch, setzte sich in den Sessel und nahm sie in die Arme. Einen Augenblick klammerte sie sich an ihn, dann löste sie sich aus seinem Griff.

Decker sah sich um. Das Fenster war kaputt, der Fußboden mit Glasscherben übersät. Er lud den Revolver nach und griff zum Telefon.

«Die Leitung ist tot», sagte Rina.

«Der Mistkerl hat das Kabel durchgeschnitten.» Peter sprach in sein Funkgerät. «Hier Nummer 16–552, erbitte umgehend Verstärkung zur Jeschiwa Ohavei Torah, Deep Canyon Thoroughfare 344 in Deep Canyon. Streifenwagen an die nordöstliche Ecke, zur Mikwe, ich buchstabiere: Martha – Ida – Kaufmann – Wilhelm – Emil.»

Er schaltete das Funkgerät aus und schob mit der Schuhspitze die Scherben zusammen. «Ich muß Florence suchen, Rina. Wenn sie da draußen allein ist, kann ich die Verstärkung nicht abwarten.»

«Einverstanden. Gehen wir?»

Decker zögerte. «Am besten wartest du hier. Beim letztenmal hatte der Kerl eine Kanone und konnte verdammt gut damit umgehen. Im Dunkeln kann ich dich nicht ausreichend schützen, am Ende kriegst du noch einen Querschläger ab.»

Rina war wie gelähmt vor Angst bei dem Gedanken, in der

Mikwe allein bleiben zu müssen. Aber sie sagte nichts. Florence ging jetzt vor.

Decker holte einen kleinen Revolver aus dem Gürtelhalfter. «Ich hatte Ersatz mitgebracht. Manchmal läßt einen die Dienstwaffe im Stich, und ich wollte kein Risiko eingehen. Sieh dich vor, sie ist entsichert. Wahrscheinlich wirst du sie nicht brauchen, aber im Notfall zielst du auf den Körper, nicht auf den Kopf, da sind deine Trefferchancen besser.»

Sie nickte und nahm ihm die Waffe ab.

«Wenn die Verstärkung kommt, schick sie gleich hinter mir her.»

Er knipste seine starke Taschenlampe an und machte sich auf den Weg.

Das trockene Unterholz knackte unter seinen Schritten, Insektenschwärme umschwirrten ihn. Er arbeitete sich langsam und umsichtig den Hang hinauf. Auf halber Höhe stieg ihm ein widerlich-süßlicher Geruch in die Nase. Witternd wie ein Jagdhund ging Decker dem Gestank nach. Etwa zehn Meter weiter kam er zu einer Grube vor einer Eichenpflanzung.

Die große, kaffeebraune Frau, die ihn so herzhaft auf den Rükken geschlagen hatte, lag da wie ein gestrandeter Wal. Ein Bein stand rechtwinklig vom Körper ab, der linke Fuß baumelte nur noch an einer Sehne, ein Arm war halb aus dem Gelenk gerissen. Das Gesicht war in Todesangst erstarrt. Der Schnitt quer über den Hals war tief und klaffend und wimmelte von Fliegen und Mükken. Ihr Darm hatte sich entleert, und in der Nähe war der Gestank fast unerträglich. Decker kämpfte gegen eine Welle der Übelkeit an und ging zurück zur Mikwe.

Rina sah ihn am Waldrand auftauchen. Er war nicht lange weggewesen – es mußte etwas Schlimmes geschehen sein.

Die Verstärkung war gekommen, und Decker winkte die Kollegen zu sich heran.

«Was gibt's?» fragte Ramirez.

«Mord in etwa achtzig Meter Höhe, linker Hand, dort, wo die Eichen stehen. Am besten fangen wir gleich an, die Spurensicherung ist verständigt.»

«Und wie ist es passiert?»

Decker nahm Ramirez beiseite. «Der Mörder hat ihr die Kehle durchgeschnitten.»

Schon näherten sich die ersten Jeschiwaschüler. «Verflixt», knurrte Decker. «Das werden bald noch mehr, die Sirenen und Scheinwerfer locken sie an. Sieh zu, daß sie sich aus dem Wald und aus der Mikwe heraushalten, Luis, die Gaffer zertrampeln uns sonst alle Spuren.»

Rina gab Decker seinen Revolver zurück. Er schob ihn in den Gürtel. «Das ist auch für mich kein Routinefall», sagte er behutsam. «Für dich muß es die Hölle sein.»

Sie sah ihn an. «War es schlimm?»

Er zögerte, aber mit Ausflüchten war niemandem gedient. «Sehr schlimm.»

Rina liefen Tränen über die Wangen. «Sie war ein wunderbarer Mensch, Peter. Du hast sie ja kennengelernt. Warum sie? Warum wir?»

«Ich weiß es nicht, Rina, aber ich werde es herausbekommen, das schwöre ich dir.» Er lockerte seinen Schlips. «Bringst du es fertig, hier alleinzubleiben, oder soll ich noch warten?»

«Nein, geh nur an deine Arbeit», sagte sie gepreßt.

«Ich bin gleich wieder da. Wenn die anderen kommen, sollen sie den Lichtern nachgehen.»

Und dann kamen sie in Scharen, Marge, Hollander, ein Dutzend Polizisten, die Spurensicherung, Krankenwagen, ein unbekannter Beamter, der aussah wie ein Schwergewichtsboxer. Rina verschwamm alles vor den Augen, die Kehle wurde ihr eng, und dann begann sie verzweifelt zu schluchzen.

Sie spürte, wie sich Arme um sie legten, da war eine Brust, die Halt bot, sie hörte einen vertrauten Herzschlag. Sie klammerte sich an Peter, als könne nur er sie vor einem Sturz in den Abgrund bewahren.

Dann merkte sie, wie jemand sie energisch am Ärmel zupfte. Chana Marcus zog sie von Peter weg. Verlegen trat Rina einen Schritt zurück und wischte sich mit einem Papiertaschentuch, das Chana ihr mit steinerner Miene reichte, die Tränen ab.

«Ich bringe dich nach Hause, Rina», erklärte Chana. Es klang wie ein Befehl.

Rina sah Peter an. «Brauchst du mich hier noch?»

«Ja, unbedingt, wir müssen noch etliche Punkte klären.»

«Gut, dann warte ich da drüben.»

Rina entfernte sich mit Chana. Aufdringliche Person, dachte Dekker böse.

Ed Fordebrand wischte sich den Schweiß von der Stirn und dem bulligen Nacken und kratzte sich. Sobald er eine Leiche zu Gesicht bekam, fing seine Haut an zu brennen, der gewaltige Bizeps war mit roten Pusteln übersät, und die Knollennase schwoll an. Er nahm die Brille ab und rieb sich die Augen.

«Ich versteh das nicht», sagte er zu Decker und kratzte an den Schwellungen herum. «Der Doktor, dieser Blödmann, behauptet, das spielt sich alles nur bei mir im Kopf ab. Aber ich frage dich, Deck, wieso krieg ich das Zeug dann am Körper?»

«Und wenn du nun vom Morddezernat zur Sitte wechseln würdest?» Decker bot ihm eine Zigarette an und nahm sich selber eine.

«Dann würde mir ja dieser prächtige Anblick entgehen.» Fordebrand deutete auf die Tote. «Ich bin ein alter Dickschädel und mag einfach nicht zugeben, daß mir so was an die Nieren geht.»

Decker zog eine Grimasse. «Mir ist es auch ganz schön auf den Magen geschlagen. Eine scheußliche Geschichte.»

«Du bist ein richtiger Softie geworden, seit du nicht mehr im Morddezernat bist.»

«Ich kannte die Frau, Ed. Sympathische Person.»

«Eine Riesenschweinerei, das steht fest. Was meinst du, gibt's da eine Verbindung zu eurem Sittenstrolch?»

«Das glaube ich schon.»

«Wenn du das Morddezernat brauchst, Deck, bin ich natürlich für dich da, aber von mir aus kannst du dich da auch gern selber reinknien.»

Decker schüttelte den Kopf. «Ich muß aufpassen, daß ich mich nicht allzusehr engagiere.»

«Die hübsche Brünette?»

«Erraten.»

«Mit so was kommt man ganz gut durch die Midlife-Krise, was?»

«Oder man kommt dadurch erst hinein... In so einer Situation wird man leicht betriebsblind, und dann baut man garantiert Mist. Deshalb habe ich dich hergebeten.»

«Was haben wir in der Hand?» fragte Fordebrand.

«Eine Vergewaltigung, die sechs Wochen zurückliegt –»

«Das Schwein aus Foothill?»

«Wenn ich das wüßte... Bei dem medizinischen Gutachten gibt's Widersprüche, ich bin nie so ganz dahintergekommen, *wie* die Frau vergewaltigt worden ist. Vor allem aber stimmt es bei den Schuhen nicht. Das Opfer hat Sandalen getragen, keine hochhackigen Pumps. So aus dem Gefühl heraus würde ich nein sagen.»

«Okay, eine Vergewaltigung also.» Fordebrand verzog das Gesicht und kratzte sich im Nacken. «Jetzt ein Mord, mehr oder minder an der gleichen Stelle. Das ist schon ein sehr merkwürdiger Zufall. Was noch?»

«Die Mikwe, ein jüdisches rituelles Bad. Jemand hat heute nacht das Fenster eingeschlagen und versucht, in das Haus hineinzukommen. Zum Glück bin ich aufgetaucht und hab ihn vertrieben. Aber wenn er kaltschnäuzig genug war, dort einzubrechen, nachdem er die Frau vom Wachdienst umgebracht hat, versucht er's bestimmt wieder.»

«Du glaubst, er ist hinter *ihr* her?»

«Ja, das glaube ich», bestätigte Decker düster. «Bisher hat er nur hier versucht, an sie heranzukommen, und nicht bei ihr zu Hause. Das könnte bedeuten, daß er auf die Mikwe und nicht auf sie fixiert ist, vielleicht hatte er aber auch bisher nur nicht genug Mumm dazu. Sie hat zwei kleine Söhne, Ed.»

«Wo sind die Kinder jetzt?»

«Bei einer Nachbarin. Florence hat die Jungs immer hingebracht. Wenn Rina mit ihrer Arbeit in der Mikwe fertig war, haben sie die Kinder abgeholt, und dann hat Florence alle drei nach Hause begleitet.»

«Könnte sie nicht mal für eine Weile hier wegziehen?»

«Ich werde es ihr jedenfalls vorschlagen.»

«Gibt's schon Verdächtige?»

«Zwei Freaks, ich gehe der Sache nach.»

«Enttäuschte Liebhaber?»

Decker lächelte. «So konkret würde ich es nicht sagen. Mag sein, daß sie sich Hoffnungen gemacht haben, aber über einen ersten Landeversuch sind sie bestimmt nicht hinausgekommen.»

Fordebrand schlug ihm auf die Schulter. «Ich bin total ausgebucht, Deck. Bandenkriege, Drogenmorde – mir reicht's schon lange. Für diesen Fall brauchst du mich nicht. Du hast die richtigen Ideen und die richtige Motivation. Viel Glück.»

«Dann schicke ich dir aber auf jeden Fall den Bericht. Falls euch im Morddezernat schon mal so was Ähnliches untergekommen ist, sag mir Bescheid. Und kratz nicht soviel.»

«Meistens geht's nach ein paar Tagen wieder weg.» Fordebrand schnaubte sich die Nase. Dann sah er zur Seite. «Ich glaube, dein Typ wird verlangt.»

Der Rosch-Jeschiwa winkte. Decker entschuldigte sich und ging zu ihm hinüber.

«Mrs. Lazarus sagt, es sei Florence Marley, die Frau, die der Wachdienst uns geschickt hat. Stimmt das?»

Rina war von einer Schar von Frauen umringt, die offenbar versuchten, sie auszuholen. Ich muß sie dort loseisen, dachte Decker, sonst geht der ganze Fall baden.

«Ich darf Ihnen leider keine Auskunft geben, Rabbi, ehe die Angehörigen verständigt sind.»

«Mir sind Kinder anvertraut, Detective Decker. Ich trage die Verantwortung für alle, die hier leben. Bitte, Sie müssen es mir sagen.» In den Augen des Rabbis standen Zorn und Angst.

«Behalten Sie es aber zunächst noch für sich. Ja, es war Florence Marley.»

Der Rabbi schüttelte den Kopf. «So eine feine Frau. Ich habe das Einstellungsgespräch mit ihr geführt. Sie hat vier kleine Kinder. Ihr Mann hat zwei Jobs, und mit diesen drei Einkommen konnten sie den Kindern den Besuch einer Privatschule ermöglichen. Ich kann es gar nicht glauben. Was, um Himmels willen, geht hier vor? Warum wird uns das angetan?»

Marge trat zu ihnen. «Bisher noch keine Spur, Pete.»

«Sei so nett und hol Rina her, Marge. Sie redet.»

«Wir haben das Recht zu erfahren, was hier vorgeht», schaltete sich der Rabbi ein.

«Es könnte sein, daß sie aus Versehen etwas sagt, was sie nicht sagen sollte.»

«Dieses schreckliche Verbrechen lastet schwer auf uns, Detective. Wir haben Florence Marley eingestellt, wir tragen die Verantwortung für ihren Tod.»

«Ich habe den Verdacht, Rabbi, daß diese Vorfälle wenig mit der Jeschiwa, dafür aber um so mehr mit Rina zu tun haben. Wenn sie sich verplappert, bringt sie sich unter Umständen selbst in Gefahr.»

«Haben Sie Informationen, die mir nicht bekannt sind?»

Decker schwieg. Jetzt kam Marge mit Rina. «Was ist?» fragte diese.

«Du solltest nicht mit den Leuten reden.»

«Sie wollten nur wissen, wer es war.»

«Spielt keine Rolle. Wenn sie was wissen wollen, sollen sie mich fragen.»

«Sie haben Angst.»

«Rina, ich sag's jetzt ganz deutlich: Du mußt den Mund halten.»

Rina sah ratsuchend Rabbi Schulman an. «Ich fürchte, Rina Miriam, unser guter Detective hat den Verdacht, daß einer der *bochrim* ein *rashe* ist. Hat er einen Grund dafür?»

Decker ärgerte sich. Er wußte zwar nicht, was ein *rashe* war, um ein Kompliment handelte es sich aber bestimmt nicht.

Rinas Blick ging unentschlossen zwischen den beiden Männern hin und her.

«Rina, du hast mir mal erklärt, daß die Rettung eines Menschenlebens im Judentum Vorrang vor allem anderen hat», sagte Decker. «Wenn du redest, bringst du dich in Lebensgefahr.»

Der Rabbi lächelte leicht. «Es geht schon seltsam zu in der Welt, wenn ein Goj mit der Halacha argumentiert.» Er holte sein Zigarettenetui hervor und bot Decker und Marge seine Handgerollten an.

«Ich will Ihnen aus der Sackgasse heraushelfen, Detective. Und dir auch, Rina Miriam. Du hast ihm von Shlomo Stein erzählt, habe ich recht?»

Rina schwieg. Der Rosch-Jeschiwa wandte sich an Decker. «Dazu kann ich Ihnen sagen, daß Shlomo Stein den ganzen Abend im *bejt-hamidrash* gewesen ist und studiert hat. Sein *chavruse* kann das bestätigen. Ein *chavruse* ist –»

«Ich weiß. Ein Studienpartner.»

Der Rabbi sah Rina an. Sie wurde rot.

«Der *chavruse* heißt Shraga Mendelsohn. Sie können ihn und Stein vernehmen, die beiden haben bestimmt nichts zu verbergen. Und was dich betrifft, Rina, gebe ich dem Detective recht. *Ssejog lachochme schtike.* Das ist eine Sentenz aus dem Talmud, Detective, und bedeutet: *Der Zaun der Weisheit ist das Schweigen.*»

«Da kommt das Fernsehen, Pete», sagte Marge.

«Bei denen sollten wir uns jedenfalls alle an Ihren Spruch halten, Rabbi», meinte Decker.

Schulman nickte. «Ganz recht. Schlimme Geier, diese Presseleute.»

In diesem Augenblick erschienen zwei Streifenpolizisten mit Moshe Feldman am Waldrand. Sofort richteten sich die Kameras auf die hagere Gestalt und folgten ihr, bis die drei bei Decker angelangt waren.

«Er ist dort im Wald herumgelaufen, und –»

«Habt ihr ihm seine Rechte vorgelesen?» fragte Decker dazwischen.

«Jawohl.»

«Nehmt ihn mit.»

«Detective Decker, Sie wissen nicht, was Moshe –»

«Doch, ich weiß, Rabbi. Keine Widerrede, bitte. Marge, bring Rina hier weg.»

Decker entfernte sich mit langen Schritten, aber Rabbi Schulman holte ihn ein und packte ihn mit festem Griff am Arm. Er hielt Deckers Tempo ohne erkennbare Anstrengung durch.

«Moshe lebt seit sieben Jahren hier, seit zwei Jahren streift er in den Bergen herum. In der Jeschiwa wissen das alle, und niemanden hat es bisher gestört. Wir hatten bisher keine Vergewaltigung, keinen Mord. Orthodoxe Juden tun so etwas nicht – und damit meine ich auch Moshe. Er ist harmlos, er hilft als Babysitter aus, wenn die Eltern in der *schul* sind –»

«Ich habe Ihnen eine Chance gegeben, Rabbi. Wir hatten den Mann Mr. Adler anvertraut... Verflixt, da sind sie.»

Eine Asiatin mit blitzenden schwarzen Augen war als erste am Ziel. Sie schwang das Mikrofon wie eine Waffe.

«Detective Decker, wer ist der Mann, den Ihre Leute da aus dem Wald geholt haben? Steht er unter Mordverdacht?»

«Detective, besteht ein Zusammenhang zwischen diesem Mord und dem Sittlichkeitsverbrecher, der die Gegend um Foothill unsicher macht?»

«Wer war das Opfer, Detective Decker?»

«War es jemand aus der Jeschiwa?»

«Es soll sich um eine Frau handeln. Ist sie vergewaltigt worden?»

«Haben Sie den Sittenstrolch von Foothill in Verdacht?»

«Rabbi, haben Sie Informationen über den Verhafteten?»

«Rabbi, ist das Opfer einer Ihrer Schüler?»

Decker wandte sich an die Meute. «Ich lehne zunächst jeden

Kommentar ab. Der Name des Opfers wird bekanntgegeben, sobald die Angehörigen benachrichtigt sind. Besten Dank.»

Er setzte sich in einen Streifenwagen, zerrte den Rabbi hinein und fuhr los.

«Wenn es Moshe war, Detective Decker, wo sind Ihre Beweise? Hat man eine Waffe gefunden? Bei Ihrem letzten Besuch hat man auf Sie geschossen. Moshe hat keine Ahnung, wie man mit einem Revolver umgeht, er würde sich die Zehen abschießen. Sieht er aus wie jemand, der eine Zwei-Zentner-Frau überwältigen kann? Wie jemand, der gerade einen Mord begangen hat? War er außer Atem, blutig, zerkratzt?»

«Seine Sachen sind zerrissen.»

«Alle seine Sachen sind zerrissen, Sie können nachsehen. Er trägt nur alte Kleider.»

«Wo kann ich Sie absetzen, Rabbi Schulman?» fragte Decker.

«Ich komme mit ins Revier.»

«Das wird nicht gehen.»

«Wenn Sie mir Zeit geben, werde ich Sie davon überzeugen, daß Moshe harmlos ist.»

«Ich habe mich schon einmal einwickeln lassen. Jetzt ist eine Frau ermordet worden. Ich kann nur hoffen, daß nicht Feldman der Mörder ist, denn sonst trage ich die Schuld an ihrem Tod.»

«Ich wiederhole, daß Moshe noch nie jemandem ein Leid getan hat. Nehmen Sie mich an seiner Stelle mit.»

«Wir leben im zwanzigsten Jahrhundert, Rabbi. Falls man heute den Becher bei Benjamin findet, macht man ihm wegen Diebstahls den Prozeß, und wenn Juda sich auf den Kopf stellt.»

Der Rabbi sah ihn bestürzt an. «Hat Rina Sie die Thora gelehrt?»

«Nein, das hab ich im Kindergottesdienst gelernt. Wohin soll ich Sie bringen?»

«Zu Moshe. Ich bin Anwalt. Ich werde ihn verteidigen.»

«Haben Sie eine Zulassung für den Staat Kalifornien?»

Der Rabbi rückte seinen Hut zurecht. «Nein», räumte er ein.

«Dann können Sie ihn nicht verteidigen.»

«Der Mann ist nicht geschäftsfähig.»

«Sind Sie sein Vormund?»

«Das nicht, aber ich bin sein geistlicher Ratgeber, und eins kann ich Ihnen versichern, mein Freund. Die Aussagen, die er macht, wenn ich nicht dabei bin, wird kein Gericht als stichhaltig anerkennen.»

Damit hat der Rabbi vermutlich eine Trumpfkarte ausgespielt, dachte Decker einigermaßen erbittert. Er wendete scharf und fuhr zum Revier.

16

Decker stand in einer Ecke des winzigen Wohnzimmers, in dem sich die Menschen drängten, und versuchte, möglichst wenig aufzufallen, aber seine Hautfarbe und seine Größe machten ihm das einigermaßen schwer. Einige Trauergäste hatten ihn schon von der Seite angesehen, aber Augenkontakt mit dem Fremden hatten sie alle vermieden.

Er sah sich um. Die Tische bogen sich unter den Körben und Platten mit Eßbarem, die von den Nachbarn angeschleppt worden waren. Die Leute mußten im Morgengrauen aufgestanden sein, um zu kochen und zu backen. Wahrscheinlich hatte Flos Seelsorger sie angerufen.

Ein kleiner Junge rannte in ihn hinein, lächelte scheu und lief wieder davon. Die Kinder waren in ihrem Sonntagsstaat, was sie aber nicht am Rennen und Toben hinderte, obwohl die Mütter immer wieder versuchten, sie zur Ruhe zu bringen. Nur die Schüchternsten blieben in der Nähe der Eltern und stopften sich zum Trost mit Süßigkeiten voll.

Jetzt bot sich Decker eine Chance, zu Flos weinendem Ehemann hinüberzugehen. Joe Marley war ein großer, kräftiger Mann, aber Erschöpfung und Kummer hatten ihm sichtlich zugesetzt.

«Sie müssen der Kriminalbeamte sein», sagte er müde.

«Ja, ich bin Detective Peter Decker und bearbeite den Mordfall. Ich habe Ihre Frau kennengelernt, sie war mir sehr sympathisch. Es tut mir sehr leid, Mr. Marley.»

Joe nickte dankbar. «Florence hatte keine Feinde, falls Sie das fragen wollten. Schauen Sie sich die vielen Leute hier an, das waren alles ihre Freunde.»

Er seufzte. «Sie wollte so gern zur Kriminalpolizei, aber ich habe ihr immer wieder gesagt, was für ein gefährlicher Job das ist. Außerdem – Sie haben Florence ja gesehen, sie aß zu gern. Da hat sie sich bei einem Wachdienst ausbilden lassen, und mir ist ein Stein vom Herzen gefallen. Bei einem Wachdienst kann ja nicht viel passieren, habe ich mir gesagt...»

Marley packte Decker am Arm. «Wer war es?»

«Ich weiß es nicht, Mr. Marley.»

«Ich hab gehört, daß Sie einen verhaftet haben.»

«Es war nicht der Richtige. Außerdem hatten wir nicht genug Beweismaterial, um Mordanklage erheben zu können.»

«Wollen Sie wissen, was ich von Ihrem Beweismaterial halte?» Marley spuckte auf den Boden. «So viel halte ich davon.»

Decker sagte nichts. Marley suchte verzweifelt einen Sündenbock – oder zumindest jemanden, bei dem er seine ohnmächtige Wut loswerden konnte. Wenn es dem armen Kerl guttut, dachte Decker, gebe ich mich ruhig dafür her. Aber Marleys Zorn war schon verraucht. «Warum sind Sie gekommen?» fragte er leise.

«Um Ihnen mein Beileid auszusprechen. Und um Ihnen zu sagen, daß wir alles tun werden, was in unserer Macht steht, um den Mörder Ihrer Frau zu finden.»

Joe senkte den Kopf und nickte.

«Wenn Sie ein bißchen zur Ruhe gekommen sind, Mr. Marley, fällt Ihnen vielleicht noch das eine oder andere ein. Kann sein, daß Florence etwas von der Mikwe erzählt hat...»

«Das Milieu war ihr fremd, aber es hat ihr gefallen. Sie mochte die Frauen, und die Frauen mochten sie, haben ihr sogar was zum Geburtstag geschenkt...»

Joe seufzte tief auf.

«Hat sie vielleicht mal erwähnt, daß sie irgend jemanden gesehen hat, der sich dort auf dem Gelände herumgedrückt hat?»

«Nicht, daß ich wüßte.»

«Belasten Sie sich jetzt nicht damit, Joe. Wenn Ihnen etwas einfällt, rufen Sie mich an, ja?»

Decker gab ihm seine Karte. Als er auf die Straße trat, schlug ihm die Hitze entgegen. Auf dem Weg zu seinem Wagen sprach ihn der Pfarrer an, ein dunkelhäutiger, schlanker junger Mann mit kurzem Kraushaar, Priesterkragen und dunklem Anzug.

«Sie sind der zuständige Beamte?»

Decker nickte.

«Gibt es etwas Neues?»

«Leider dauern diese Dinge ihre Zeit.»

«Mit anderen Worten – Fehlanzeige.»

Decker verzog keine Miene.

«Wir haben einen Gedächtnisfonds für Florence Marley eingerichtet. Mit dem Geld wollen wir zur Erinnerung an sie in der Kirche einen neuen Gemeindesaal bauen. Wären auch Sie bereit, eine kleine Spende zu geben?»

Decker zückte seufzend die Brieftasche und gab dem Pfarrer einen Zwanziger und einen Zehner. Jetzt war er blank bis auf den letzten Dollar.

«Sie sind sehr großzügig.»

«Nicht der Rede wert. Man tut, was man kann.»

Decker geriet in den Stau auf dem Harbor Freeway nach Norden. Aus Erfahrung wußte er, daß einem gar nichts anderes übrigblieb, als sich in Geduld zu üben. Er ging mit dem Plymouth auf die linke Spur. Dabei setzte er sich vor einen Datsun, der ihn wütend anhupte. Decker reagierte nicht. Aber als sie beide standen, steckte der Fahrer des Datsun den Kopf zum Fenster hinaus und überschüttete ihn mit einem Schwall wüster Beschimpfungen.

Kurz darauf geriet die Schlange wieder in Bewegung. Decker nahm das rote Blinklicht, befestigte es auf dem Dach des Dienstwagens und winkte den Datsun auf den Randstreifen.

Decker stieg aus und sah durchs Rückfenster. Nichts Verdächtiges. Er besah sich den Fahrer. Typ Jungmanager. Modisches Jakkett. Seidenkrawatte. Geschniegeltes Bärtchen. Hatte wahrscheinlich eine feine Eigentumswohnung und kokste am Wochenende. Jetzt allerdings sah er eher aus, als könnte er sich jeden Augenblick in die Hosen machen vor Angst.

«Ihren Führerschein, bitte.»

«Tut mir leid, der Ausbruch eben, aber –»

«Den Führerschein.»

«Aber ja.» Nach einigem Suchen reichte der Fahrer ihn durchs offene Fenster.

Decker überflog die Angaben. Ronald Elward, Größe 1,74, Gewicht 75 Kilo, blaue Augen, braunes Haar. Achtundzwanzig. Armleuchter.

«Mr. Elward, Sie scheinen nicht zu wissen, wie man sich auf einer Autobahn benimmt...»

«Es tut mir leid.»

«Ich könnte Sie wegen Gefährdung der öffentlichen Ordnung festnehmen.»

Der Mann wurde blaß.

«Betrachten Sie das als eine Warnung. Sie haben noch mal Glück gehabt.»

«Ja, Sir.»

Decker ging zurück zu seinem Wagen und fädelte sich wieder in den Verkehr ein. Es war eine lange Nacht gewesen. Der Mord, vier Stunden Verhör, ein Haufen Papierkram.

Moshe Feldman in die Zange zu nehmen, hatte sich als nahezu unmöglich erwiesen. Mit den üblichen Vernehmungsmethoden kam man bei einem Schizophrenen nicht weit. Daß man ihm einen Mord zur Last legte, schien ihm gar nicht bewußt zu sein, und daß ihm ein Gefängnisaufenthalt drohte, rührte ihn offenbar nicht. Er sprach flüssig und ohne Hemmungen, meist allerdings unverständliches Zeug und nicht immer Englisch. Decker bat den Rabbi, das Hebräische zu übersetzen, der ihm erklärte, daß es in Wirklichkeit Aramäisch war und daß Moshe aus der *Gemara Sukkot* zitierte.

Mit Feldmans Anwalt war es ebenso schwierig gewesen. Der Rabbi hatte einen Strafverteidiger aus Beverley Hills kommen lassen, einen streitsüchtigen Burschen, der mit allen Wassern gewaschen war. Der Anwalt erhob Einspruch gegen jede Frage, die Dekker stellte, so daß die Hälfte der Zeit auf Neuformulierungen draufgegangen war.

Nach stundenlangem Verhör war er nicht klüger als zu Anfang. Auch die Durchsuchung von Feldmans Behausung hatte nichts Brauchbares ergeben. Der Eigenbrötler hatte sich in einen Gartenschuppen verkrochen, der mit Dachpappe gedeckt war und nicht mal so elementare Dinge wie ein Bett oder eine Toilette, dafür aber Rasenmäher, Hacken, Schaufeln, Scheren, Draht, Düngemittel und Samen enthielt. An den morschen Holzlatten lehnten ein paar Kisten als Schrankersatz. Sie enthielten alte Kleider in verschiedenen Größen, schmuddelige weiße Hemden, muffig riechende schwarze Hosen und alte schwarze Hüte. In einer Ecke aber hingen in einer Plastikhülle ein weißes, mit Goldstickerei verziertes Gewand und ein Gebetsschal mit Silberkante.

Rabbi Schulman hatte Decker erzählt, daß Moshe auf dem Boden schlief und nur frisches Obst und rohes Gemüse aß, das er auf einem kleinen Stück Land hinter dem Schuppen selbst zog. Nur zum Schabbes leistete er sich *challah* und Wein. Einen Topf Suppe und gekochtes Huhn bekam er von der Frau des Rosch-Jeschiwa.

Besonders seltsam in dieser Behausung mutete das Prunkstück an, ein Bücherschrank aus dunklem Nußbaumholz mit facettierter Bleiverglasung, ein schönes altes Stück mit Intarsienarbeiten und Schnitzereien, das offensichtlich einigen Wert hatte. Es enthielt hebräische Gebetbücher und Gebetriemen. Am Tatort hatte sich einiges an potentiellem Belastungsmaterial gefunden, eine Faser von Feldmans Jacke am Ast einer Eiche, frische Spuren, die den Schuhen entsprachen, die er getragen hatte. Doch eine Mordanklage ließ sich nicht darauf aufbauen. Moshe war ein unruhiger Geist, er war ständig im Gelände unterwegs, mit der Jacke konnte er schon vor längerer Zeit an der Eiche hängengeblieben sein, auch seine Fußspuren konnte er schon vor dem Mord dort hinterlassen haben. Und was noch wichtiger war: Aus dem Laborbefund ergab sich nichts, woraus man eine direkte Mordbeteiligung hätte konstruieren können. Kein Blut an der Kleidung, keine Waffe, keine Fingerabdrücke, keine Spuren von Fasern oder Haar Moshes an der Leiche oder umgekehrt.

Moshe war entlassen worden und war – mehr oder minder – wieder ein freier Mann.

Decker stellte den Wagen auf dem Parkplatz des Reviers ab und betrat den Dienstraum. Er schenkte sich eine Tasse Kaffee ein, dann zog er sich mit Hollander und Marge in einen der Vernehmungsräume zu einem Kriegsrat zurück.

«Feldman ist also wieder frei», stellte Hollander fest.

«Wir haben nichts gegen ihn in der Hand, wenn man davon absieht, daß er zur falschen Zeit am falschen Ort war.»

«Glaubst du, daß er es getan hat?» fragte Marge.

«Nein. Und du?»

«Ich auch nicht. Mike?»

«Ich glaube, in diesem Punkt sind wir alle einer Meinung.»

«Verrückt genug für so eine Tat ist er durchaus», meinte Decker. «Aber ich glaube es vor allem deshalb nicht, weil er es rein körperlich nicht geschafft hätte. Die Frau war dreißig Kilo schwerer und fünfzehn Zentimeter größer als er. Und sie war ein Profi.»

«Vielleicht war er auf dem Trip», gab Marge zu bedenken.

«Die Serum- und Urinanalysen haben ergeben, daß er sauber war», entgegnete Decker.

«Wer also dann?» Hollander rieb sich gähnend die Augen.

«Ein großer, starker Typ», sagte Marge. «So etwa deine Größe, Pete.»

Decker nickte. «Ich hätte sie wohl außer Gefecht setzen können, ich bin zehn Zentimeter größer als sie und kann ganz schön hinlangen, aber es wäre ein schweres Stück Arbeit gewesen, das kann ich euch versichern.»

Marge rückte sich auf ihrem Klappstuhl zurecht. «Wir hatten da vor fünfzehn Jahren einen Typ aus Santa Cruz, diesen Edward Kemper. Erinnert ihr euch? Er hat seine Großeltern und seine Mutter umgebracht. Nekrophil. Danach hat er zwei Collegegirls erstochen und vergewaltigt und ist mit ihren abgehackten Händen spazierengefahren. Das liebe Kerlchen war fast zwei Meter groß und drei Zentner schwer.»

«Ja, einer in der Preislage könnte es gewesen sein», meinte Dekker. «Wir werden uns mal alle Kunden ansehen, die über einsachtzig und über zwei Zentner liegen.»

«Wird 'ne lange Liste werden», murrte Hollander.

«Ja, aber irgendwo müssen wir ja anfangen. Noch andere Kandidaten außer Feldman und Footballspielern?»

«Gewichtheber?» meinte Hollander.

«Die kommen automatisch auf unsere Liste», sagte Decker.

«Karatekämpfer?»

«Wozu dann das Messer?» wandte Hollander ein.

«Vielleicht macht ihn die Messerstecherei an.»

«Denkbar, wenn auch nicht sehr wahrscheinlich», sagte Decker.

«Was ist mit unserem Freund aus Foothill?» Hollander setzte seine Pfeife in Gang, bald konnten die drei sich nur noch durch einen Nebelschleier sehen.

«Florence ist nicht vergewaltigt worden», wandte Marge ein.

«Vielleicht steht er jetzt auf Mord», sagte Hollander.

«Überraschen würde mich das nicht», sagte Decker. «Er ist im Lauf der Zeit immer gewalttätiger geworden, und wir wissen alle, daß es von der Vergewaltigung zum Mord nur ein kleiner Schritt ist. Aber wenn ein Sittlichkeitsverbrecher mordet, ist meist Sex mit im Spiel, und das war bei Florence nicht der Fall.»

Marge trank ihren Kaffee aus. «Vielleicht war der Killer gar kein

Muskelprotz, und sie war nur wie gelähmt vor Angst. So was gibt's.»

Decker schüttelte den Kopf. «Halte ich bei Florence für ausgeschlossen. Ich bin ihr einmal in die Arme gelaufen, als ich zur Mikwe wollte. Sie war robust und laut.»

«Hatte sie Kopfverletzungen?»

«Nein», sagte Hollander.

«Sie ist also nicht vorher bewußtlos geschlagen worden», stellte Marge fest.

«Außerdem war ihr Gesicht von grauenhafter Angst gezeichnet», sagte Decker. «Die arme Frau hat wahrscheinlich genau gewußt, was auf sie zukam.»

Hollander brach das Schweigen. «Ich hol mir einen Kaffee. Noch jemand?»

Sie reichten ihm die Becher.

«Wie geht's sonst, Pete?» fragte Marge, als er draußen war.

«Könnte besser sein. Ein paar Stunden Schlaf wären nicht schlecht. Übrigens danke für die Einladung zum Hauskonzert.»

Marge strahlte. «Ernest und ich haben ein paar wunderbare Duette ausgesucht. Wir erwarten eine Menge Leute. Ich hab ein bißchen Lampenfieber. Mike kommt mit Mary. Bring doch auch jemanden mit.»

Hollander kam mit Kaffee, Milch und Zucker auf einem Tablett. Decker nahm einen Schluck.

«Ich habe noch ein anderes Szenario für den Mord zu bieten. Der Killer war nicht allein.»

«Gar nicht schlecht», meinte Marge.

«Sie ist aus dem Hinterhalt überfallen worden, einer hat sie festgehalten, die anderen haben sich auf sie gestürzt.»

«Wir haben uns gestern abend mal ein bißchen in der Jeschiwa umgehört», sagte Marge. «Rabbi Schulman hatte mir gesagt, daß Stein über seinen Büchern saß, aber der einzige, der Steins Alibi bestätigen kann, ist sein Freund Mendelsohn. Sie saßen allein in einem Klassenzimmer, die anderen können sich nicht erinnern, sie gesehen zu haben. Die beiden könnten sich also ohne weiteres unbemerkt davongemacht haben.»

«Ist Mendelsohn bei uns bekannt?» fragte Hollander.

«Nein, aber das beweist gar nichts. Jeder Sittenstrolch war mal ein unbeschriebenes Blatt.»

«Und das Motiv?» fragte Hollander.

«Wie wär's mit folgendem: Daß Leute, die einen Schlag haben, sich manchmal finden und dann zusammen Unfug treiben, ist bekannt. Nehmen wir mal an, daß Stein und Mendelsohn beide einen Dachschaden haben. Sie lernen sich in der Jeschiwa kennen und freunden sich an. Sie reden so rum und kommen dabei auf bizarre Ideen, auf Vergewaltigung, auf Mord. Es wäre übrigens gut, Mike, wenn du dir mal Cory Schmidt und Genossen vornehmen würdest. Da sehe ich auch eine Möglichkeit. Er hat die mutwilligen Zerstörungen in der Jeschiwa zugegeben, kennt also das Gelände. Vielleicht hat er mal Frauen aus der Mikwe kommen sehen und wollte gestern abend sein Glück versuchen.»

«Aber damit sind wir wieder am Anfang, Pete», sagte Marge. «Cory gegen Florence – wie denkst du dir das eigentlich?»

«Vielleicht war er bei dem Überfall auf Mrs. Adler allein und hatte diesmal seine Freunde zum Gruppensex mitgebracht. Vielleicht war er aber auch beim erstenmal in Begleitung und hat seine Freunde Schmiere stehen lassen.»

«Aber woher haben die Jungs gewußt, daß es in der Jeschiwa Florence Marley gab?» fragte Hollander. «Als Mrs. Adler vergewaltigt wurde, war sie ja noch gar nicht in Sicht.»

«Kann sein, daß die Bande sie beim Streifengang beobachtet hat, als die Burschen sich irgendwann mal auf dem Gelände herumgetrieben haben», meinte Decker. «Als sie dann wiederkamen, hatten sie sich entsprechend vorbereitet. Sie haben Florence beseitigt und dann versucht, in die Mikwe einzudringen, um sich das zu holen, worauf sie aus waren.»

«Sie mußten also wissen, daß Rina da war», ergänzte Marge.

«Oder daß irgend jemand in der Mikwe war. Es brauchte ja nicht unbedingt Rina zu sein.»

«Vielleicht wollten sie sich aber auch gezielt an Rina rächen, weil wir Cory und seine Freunde wegen der Supermarktgeschichte rangekriegt haben», sagte Hollander.

«Ich finde die Idee ganz einleuchtend», bestätigte Marge. «Als Gruppe sind sie natürlich mit Florence spielend fertiggeworden. Außerdem sind das doch alles ausgeflippte Typen. Die Sache riecht nach jugendlichen Drogenfreaks.»

«Okay», sagte Hollander. «Ich kümmere mich um Schmidt und seine Kumpel.»

«Und ich mich um unsere Muskelmänner.» Marge sah Decker an. «Jemand müßte noch mal mit Rina reden. Vielleicht kann sie uns noch Einzelheiten zu dem Einbruchsversuch in der Mikwe sagen.»

Decker nickte.

«Wenn sie die Zielperson ist», fuhr Marge fort, «sollte sie eine Weile untertauchen.»

Decker machte sich ernste Sorgen. Er wechselte rasch das Thema. «Seid ihr bei Feldman noch ein Stück weitergekommen?»

«Vielleicht hat er sich in der Gegend herumgedrückt, ehe die Sache ablief», ließ sich Hollander durch blaue Rauchwolken hindurch vernehmen.

«Wie wär's mit folgendem: Der Mann läuft wieder mal im Wald herum, sieht etwas Ungewöhnliches, geht näher heran, sieht Florence tot und verstümmelt daliegen, ist aber zu durcheinander, um uns etwas darüber sagen zu können. Oder –»

«– oder er hat die Tat beobachtet», ergänzte Marge.

«Genau», bestätigte Decker. «Aber wie kriegt man das aus so einem Typ heraus?»

«Sprich doch mal mit dem Rabbi», schlug Hollander vor.

«Hab ich schon. Der Rabbi hat zugegeben, daß Feldman gestern abend ganz besonders wirr war und daß er durchaus irgend etwas gesehen haben könnte. Er kennt einen Klapsdoktor, der kann uns vielleicht weiterhelfen.»

«Hoffentlich ist er besser als die Ärztin, die sie uns neulich empfohlen haben», sagte Marge. «Die hat ganz schön Mist gebaut.»

«Ich habe mich erkundigt, dieser Dr. Marder scheint gut zu sein. Fachmann für Hypnose. Feldman war bei ihm in Behandlung, nachdem damals bei ihm die Sicherungen durchgebrannt waren.»

«Scheint nicht viel geholfen zu haben», sagte Hollander.

«Mag sein, aber zumindest hat der Arzt dann eine Beziehung zu ihm.»

Die Tür ging auf, und Fordebrand steckte den Kopf herein.

«Telefon, Pete.»

Decker ging an seinen Schreibtisch und drückte den weißen Knopf.

«Hier Decker.»

Ein vertrautes Hintergrundgeräusch. Himmel, heute passierte aber auch alles auf einmal. Jetzt kam alles darauf an, sie möglichst lange hinzuhalten.

«Hallo?» sagte er.

«Hey, ich –»

Er hustete. «Entschuldigen Sie bitte vielmals.»

Bloß nicht übertreiben, dachte er. «Entschuldigen Sie die Husterei, ich hab so eine blöde Erkältung, die einfach nicht weggehen will. Ich hab schon alles versucht, aber... Was kann ich für Sie tun, Miss?»

«Ich wollte mal fragen... Mann, das ist aber wirklich ein ekliger Husten.»

«Kann man wohl sagen. Seit einer Woche geht das schon so. Ich werd ihn einfach nicht los. Immer, wenn ich denke, jetzt ist's überstanden –»

«Ja, also, ich wollte was wegen dem Sittenstrolch von Foothill fragen.»

«Da sind Sie bei mir an der richtigen Adresse. Moment mal...» Er hustete erneut und trank einen Schluck Wasser. «Was möchten Sie denn wissen?»

«Die Krankenschwester hat doch der Polizei den Mann beschrieben, nicht? Das haben sie im Fernsehen gebracht, in den Nachrichten. Haben Sie die Beschreibung vorliegen?»

«Sie meinen das Phantombild, ja?»

«Genau.»

«Ja, das habe ich.» Er räusperte sich und holte tief Luft. «Ich schicke Ihnen das Bild zu, wenn Sie mir Ihren Namen und Ihre Adresse geben.»

Einen Augenblick hatte er nur das Surren im Ohr.

«Hallo?»

Die Anruferin hatte aufgelegt. Mist. Aber sie hatten ja die Fangschaltung. Hoffentlich war das Gespräch lang genug gewesen. Er sagte sofort in der Zentrale Bescheid. Fünf Minuten später klingelte das Telefon.

«Hier Arnie. Ich kann die Gegend für dich einkreisen.»

«Leg los.»

«Der Anruf kommt aus Sylmar, nördlich von Glenoaks, südlich der San Fernando Road. Östliche Grenze Astonia, westliche Grenze Roxford inklusive. Wenn ich mehr Zeit gehabt hätte, wär's noch genauer geworden.»

«Wem sagst du das?» knurrte Decker. «Münzfernsprecher?»

«Klar. Hoffentlich hilft es dir weiter, Pete.»

«Ich denke schon. Dank dir schön.»

Decker stand auf und ging zu der Sekretärin hinüber. Shirley war eine großbusige, übergewichtige Brünette Anfang Vierzig mit einem ansteckenden Lächeln, das ihre Trumpfkarte war.

«Kann ich mal das Branchenfernsprechbuch für Sylmar haben?»

Sie holte es aus einer Schublade. «Wenn Sie auf die Massagesalons scharf sind, brauchen Sie bloß MacPherson zu fragen.»

«Ich schau lieber selber nach, seinem Geschmack trau ich nicht.»

Decker setzte sich an den Schreibtisch und machte sich daran, Wäschereien, Waschsalons und Chemische Reinigungen durchzuforsten. Eine Stunde später hatte er die Auswahl auf zwei Chemische Reinigungen, zwei Wäschereien und drei Waschsalons in der bewußten Gegend eingeengt. Er sah auf die Uhr. Halb elf. Erst würde er mit Rina reden.

17

Das grauenvolle Geschehen des Vorabends hatte Rina sehr mitgenommen. Sie war kurz angebunden den Kindern gegenüber und zunächst froh, als sie aus dem Haus waren. Aber dann bekam sie regelrechte Depressionen. Sie warf sich Herzlosigkeit und Verletzung ihrer Mutterpflichten vor, fand, daß sie zuviel mit dem Goj geredet hatte und eine schlechte Jüdin war. Sie setzte sich in eine Ecke und brach in Tränen aus. Dann schlug ihre Stimmung unvermittelt um, ihre Unruhe machte sich in plötzlicher Aktivität Luft. Entschlossen begann sie, ihre Schränke auszuräumen und zu putzen. Doch unvermittelt war es wieder aus mit ihrem Tatendrang, sie ließ die ausgeräumten Sachen stehen und liegen und fing wieder an zu weinen.

Von diesem zweiten Anfall hatte sie sich gerade wieder ein bißchen erholt, als es klingelte. Am liebsten hätte sie sich nicht gemeldet, sie war nicht auf Besuch eingestellt und wußte, daß sie schrecklich aussah. Aber dann fand sie es doch recht schäbig, vor sich selbst davonzulaufen. Sie stand auf, warf einen Blick durch den Spion und machte auf.

Peter sah nicht weniger mitgenommen aus als sie. «Darf ich hereinkommen?»

«Nein.»

«Ich muß mit dir reden.»

«Dann fang schon an.»

Decker sah sich um. «Ich bitte dich, Rina... Leider ist das kein Privatbesuch. Wenn du mich nicht hereinlassen willst, muß ich dich aufs Revier bestellen, da machen wir es dann hochoffiziell, und du brauchst dir nicht den Kopf darüber zu zerbrechen, was die Nachbarn sagen werden.»

Widerstrebend ließ sie ihn ein.

Decker sah sich in dem halb ausgeräumten Zimmer um. «Willst du verreisen?»

«Ich habe nur meine Schränke ausgewischt.»

Sie spürte förmlich, wie müde er war. Sie hätte ihn nicht so anfahren dürfen, letztlich zogen sie ja beide am gleichen Strang.

«Setz dich, Peter. Möchtest du einen Kaffee?»

Er lächelte. «Ja, gern.»

Sie machte sich in der Küche zu schaffen, dann brachte sie Tassen und einen Korb mit Obst und setzte sich. Decker warf einen Blick auf ihre schlanken Beine und sah schnell wieder weg. Wenn er die Augen schloß, tanzten allerlei Bilder von einer ihn zärtlich streichelnden Rina vor seinem Blick, und er schlug sie schleunigst wieder auf.

«Du hast bestimmt seit langem zuwenig geschlafen», sagte sie teilnahmsvoll.

Decker trank einen Schluck Kaffee und setzte die Tasse auf dem Beistelltisch ab. «Ja, da hast du recht. Ich war heute vormittag bei der Familie von Florence. Nette Leute. Es war sehr traurig.»

«Ich weiß, was sie durchmachen.» Rina hatte feuchte Augen bekommen. «Yitzchak hatte wenigstens einen friedlichen Tod, er war unter Menschen, die ihn liebten. Sie hat so schrecklich sterben müssen.»

Rina hatte tiefe Schatten unter den Augen, sie sprach stockend, und ihre Hände zitterten. Es ging ihm nah, wie sie sich quälte.

«Immerhin habe ich auch eine gute Nachricht mitgebracht. Wir haben Moshe wieder laufenlassen.»

Sie lebte ein bißchen auf. «Natürlich ist er unschuldig, ihr hättet ihn gar nicht erst festnehmen dürfen.»

Decker trank seinen Kaffee. «Rina, bitte versprich mir, daß du das, was ich dir jetzt sage, für dich behalten wirst.»

Sie nickte.

Er berichtete von den Vorfällen der letzten Nacht und seinen Theorien. «Wir dürfen nicht den Kopf in den Sand stecken», schloß er. «Der Mörder hat Florence nicht vergewaltigt. Er wollte sie beseitigen, um an sein eigentliches Opfer heranzukommen.»

Rina schluckte.

«Es wäre gut, wenn du für ein, zwei Wochen zu deinen Eltern gehen würdest.»

«Ich mag nicht weglaufen.»

«Jetzt hör doch erst mal zu. Es wäre ja nicht für immer. Nur so lange, bis wir die Sache im Griff haben. Wir holen uns Cory zur Vernehmung, reden mit Stein und Mendelsohn, gehen anderen Möglichkeiten nach. Vielleicht haben wir ja Glück und finden etwas. Inzwischen wäre es für mich sehr beruhigend zu wissen, daß du in Sicherheit bist. Ich mache mir Sorgen um dich. Und um die Kinder. Ich würde sie ja zu mir nehmen, aber was du davon hältst, weiß ich...»

Er sah sie erwartungsvoll an, aber sie schüttelte den Kopf. «Und wenn ihr nun nichts findet? Wenn nichts passiert, solange ich weg bin? Wenn ich die Zielperson bin, werden diese Untiere mir folgen. Ich werde nicht weglaufen. *Hashem* wird uns behüten, wie er es immer getan hat.»

Decker runzelte die Stirn. «Sei vernünftig, Rina. Wie heißt es doch? Hilf dir selbst, so hilft dir Gott.»

«Manchmal muß man sich einfach an seinen Glauben halten.»

Er mochte sich nicht auf eine theologische Debatte einlassen. «Und was wird aus den Kindern? Willst du warten, bis die auch überfallen werden?»

Sie verkrampfte die Hände. «Warum machst du mir angst, Peter?»

«Weil ich erreichen möchte, daß du dich in Sicherheit bringst.»

«Ich kann ja einen Kurs in Selbstverteidigung machen.»

«So etwas braucht Zeit, Rina. Glaubst du, daß du über Nacht den Schwarzen Gürtel kriegst? Der Mann hatte einen Revolver.»

«Dann kauf ich mir auch einen und nehme Schießunterricht.»

«Der Bursche schießt wie der Teufel, das habe ich am eigenen Leib erlebt...»

Rina sah ihn an. «Erst Yitzchak, dann dies hier – der liebe Gott will mich offenbar bestrafen. Was habe ich nur falsch gemacht?»

Decker spürte Gewissensbisse. «Es ist nicht deine Schuld, Rina. Aber versuch wenigstens, mir auf halbem Wege entgegenzukommen. Wenn du unbedingt bleiben willst, dann bleib. Aber die Kinder haben Ferien. Schick wenigstens Jake und Sammy auf eine Woche zu deinen Eltern.»

«Die sind auf Urlaub», sagte Rina unschlüssig. «Sie kommen erst am Montag zurück.»

«Dann mache ich dir einen Vorschlag. Übernachte am Wochenende bei Zvi und Sarah, die Adlers haben bestimmt Verständnis für deine Lage, wenn du ihnen sagst, was los ist.»

Rina nickte.

«Dann könnt ihr zusammen euren Sabbat feiern. Am Sonntag kommt ihr zu mir auf die Ranch, du hattest den Jungen ja sowieso versprochen, daß sie bei mir reiten dürfen. Und am Montag kannst du dann die Kinder zu deinen Eltern bringen.»

«Einverstanden», sagte Rina matt und fing wieder an zu weinen.

«Komm her.» Er breitete die Arme aus. Sie lehnte sich an ihn und schluchzte an seiner Schulter.

«Wir schnappen uns die Burschen, Rina, das schwöre ich dir.»

«Was soll ich meinen Eltern sagen?» fragte Rina unter Tränen. «Die Wahrheit kann ich ihnen nicht zumuten.»

«Kannst du gut schwindeln?»

«Nicht besonders.»

«Dann ist eine unkomplizierte Ausrede das beste.»

Sie seufzte. «Ich könnte ja sagen, daß die Jungen gern wieder mal zu ihren Großeltern wollten.»

«Wie weit wissen die Kinder Bescheid?»

«Ich habe ihnen nichts gesagt, aber sie merken natürlich, daß irgendwas nicht stimmt. Ich werde mit ihnen reden. Man kann sich auf sie verlassen. Wenn ich sie bitte, den Großeltern nichts zu verraten, werden sie sich daran halten.»

«Gut.» Er strich ihr übers Haar. «Mir wäre sehr viel wohler, wenn du mitgehen würdest.»

Sie schüttelte den Kopf. «Nein. Wenn nächste Woche was passiert, trifft es wenigstens nur mich.»

«Du mußt mir aber versprechen, daß du immer mit mir Kontakt hältst. Bleib nach Möglichkeit nie allein. Und ruf mich an, wenn du das Gelände verläßt.»

Rina schmiegte sich an ihn. Zu seiner Überraschung merkte er, daß sie ihn sogar in seinem jetzigen erschöpften Zustand noch erregte. Es fiel ihm nicht leicht, sie loszulassen. Aber er wußte ja, daß es nicht sein durfte. Dienst ist Dienst.

«Kannst du mir noch etwas über den Einbruch in der Mikwe sagen, oder fällt es dir zu schwer, darüber zu sprechen?»

«Wenn ich dadurch dazu beitragen kann, diesen *mamzer* zu finden... Leider gibt es da wenig zu erzählen. Zuerst hat er es an der Tür versucht. Als er damit nicht weiterkam, hat er einen Stein durchs Fenster geworfen, hat mit dem Arm durchgelangt –»

«Mit dem Arm?»

«Ja, mit einem Arm.»

«Hatte er Handschuhe an?»

«Nein, es war ein nackter Arm, der aus einem Hemdsärmel herausschaute.»

«Hautfarbe?»

«Weiß.»

«Weißt du, welche Farbe der Hemdsärmel hatte?»

«Dunkel. Dunkelblau oder schwarz.»

«Weißt du, ob er sich an der Fensterscheibe geschnitten oder geritzt hat?»

«Nein, das habe ich nicht gesehen, ich wollte ja meine Augen vor den Scherben schützen.»

«Die Fingerabdrücke, die unsere Leute an der Tür gesichert haben, waren verwischt und unbrauchbar. Mit dem Fenster haben sie sich nicht näher befaßt. Ich schicke noch mal jemanden hin, vielleicht finden sich Blutspuren oder Abdrücke am Rahmen.»

«Ihr könnt jederzeit kommen, die Mikwe ist sowieso geschlossen.»

«Bekommen die Frauen Dispens, wenn sie das Tauchbad nicht benützen können?»

«Das nicht. Aber es gibt noch mehr Mikwot in Los Angeles. Die nächste ist eine Autostunde von hier entfernt.»

«Das tut mir leid. Aber es ist wohl das beste so.»

Das ist kein Trost, dachte sie. Aber sie hätte zu weit ausholen müssen, um ihm die Bedeutung des rituellen Bades zu erklären, seine integrale Rolle im Judentum. Das Regenwasserbecken war das symbolische Wesen der *taharat hamishpacha*, das zur geistigen Reinigung der Toten diente und in dem der Nichtjude untertauchte, ehe er den jüdischen Glauben annahm. Auch Koch- und Eßgerät aus Metall wurde im Tauchbad wieder rein. Die Mikwe war eine Hauptstütze des jüdischen Lebens und gehörte zur Orthodoxie wie die Speisevorschriften, die Beschneidung und der Sabbat.

Decker wandte sich zum Gehen. «Moshe haben wir mehr oder weniger von unserer Liste gestrichen, Rina, aber es kann nicht schaden, so zu tun, als ob er noch unter Verdacht steht. Vielleicht verleitet das den Mörder zu einer unüberlegten Tat.»

Sie strich ihm mütterlich über die Hand. «Paß gut auf dich auf, Peter. Und schlaf mal wieder ein bißchen.»

«Später.» Erst, dachte er, muß ich mich noch um meine Wäsche kümmern.

18

Besitzer der Chemischen Reinigung, die er sich zuerst vornahm, war ein koreanisches Ehepaar namens Park. Sie sprachen kaum Englisch und schienen gar nicht recht zu verstehen, was Decker von ihnen wollte. Ihre einzige Mitarbeiterin war Lilly, eine etwa fünfzigjährige Schwarze. Decker sprach sie an. Die Stimme paßte nicht. An der zweiten Adresse auf seiner Liste arbeiteten zwei weiße Ehepaare, Mitte Dreißig, ohne weitere Angestellte, und die Stimmen der Frauen waren ganz anders als die der anonymen Anruferin. Weiter im Text.

Bei der Ti-Dee-Rite Launderette wurde er fündig. Der Waschsalon lag in einem schäbigen kleinen Einkaufszentrum, flankiert von einem Supermarkt und einer Imbißhalle. Er parkte den Plymouth zwischen einem friesierten 58er Chevy und einem Fordlieferwagen und griff sich einen Sack mit Schmutzwäsche. Wenn schon sonst nichts herauskam, hatte er wenigstens sauberes Zeug.

Es war ein großer Waschsalon. In der Mitte standen sechzig Waschmaschinen, an der hinteren Wand eine münzbetriebene Waschpulverausgabe, Wäschesackautomat und Geldwechsler. Vor den Maschinen waren Tische zum Sortieren und Zusammenlegen der Wäsche aufgestellt. An der linken Wand standen zwanzig große Wäschetrockner, rechts davon zehn weitere, daneben vier Waschmaschinen mit extra großer Trommel für Tages- und Wolldecken sowie ein Münzfernsprecher. Zwei Frauen warteten auf orangefarbenen Plastikstühlen auf das Ende des Waschgangs und blätterten in alten Zeitschriften. Ein junger Mann mit Hasenscharte packte seine nasse Wäsche in einen Trockner, weitere Kundinnen und Kunden machten sich an den Maschinen zu schaffen. In einer Ecke saß eine Frau Mitte Zwanzig. Ihr Gesicht war nicht unsympathisch, nur der schmale, verbissene Mund störte. Sie hatte abnorm kurze Arme, fast wie eine Zwergin. Den Namen auf dem Schildchen, das sie trug, konnte Decker auf diese Entfernung nicht erkennen, wohl aber das in dicken schwarzen Lettern darunterstehende Wort «Aufsicht».

Er stellte sich an eine freie Waschmaschine und packte seine Sachen hinein, schloß die Klappe und warf ein paar Münzen in den Schlitz. Als die Maschine nicht ansprang, drosch er wütend auf sie ein. Sofort stand die junge Frau auf und kam angelaufen.

«Na, na, nicht so stürmisch, Mister», sagte sie verweisend.

Decker lächelte in sich hinein.

«Sie machen mir noch meine Maschine kaputt. Was gibt's denn?»

Der Name auf dem Schild lautete Rayana Beth Mathers. *Sehr erfreut, Rayana.*

«Das Ding scheint nicht in Ordnung zu sein. Es hat mein Geld geschluckt und springt nicht an.»

Rayana öffnete den Münzbehälter. «Sie haben zwei Quarters und einen Nickel reingesteckt. Sie brauchen aber zwei Quarters und einen Dime.»

«Sind Sie aus Boston?» fragte Decker lächelnd.

Sie lächelte zurück. «Gratuliere. Gutes Ohr für Mundarten, was?»

Er nickte, ohne sie aus den Augen zu lassen. Plötzlich wurde sie blaß und wandte sich zum Gehen. Decker packte sie am Arm. «Was haben Sie denn?» fragte er.

«Fassen Sie mich nicht an. Ich will einen Anwalt.»

«Wozu denn das, Rayana? Ich möchte mich doch nur ein bißchen mit Ihnen unterhalten.»

«Ich hab nichts zu sagen.»

«Gut, dann hören Sie einfach zu.»

«Pfoten weg.»

Einige Kunden sahen sich neugierig um.

«Wir fallen schon auf», flüsterte Decker. Rayana stellte die Gegenwehr ein.

«Na, also», sagte Decker, ohne sie loszulassen. «Woher wissen Sie, daß ich ein Cop bin?»

«Sie sehen so aus.»

«Warum haben Sie das dann nicht gleich gemerkt? Ist Ihnen vielleicht plötzlich mein Gesicht bekannt vorgekommen? Oder meine Stimme?»

«Vielleicht.»

«Setzen wir uns, Rayana.»

«Nur, wenn Sie meinen Arm loslassen.»

Sobald er sie freigab, versuchte sie wieder wegzulaufen. Er packte sie am anderen Arm.

«Ich weiß nichts», beteuerte sie.

«Wovon wissen Sie nichts?»

«Von allem. Lassen Sie mich in Ruhe.»

«Wie war das mit den Anrufen?»

«Was für Anrufen?»

«Mit den Anrufen bei mir.»

«Ich hab Sie nicht angerufen.»

«Ich habe die Bänder. Jetzt seien Sie vernünftig.» Er führte sie zu einem der Plastikstühle und setzte sich neben sie. «Sie haben mich angerufen, Rayana, weil Sie sich mit einem Problem herumschlagen. Sie wissen etwas, aber Sie haben Angst, es jemandem zu erzählen. Kommen Sie mit aufs Revier, ich besorge Ihnen einen Anwalt, und wir machen ein Geschäft. Wenn Sie sich als Zeugin zur Verfügung stellen, gehen Sie nicht nur straffrei aus, sondern sind am Ende noch die Heldin des Tages.»

Sie überlegte einen Augenblick, aber dann erklärte sie: «Ich weiß überhaupt nicht, wovon Sie reden.»

«Wir sind dem Burschen dicht auf den Fersen, Rayana. Wenn wir ihn schnappen und feststellen, daß Sie mit drinhängen, kann das verdammt unangenehm für Sie werden.»

«Ich weiß nichts. Ehrlich.»

«Lassen Sie den Unsinn, ich habe die Bänder.»

«Okay, ich hab Sie ein paarmal angerufen. Hat mich eben interessiert, die Sache. Ist doch nichts bei, oder? Das heißt aber noch nicht, daß ich was gemacht hab. Oder was weiß.»

«Woher wußten Sie das mit den Schuhen, Rayana?»

«Vielleicht hab ich mal 'n Typ gekannt, der auf Schuhe stand.»

«Wie hieß der Typ?»

«Hab ich vergessen.»

«Das können Sie mir doch nicht erzählen.»

«Über die Vergewaltigungen kann ich Ihnen überhaupt nichts sagen. Meinetwegen können Sie mich ruhig mitnehmen. Ich hab Sie angerufen und wegen der Schuhe gefragt, mehr nicht, und daß das strafbar ist, müssen Sie mir erst noch beweisen.»

«Verbrecher zu verstecken ist strafbar. Beweismaterial zu unterschlagen ist strafbar.»

«Ich unterschlag nichts, und ich versteck auch keinen.»

«Wer ist der Typ, der auf Schuhe steht?»

«Typ? Was für 'n Typ?»

«Sehen Sie sich diese Bilder an, Rayana.» Er holte mehrere Fotos heraus. «Ja, schauen Sie nur genau hin.»

Sie warf einen flüchtigen Blick auf das erste und drehte den Kopf zur Seite.

«Nicht so schnell, nehmen Sie sich ruhig Zeit. Damit Sie begreifen, wen Sie da decken.»

Sie blätterte den Stapel durch. Auf ihr Gesicht trat ein Ausdruck des Ekels.

«Eine Frau ist so brutal zugerichtet worden, daß die Membran zwischen Vagina und Anus gerissen ist, sie bekam eine schwere Infektion, man hat ihr die Gebärmutter herausnehmen müssen. Die Frau war einundzwanzig, Rayana.»

Sie gab Decker die Fotos zurück. «Das mag ja alles sehr traurig sein, aber ich weiß nichts.»

«Ich muß Sie zur Vernehmung aufs Revier bringen.»

«Na, wenn schon.»

Verdammt, sie ließ sich nicht festnageln. «Also, gehen wir.»

«Wird's lange dauern?»

«Wahrscheinlich.»

«Dann ruf ich am besten die Chefin an und sag ihr Bescheid.»

Sie führte ein kurzes Gespräch. Dann seufzte sie. «Die Chefin kommt gleich. Mann, die war vielleicht sauer. Ich glaub, ich hab sie beim Mittagsschlaf gestört.»

Decker sah auf die Uhr. «Hoffentlich beeilt sie sich.»

«Wir können ja gehen.»

«Wollen Sie nicht warten, bis sie da ist?»

«Damit sie sieht, wie ich von 'nem Cop abgeschleppt werde? Nee, das fehlte noch.»

Decker brachte sie zu seinem Dienstwagen. Seine Wäsche hatte er vergessen.

«Sie ist also wieder frei?» fragte Fordebrand.

«Ja. Wir haben nichts in der Hand. Meist sind Leute, die sich zu einem Anruf bei der Polizei aufraffen, richtig froh, wenn sie auspacken können, aber sie hat nichts rausgelassen.» Decker überlegte einen Augenblick. «Vielleicht wollte sie sich nicht belasten und hat uns nicht geglaubt, als wir ihr Immunität zugesichert haben. Verdammt, vielleicht steckt sie sogar mit drin.»

«Hast du Gründe für diesen Verdacht?»

«Nichts Konkretes. Jedenfalls haben wir bei ihr eine absolute Niete gezogen.»

«Die kommt wieder», tröstete Fordebrand. «Sobald sie Angst genug hat.»

«Und inzwischen überfällt der Dreckskerl die nächste. Hollander beobachtet sie. Mal sehen, mit wem sie so verkehrt. Vielleicht macht sie eine Dummheit und führt uns auf eine Spur.»

«Wollen wir irgendwo zusammen was essen?»

«Klar, immer. Will nur mal sehen, ob irgendwas für mich anliegt.» Auf dem Stapel mit der Eingangspost fand sich ein dicker Umschlag, Deckers Name und Adresse waren auf einen Zettel getippt, der mit Klebeband auf dem Umschlag befestigt war.

«Wann ist das gekommen?» fragte Decker in den Raum hinein.

«Keine Ahnung», erwiderte Fordebrand.

«Gegen Mittag», ließ sich der dunkelhäutige Detective MacPherson aus dem Raubdezernat vernehmen, ein Frauenheld, der mit Vorliebe Shakespeare und Bacon zitierte. «Während du mit der Schönen aus der Reinigung getändelt hast. Kannst es ruhig aufmachen, das Sprengstoffdezernat hat den Liebesbrief gecheckt.»

«Keine Briefmarke. Ist er nicht durch die Post gekommen?»

«Jetzt mach schon auf, Peter», drängte MacPherson.

Decker öffnete den Umschlag vorsichtig und kippte den Inhalt heraus. Zum Vorschein kam ein Frühstücksbeutel aus Plastik, der einen eingewickelten Gegenstand enthielt, und einen Zettel, auf den ein Satz getippt war: «Paßt vielleicht zu dem Mord an der fetten Negersau in der Judenschule.»

Decker packte gar nicht erst weiter aus, sondern verständigte sofort das Labor.

Er aß ein Steak mit Pommes frites und Salat und trank ein Bier mit Fordebrand, dann ging er nach Hause und schlief ein paar Stunden. Als er aufwachte, war es fast sechs. Wenn er seine Termine mit Stein und Mendelsohn nicht verpassen wollte, mußte er sich beeilen. Er fütterte noch die Tiere und telefonierte mit dem Revier, dann fuhr er wieder los.

In dem Frühstücksbeutel war ein blutiges Messer gewesen, es hatte einen beinernen Griff mit Namensschild. Auf dem Schild stand der Name Cory Schmidt. Erste Analysen hatten ergeben, daß an dem Messer Florence Marleys Blut und Fasern von ihrer khakifarbenen Uniform hafteten. Marge hatte bereits einen Haussuchungsbefehl für Corys Wohnung und einen Haftbefehl für Cory beantragt, aber Cory und seine Freunde waren nicht aufzufinden gewesen und wurden noch gesucht. Decker hinterließ, wo er zu erreichen war.

Verdammt komische Geschichte. Wem konnte daran gelegen sein, Cory zu verpfeifen? Seinen Freunden? Dem wahren Mörder? Aber woher wußte der, daß Cory in Verdacht geraten war? Es sei denn, daß es jemand aus der Jeschiwa war, der erfahren hatte, daß Rina von Cory mit einem Messer bedroht worden war. Jetzt hatte Decker es noch eiliger, seine Gespräche zu führen.

Shlomo Stein saß tief über eine Talmudausgabe gebeugt. Sein Blick fixierte den Text, der vor ihm lag, doch seine Hände und Beine zuckten verräterisch. Man merkte, daß er mit seinen Gedanken ganz woanders war. Er hatte einen schwarzen Spitzbart, trug ein weißes Hemd mit hochgekrempelten Ärmeln, schwarze Hosen und eine große schwarze Jarmulke aus Samt.

Warum war der Mann bloß so ablehnend? Was versprach er sich von dieser geringschätzigen Art? Decker überflog seine Notizen. «Gehen wir Ihre Aussage noch einmal durch.»

«Wozu soll das gut sein?»

«Das kann ich möglicherweise besser beurteilen als Sie.»

«Sie haben hier überhaupt nichts zu beurteilen. Sie sind kein Richter, sondern Polizist. Ich erkenne nur einen Richter an – den, vor dem ich mich letztlich verantworten muß.»

«Aber jetzt bin ich erst mal dran. Warum wollen Sie meine Fragen nicht beantworten?»

Stein schwieg.

«Sie haben, während Florence Marley ermordet wurde, zusammen mit Ihrem Partner studiert?»

«Ja.»

«Die ganze Nacht?»

«Ja.»

«Sie haben den Raum nicht verlassen?»

«Nein.»

«Auch nicht, um mal frische Luft zu schnappen?»

«Nein.»

«Um etwas zu essen? Um auf die Toilette zu gehen?»

«Nein.»

«Sie haben alle natürlichen Bedürfnisse vierundzwanzig Stunden lang unterdrückt, Mr. Stein?»

«Das Thorastudium befreit den Menschen, so daß er Banalitäten wie natürliche Bedürfnisse vergißt. Das Wort Gottes erhebt uns aus dem Körperlichen ins Geistige. Ich versuchte, die Erdenschwere abzuschütteln und *Hadokush Boruch* nah zu sein. Von solchen Dingen wissen Sie natürlich nichts.»

«Dafür weiß ich, daß in der Zeit, als Sie Ihre himmlischen Schwingen ausbreiteten und in geistige Höhen entschwebten, Florence Marley von einem Psychopathen abgeschlachtet worden ist. Draußen gab es einen Mordsaufstand. Davon haben Sie nichts mitgekriegt?»

«Ich habe studiert.»

Decker klopfte mit dem Bleistift auf seinen Block. Zu gern hätte er dem Mann seine Selbstgerechtigkeit ausgetrieben. «Wie fühlt man sich denn so, wenn man vom Zuhälter zum Betbruder avanciert, Scotty Stevens?»

Stein wurde rot vor Zorn. «Sie mieser Antisemit, Sie! Schikanieren unschuldige Juden, Sie *sheygez*, bloß um einer Frau zu imponieren, die für Sie unerreichbar ist. Sie sind ein Goj, Decker. Lieber läßt sie sich von dem letzten Dreckskerl von Juden Gewalt antun, als Sie anzurühren. Fragen Sie sie ruhig, fragen Sie, was die Halacha dazu sagt.»

«Warum? Sind Sie der Dreckskerl von Jude, der versucht hat, ihr Gewalt anzutun?»

«Ziehen Sie Leine.» Stein sah wieder in sein Buch.

«Niemand kann also bezeugen, wo Sie sich in der fraglichen Zeit aufgehalten haben – bis auf Ihren Partner.»

«Ja.»

«Hat Mr. Mendelsohn Sie irgendwann einmal alleingelassen, um einem natürlichen Bedürfnis nachzugehen, oder war er auch in überirdische Sphären entrückt?»

«Das weiß ich nicht mehr. Warum fragen Sie ihn nicht selber?»

«Das werde ich tun, Mr. Stein. Und wenn sich irgendwelche Diskrepanzen ergeben, werden Sie von mir hören.»

«Das glaube ich Ihnen aufs Wort. Amalek bleibt Amalek.»

Decker schrieb sich das Wort auf und beschloß, Rina danach zu fragen. Er ließ sich nicht gern Schimpfworte an den Kopf werfen, die er nicht verstand.

«Ich wüßte nicht, was ich Ihnen über Shlomos Aussage hinaus noch sagen könnte. Wir waren die ganze Nacht zusammen.»

«Nur ein paar Fragen, Mr. Mendelsohn.»

«Dann bitte rasch, es ist fast Zeit für die *minche.*»

Mendelsohn wiegte sich vor und zurück, vermied Deckers Blick und kaute an dem schon arg strapazierten Daumennagel. Das Gesicht mit dem blonden Vollbart war hübsch und jugendlich. Glatte Haut, hellblaue Augen, fast zu zarte, feine Züge. Das blonde Haar war bis auf ein paar Strähnen unter dem schwarzen Hut versteckt.

«Haben Sie Stein irgendwann mal alleingelassen?»

«Allein? Nein.»

«Auch nicht, um etwas zu essen oder zur Toilette zu gehen?»

«Kann sein, daß ich auf der Toilette war. Ach ja, ich habe meine Frau angerufen und ihr gesagt, daß ich nicht heimkommen würde.»

«Wann?»

«Genau weiß ich das nicht mehr. Es muß so um acht gewesen sein.»

Mendelsohn bearbeitete seinen Daumen, bis ein rotes Rinnsal hervortrat. Er lutschte das Blut ab und nahm sich den Zeigefinger vor.

«Wie lange dauerte das Gespräch?»

«Ich habe den Münzfernsprecher in der Halle benützt und war schätzungsweise fünf Minuten weg. In der Zeit hätte Shlomi unmöglich verschwinden, morden und wieder zurückkommen können. Und ich hätte den Mord in der Zeit auch nicht geschafft. Was soll die Fragerei?» Er verzog das Gesicht und ballte die Fäuste.

«Ich weiß schon, es ist wegen Shlomis Vergangenheit. Schön, die kann man nicht ungeschehen machen, aber ich werde nicht zulassen, daß Sie ihm deswegen die Zukunft verbauen. Rina kann sagen, was sie will – ich bleibe dabei, daß er sich geändert hat.»

«Gibt es für euch beide eigentlich noch was anderes außer den Büchern?»

Mendelsohn sah ihn verständnislos an. «Was, zum Beispiel?»

«Ich meine irgendein Hobby, Angeln meinetwegen. Reden Sie auch hin und wieder über weltliche Dinge?»

«Es gibt nichts außer der Thora. Alles andere ist *narrischkeit*.

«Und was ist mit Ihrer Familie, Ihrer Frau?»

Mendelsohn machte ein bestürztes Gesicht. «Wie meinen Sie das?»

«Sind die auch *narrischkeit*?»

«Natürlich nicht. Sie sind Teil der Thora.»

«Reden Sie mit Ihrer Frau über die Thora?»

«Nein, das heißt ja. Soweit es dabei um den Haushalt, die Kindererziehung geht. Aber wir lernen nicht zusammen.»

«Warum nicht?»

Mendelsohn lachte ein bißchen. «Man lernt nicht die Gemara mit seiner Frau.» Er schüttelte den Kopf. «*Ayzeh goische kop*.»

«Ihre Frau weiß also, daß Sie die ganze Nacht über den Büchern saßen?»

«Ja.»

«Und das Alleinsein hat sie nicht gestört?»

«Natürlich nicht. Sie unterstützt das. Wäre ich sonst hier? Mein Thorastudium ist auch für sie die Erlösung.»

«Und Sie haben gegen acht bei ihr angerufen?»

«Worauf wollen Sie hinaus? Daß ich eine Schwarze ermordet habe, die ich überhaupt nicht kenne, und mir durch das Gespräch mit meiner Frau ein Alibi beschafft habe? Juden morden nicht, Detective, Juden sind keine Sittlichkeitsverbrecher.»

«Glauben Sie an die Zehn Gebote?» fragte Decker.

«Natürlich.»

«Und daran, daß sie göttliches Gesetz sind?»

«Ja.»

«Und daß Gott sie den Juden gegeben hat?»

«Ja.»

«Und daß die Juden, denen Er sie gab, als rechtschaffene Menschen galten?»

«Was soll das?» Mendelsohn kaute jetzt am rechten Daumennagel.

«Wenn Gott so sicher war, daß rechtschaffene Menschen nicht morden würden, frage ich mich, was er sich bei dem Sechsten Gebot gedacht hat.»

Der Daumen begann zu bluten.

19

Deckers Ranch umfaßte vier Morgen Busch- und Grasland und Obstbäume. Es war früheres Weideland. Während des Immobilienbooms Ende der siebziger Jahre waren großartige Bebauungspläne für das Gebiet entstanden, aber als dann die Zinsen jäh anstiegen, hatte Decker das Brachland billig kaufen können. Nach der Scheidung hatte er das Bedürfnis gehabt, sich etwas Eigenes aufzubauen.

Sie rollten über eine schmale, ausgefahrene Straße, vorbei an Flachland mit sanften Hügeln. Hier und da stand ein Haus, eine Scheune, eine Obstbaumpflanzung. Nach langer, holpernder Fahrt hielten sie auf einem asphaltierten Platz neben einem Jeep und einem alten Porsche ohne Räder und aufgeklappter Motorhaube. An den Parkplatz schloß sich eine Zitruspflanzung an; die Orangen-, Zitronen- und Grapefruitbäume hingen voller Früchte. Ihr aromatischer Geruch erfüllte die heiße Sommerluft.

Die Jungen liefen davon, um zwischen den Bäumen Fangen zu spielen. Rina blieb stehen, reckte und streckte sich und sah sich um. Deckers bescheidenes Heim war ein eingeschossiges Gebäude, nach Art einer Scheune konstruiert. Die Wände waren rötlich, die Querbalken weiß gestrichen, unter dem Panoramafenster standen Pflanzenkübel mit Geranien und Fleißigen Lieschen. Alles wirkte sehr gepflegt. Decker schloß auf, Rina rief die Kinder, und sie betraten das Haus. Das sonnige Wohnzimmer hatte einen Boden aus unbehandelten Fichtenbrettern, auf denen ein Navajo-Webteppich lag, die Zimmerdecke war getäfelt. Der Raum war sparsam möbliert: Couch, zwei Stühle mit Wildledersitzen, ein Beistelltisch aus Holz, und am Fenster, mit Blick auf die Obstbäume, ein Liegesessel. Gegenüber der Couch war ein gemauerter Kamin, der von zwei Kupferkesseln flankiert wurde.

Decker führte sie durch den anschließenden Eßbereich und vorbei an der Küche zur Hintertür. Hinter dem Haus befanden sich eine Scheune, Stallungen und der Auslauf für die Pferde. Heuballen waren an der Scheunenwand gestapelt, am Horizont zeichneten sich die Berge ab. Er entschuldigte sich, verschwand kurz in der Scheune und kam in Jeans, Stiefeln und T-Shirt wieder heraus, gefolgt von einem wild wedelnden Irischen Setter mit leuchtend kupferfarbenem Fell, der offenbar glückselig über das Wiedersehen war.

«Sitz!» befahl Decker, und der Hund gehorchte sofort. Jake ging furchtlos hin und streichelte ihn, aber Sammy wartete, bis Rina es ihm vormachte.

«Ein Prachtkerl», sagte sie und strich über das seidige Fell. «Und so brav.»

«Es ist eine ‹Sie›», erläuterte Decker. «Du brauchst keine Angst zu haben, Sammy. Ginger ist sehr lieb. Zu lieb. Als Wachhund kaum zu gebrauchen.»

Sammy streichelte sie schüchtern und lächelte. Jake versuchte schon, Ginger zum Fangenspielen zu verlocken.

«Sie sieht aus wie du, Peter», stellte Rina fest.

«Das hat Cindy auch gesagt, als sie mir Ginger schenkte.»

«Ein Geburtstagsgeschenk?»

«Scheidungsgeschenk. Damit ich mich nicht einsam fühle.» Er lachte ein bißchen. «Damals war mir die Einsamkeit gerade recht. Ginger wird uns begleiten, wenn wir ausreiten. Komm, mein Mädchen.»

Die Setterhündin folgte Decker in den Stall. Nach zehn Minuten führte er eine gesattelte Appaloosa-Stute heraus. Sie hieß Annie. Geduldig erklärte er den Jungen die Grundregeln des Reitens, setzte sie auf das Pferd – Jake nach vorn, Sammy hinter ihm – und führte sie im Korral herum. Als sie sich eingewöhnt hatten, hob er Jake herunter und gab Sammy die Zügel in die Hand. Dann sattelte er eine zweite Stute und setzte Jake hinauf. Nach einer Stunde ritten beide Jungen furchtlos allein und jauchzten vor Vergnügen. Ginger lief hinterher und bellte vergnügt.

Decker ließ die beiden nicht aus den Augen. Rina, genauso aufgeregt wie ihre Söhne, schoß ein Foto nach dem anderen. Sie war froh, daß sie Deckers Einladung angenommen hatte. An diesen Tag würden die Kinder noch lange zurückdenken.

Decker führte einen braunen Hengst aus dem Stall und saß auf.

Detective Decker hatte das Brachland billig kaufen können . . .

... weil die Kreditzinsen jäh angestiegen waren und der erwartete Bauboom ausblieb.

Zur rechten Zeit Geld haben – dann wird aus manchem Kauf ein günstiger Kauf.

«Ich reite mal kurz mit ihnen ins Gelände. Nimm dir, was du möchtest.»

«In Ordnung. Laßt euch nur Zeit.»

«Du könntest auch mitkommen, ich habe noch mehr Pferde im Stall, denen die Bewegung guttäte.»

Sie schüttelte den Kopf.

«Bestimmt nicht?»

«Ganz bestimmt nicht.»

Er führte die Jungen aus dem Korral, und sie ritten davon, dem weiten Land entgegen, das ihnen winkte.

Rina ging ins Haus. Von der glühenden Hitze dröhnte ihr der Kopf. Die Jungen würden nach ihrem Ausritt Hunger haben. Sie holte Servietten und Plastikgeschirr aus einer mitgebrachten Tasche. Peter hatte sie klargemacht, daß sein Geschirr nicht koscher war, auch wenn es keimfrei aus einer Geschirrspülmaschine kam. Die Logik war ihm sichtlich unverständlich gewesen, aber er hatte nicht widersprochen.

Im Eßbereich standen ein runder Tisch aus Kirschbaumholz mit vier Stühlen und ein Bücherregal. Sie legte Papierservietten auf den Tisch und packte das kalte Huhn aus, das vom Sabbat übriggeblieben war, Pommes frites und Saft. Keine besonders ausgewogene Kost, aber Kinder mochten so etwas.

Als der Tisch gedeckt war, trat sie an das Bücherregal. Auf den beiden obersten Brettern standen juristische Fachbücher und Lehrbücher von der Polizeihochschule, darunter soziologische und kriminologische Werke. Die untere Hälfte enthielt Romane. Bestseller und Agentenliteratur, keine Krimis.

Rina zog eine Nummer der Zeitschrift *Natural History* zwischen zwei Lehrbüchern hervor. Die Titelgeschichte behandelte den Afrikanischen Laubfrosch. Sie setzte sich auf die Couch und überflog den Artikel, aber sie war zu unruhig, um sich auf den Text zu konzentrieren, und besah sich hauptsächlich die Bilder. Auch das gab sie schließlich auf. Sie versuchte, nicht mehr an den Mord und die Vergewaltigung zu denken, zwang sich, die Ruhepause zu nutzen und lehnte sich mit geschlossenen Augen zurück.

Eine Stunde später hörte sie Hufgeklapper hinter dem Haus. Die drei Reiter und Ginger stürmten herein, die Kinder verschwitzt und aufgedreht.

«Mann, bin ich müde.» Sammy ließ sich beglückt auf die Couch fallen.

«Und ich hab schrecklichen Hunger», stöhnte Jake.

Decker stellte der Setterhündin einen Napf mit Wasser hin. «Ich geh mal eben duschen, du kannst inzwischen deine Söhne füttern, Rina.»

Sie schickte die Jungen zum Waschen in die Küche und verteilte Huhn und Pommes frites. «Das *Al netilas yadaiyim* dürft ihr heute ausfallen lassen, ich habe kein Brot mitgebracht.»

Die Jungen wuschen sich und setzten sich an den Tisch.

«War's denn schön?» fragte Rina.

«Ja, aber mir tun die Beine weh», sagte Jake.

«Und mir der Po», ergänzte Sammy. «Krieg ich was zu trinken?»

Rina holte kleine Schachteln mit Apfelsaft heraus und steckte Strohhalme in die Öffnung.

«Mit einem Plastikmesser kann ich nicht schneiden», beklagte sich Jake.

«Dann nimm die Finger. Habt ihr was Interessantes gesehen?»

«Nur ein paar Präriehasen und Karnickel», sagte Sammy. «Nichts Gruseliges. Aber toll war's trotzdem. Ich kam mir vor wie ein Cowboy. Ob die Jeschiwa sich auch mal Pferde anschafft?»

«Nicht ausgeschlossen.»

«Dürfen wir einen Hund haben?»

«Nein, das Haus ist zu klein.»

«Einen kleinen Hund.»

«Nein.»

«Ganz doll still war's da draußen», sagte Sammy träumerisch.

«Heiß war's.» Jake zog den letzten Safttropfen durch den Strohhalm. «Krieg ich noch was?»

Rina gab ihm noch einen Saft.

«Dürfen wir wieder mal herkommen?» fragte Jake.

«Ich glaube kaum», erwiderte Rina leise.

«Warum nicht?» wollte Sammy wissen. «Peter ist es recht.»

«Man soll sich nicht aufdrängen. Außerdem fängt die Schule bald wieder an, und am Sonntag habt ihr *shiur*.»

«Nicht den ganzen Sonntag.»

«Denkt mal an den Fußballclub, den Computerclub, die Klavierstunden. Ihr habt ein volles Programm.»

Sammy schob seufzend seinen Teller weg.

«Was ist denn, Shmuel?»

«Nichts.»

Eine Weile aßen sie schweigend. Ginger, die in der Küche herumgelaufen war, kam jetzt an den Tisch und bettelte.

«Darf ich Ginger ein Stück Huhn geben?» fragte Jake.

«Da mußt du erst Peter fragen.»

«Tut mir leid, du», sagte er zu der Setterhündin, die ihn seelenvoll ansah.

Rina strich Sammy zärtlich über den Arm. «Wir werden versuchen, wieder einen jüdischen Betreuer für euch zu bekommen.»

«Ich will keinen Betreuer», maulte Sammy.

«Warum denn nicht?»

«Die sind alle pervers, sagt Shmuel», erklärte Jake.

«Das ist nicht wahr.»

«Verrückt sind sie», beharrte Sammy. «Der damals mit uns im Kino war, das war ein ganz Komischer.»

«Dann suchen wir eben, bis wir einen netten gefunden haben. Und die Jungs aus der Jeschiwa lassen euch doch auch gern mal mitspielen.»

«Aber nur ausnahmsweise. Im Außenfeld. Das bringt nichts.»

«Ihr wißt doch, warum Peter nicht euer Betreuer sein kann?»

«Ist ja schon gut.» Sammy kämpfte mit den Tränen. Rina strich ihm das Haar zurück und steckte die *kipah* fester. Jetzt kam auch Decker herein, mit nassem, glatt zurückgekämmtem Haar. Er brachte einen großen Karton mit.

«Ihr macht ja so lange Gesichter», wunderte er sich. Rina machte ihm ein Zeichen, und er fragte nicht weiter. «Gebettelt wird nicht», sagte er zu Ginger und stellte den Karton auf einen freien Stuhl. Dann gab er Hundefutter in ihren Napf.

«Darf ich Ginger ein Stück Huhn geben?» fragte Jake.

«Das Fett ist nicht gut für sie.»

«Was hast du in dem Karton?» wollte Shmuel wissen.

«Jüdische Bücher und Gegenstände, die der Großvater meiner geschiedenen Frau aus Europa mitgebracht hat. Nach seinem Tod wollte niemand sie haben, da habe ich sie genommen.»

Decker hob ein ledergebundenes Buch mit Goldschnitt hoch. «Könnt ihr damit was anfangen?»

Rina und die Kinder wuschen sich die Hände, und Jake nahm Decker das Buch ab. «Das ist ein *machzor*, ein Gebetbuch.»

Sammy sah hinein. «Ein Gebetbuch für Neujahr. Die eine Seite ist Hebräisch, aber die andere Sprache kenne ich nicht.»

«Es ist Deutsch», entschied Rina. «Stammte der Großvater deiner Frau aus Deutschland?»

«Das weiß ich nicht.»

Rina griff nach einem in dunkelgrünes Leder gebundenen Band mit goldgeprägtem Titel. «Schaut euch nur diese herrlichen *sepharim* an.» Sie suchte nach dem Erscheinungsjahr. 1798.

«Viele jüdische Schriften sind im Krieg vernichtet worden, diese Sammlung ist unter Umständen sehr wertvoll, Peter.»

«Schau mal, Ima!» Sammy hielt eine etwa 30 cm lange Schriftrolle in zarter Filigranarbeit in der Hand.

«Was ist das?» fragte Decker. «Man zieht an dem Streifen, dann kommt der Text aus dem Schlitz. Es hat schöne Illustrationen.»

«*Megillas Esther*», stellte Sammy fest.

«Herrlich», sagte Rina voller Ehrfurcht. «Schaut nur, wie klar und deutlich die Buchstaben sind.»

«Kannst du das lesen, Rina?» fragte Decker.

«Ist doch ganz leicht.» Jake ratterte die ersten Zeilen herunter.

«Und weißt du auch, was es heißt?»

«Ja, es geht um König Ahasver und sein Reich», erklärte Sammy. «Was für Länder waren es doch gleich?»

«Von Indien bis Äthopien», half Rina aus.

«Erstaunlich», sagte Decker.

«Die Kinder sind zweisprachig aufgewachsen», erläuterte Rina. «Yitzchak hat nur hebräisch mit ihnen gesprochen.»

«Was fängt man mit diesem Text an?» fragte Decker.

«Den liest man natürlich zu Purim.»

«Natürlich», wiederholte Decker.

«Mein Lieblingsfeiertag», erläuterte Jake. «Wir verkleiden uns, und nach der Lesung der *Megilla* gibt es ein tolles Purimfest in der *schul*. Die großen Jungs betrinken sich und müssen sich übergeben, es ist gräßlich ordinär, aber auch sehr komisch. Am nächsten Tag kriegt man von seinen Freunden Süßigkeiten und stopft sich voll.»

«Man darf sich betrinken?» staunte Peter.

«Man *muß* sich betrinken», stellte Sammy richtig.

«Nicht betrinken», wandte Rina ein. «Manche sind vielleicht ein bißchen angeheitert...»

«Man soll trinken, bis man nicht mehr weiß, ob man Mordechai hochleben läßt oder Haman ausbuht, und dann ist man doch betrunken, Ima.»

«Daß ihr es in der Jeschiwa so ausgelassen treibt, kann ich mir gar nicht vorstellen», sagte Decker.

Sammy hatte sich in Schwung geredet. «Es ist richtig aufregend. Die älteren Jungs jonglieren mit Flaschen oder balancieren sie auf dem Kopf.»

«Wenn sie betrunken sind?»

Jake lachte. «Es gibt immer einen Haufen Scherben. Letztes Jahr hat sich einer der Rabbis als Haman verkleidet, und wir haben mit matschigen Tomaten nach ihm geworfen.»

«Haman ist demnach ein Bösewicht, ja?» fragte Decker.

«Und was für einer», bekräftigte Sammy. «Er war einer von Hitlers Vorfahren.»

«Im Ernst?»

Rina lächelte. «So heißt es. Zumindest waren sie geistesverwandt. Allesamt Amalek.»

Deckers Gesicht verdüsterte sich. «Was heißt das?»

«Zur Zeit der ägyptischen Gefangenschaft des Volkes Israel gab es den Volksstamm der Amalekiter. Sie waren bösartig und gemein zu den Juden, als die Ägypten verließen. Jetzt steht dieser Ausdruck für Menschen oder Gruppen, die sich die restlose Zerstörung des jüdischen Volkes zum Ziel gesetzt haben. Yassir Arafat zum Beispiel ist in meinen Augen Amalek.»

Decker schwieg.

«Ist was, Peter?»

«Nein, nein.» Er holte ein weiteres Buch aus dem Karton. Sammy nahm es ihm ab. «Das ist *bava metzia*, das lern ich in diesem Jahr.»

«In der Familie deiner Frau muß es einen Gelehrten gegeben haben», sagte Rina. «Das ist der Talmud, mit dem man sich in der Jeschiwa beschäftigt.»

«Ich habe in einem zweiten Koffer eine vollständige Ausgabe solcher Bücher, die alle diese eigenartige Textanordnung haben, einen großen Block auf Aramäisch, und drumherum viele Spalten in hebräischer Sprache. Was ist das?»

«Der große Block in aramäischer Sprache ist die Rechtsfrage, die behandelt wird. In diesem Band ist von den gesetzlichen Bestimmungen über Fundsachen die Rede.»

«Das ist also keine Bibel?»

«Nein. Es ist eine Abhandlung über jüdisches Straf- und Zivilrecht.»

«Und was steht in diesen Spalten?»

«Das sind Kommentare, unterschiedliche Auslegungen des Gesetzes.»

«Und nach diesen Gesetzen richtet ihr euch?»

«Natürlich, dafür sind wir ja Thorajuden.»

«Wie ist denn das alles entstanden?»

«Die ursprünglichen Gebote hat Moses von Gott auf dem Berg Sinai bekommen. Einige wurden niedergeschrieben, andere mündlich weitergegeben. Später wurden auch die mündlich überlieferten Gebote schriftlich niedergelegt und von den Amoraim, einer Gruppe herausragender Rabbis, interpretiert. Endgültig wurden die Gesetze dann durch rabbinisches Votum zwischen dem dritten und sechsten Jahrhundert entschieden.»

Decker schwieg. Sie wußte, woran er dachte. «Die Probleme unserer Zeit müssen natürlich berücksichtigt werden. Die Frage, ob wir am Schabbes Strom einschalten dürfen, taucht im Talmud nicht auf.»

«Wer hat sie entschieden?»

«Die Gelehrten unserer Tage.»

«Und wie lautet die Antwort?»

«Nein. Es ist gewissermaßen dasselbe wie das Anschüren von Feuer, und das ist am Schabbes verboten. Das bedeutet nicht, daß wir am Freitagabend im Dunkeln sitzen. Wir lassen das Licht brennen, wenn am Freitagabend die Sonne untergeht, manche lassen auch die Beleuchtung über eine Zeitschaltuhr regeln. Wir dürfen nur nicht selbst zum Schalter greifen.»

«Das scheint mir alles sehr kompliziert zu sein», meinte Decker.

«Dafür gibt es die Jeschiwot. Um alles zu lernen, braucht man ein Menschenleben.»

«Es ist so langweilig», sagte Jake. «Darf ich den Fernseher anmachen?»

«Geh ein bißchen vor die Tür und spiel mit Ginger», meinte Peter. «Sie sieht auch aus, als ob es ihr langweilig sei.»

Rina nickte ihrem Sohn zu, und er lief mit dem Hund hinaus.

Decker sah Sammy an, der sich in ein Buch vertieft hatte. «Willst du mit deinem Bruder draußen spielen?»

«Er liest gern», erklärte Rina. «Sammy, setz dich in den Sessel, er ist bequemer, und du hast besseres Licht.»

Sammy antwortete nicht. Rina zupfte ihn behutsam am Ärmel. «Wenn er sich konzentriert, hört er nichts. Komm, Shmueli.»

Er stand auf und ließ sich widerstandslos zu dem Sessel am Fenster führen.

Peter war schon dabei, den Tisch abzuräumen. Er warf die Pappteller in den Mülleimer. «Sammy ist ein richtiger kleiner Rabbi.»

«Wie sein Vater.»

«Oder seine Mutter. Du kennst dich in diesen Dingen offenbar auch gut aus.»

«Nein, er ist wie sein Vater, sehr ernsthaft und zielstrebig. Jakey kommt mehr nach mir. Ob du's glaubst oder nicht, ich bin im Grunde ein eher unbeschwerter Typ.»

«Doch, das glaube ich dir schon. Du hast dich unter dieser Belastung sehr gut gehalten.» Decker zog ihr einen Stuhl heran. «Setz dich, ich mach das schon. Du bist heute mein Gast.»

Sie stützte seufzend das Kinn in die Hände. «Meinst du? Ich bin eigentlich ständig nervös und zappelig.»

«Findest du nicht, daß du mal ein bißchen Abwechslung verdient hättest?» Er sprach leise, damit Sammy ihn nicht hörte.

Sie wandte sich ab. «Die Bücher sind wunderschön, richtige Kunstwerke. Daß deine Schwiegereltern sie nicht haben wollten, ist mir unverständlich.»

«Sie waren nicht jüdischer als ich. Wir haben Weihnachten ebenso gefeiert wie Chanukka und haben zu Ostern Schinken gegessen. Als Cynthia zur Schule kam, sind wir sogar Mitglieder einer Unitarierkirche geworden. Meine geschiedene Frau hat darauf bestanden, daß unsere Tochter über ihre Religion selbst entscheidet, dabei hätte ich nichts gegen eine jüdische Erziehung gehabt. Mehr kann man sich wohl kaum assimilieren.»

«Da hast du recht.»

«Meiner Frage bist du übrigens geschickt ausgewichen.»

Rina sah rasch zu ihrem Sohn hinüber. «Ich kann mit dir nicht ausgehen, Peter. So gern ich auch mit dir zusammen bin.»

«Ich rede nicht von einem romantischen Rendezvous, sondern von einer ganz harmlosen Angelegenheit. Marge Dunn gibt mit ihrem Freund ein Hauskonzert, und ich bin eingeladen. Dabei hätte ich gern Gesellschaft.»

«Was spielt denn Marge?»

«Flöte.»

«Spielt sie gut?»

«Grauenhaft. Aber weil sie so ein netter Kerl ist, loben wir sie natürlich in den höchsten Tönen. Sie hatte immer Freunde, die Musiker waren, ihr Neuer ist Geiger. Sie wollen den armen Papa Haydn in die Mangel nehmen. Ich möchte dort nicht allein herumsitzen.»

«Werden denn nicht Kollegen von dir da sein, die du kennst?»

«Doch, aber die kommen alle in Begleitung, da fällt man als Einzelgänger doppelt auf. Bestimmt versucht dann jemand, mir eine Partnerin zu beschaffen, und darauf lege ich keinen gesteigerten Wert. Du würdest mir einen großen Gefallen tun.»

«Du hast bestimmt auch noch andere Frauenbekanntschaften», sagte sie ein bißchen scharf. Sofort bereute sie die Bemerkung, die ihr unwillkürlich herausgerutscht war. Sie wurde rot.

Decker lachte. «Und ob. Die Damen stehen förmlich vor meiner Haustür Schlange.» Er war gerührt über die leise Eifersucht, die in der Frage schwang.

Sie wurde ernst. «Wenn nur Gefühle zählen würden, wäre ich schon längst mit dir ausgegangen, Peter. Ich mag dich gern. Das alles ist sehr schwierig für mich. Bitte, versuch mich zu verstehen. Meine Religion ist mein Leben.»

«Ich möchte dich etwas fragen, Rina. Würdest du mit mir ausgehen, wenn ich Jude wäre?»

«Warum nicht? Wenn du ein frommer Jude wärst...»

«Nur jüdisch zu sein, von der Herkunft her, meine ich, wie meine Tochter – das langt nicht?»

Rina zögerte. «Es ist nicht eine Frage von gut oder böse, Peter. Deine Tochter ist ein feiner Mensch, ungeachtet ihrer Religion. Es ist eine persönliche Entscheidung. Wenn ich mit assimilierten Juden zusammen bin, fühle ich mich ebenso unbehaglich wie in Gesellschaft von Nichtjuden. Wie konnte nur die Familie deiner Frau sich von Kostbarkeiten wie diesen Büchern trennen? Zum Thorajuden wird man nicht durch den Zufall der Geburt, dazu gehört viel mehr.»

Damit wäre das also erledigt, dachte Decker. Er ging zum Kühlschrank und holte eine Sechserpackung Bier heraus.

«Bitte, sei mir nicht böse.»

«Ich bin dir nicht böse.» Er machte eine der grünen Flaschen auf und nahm einen Zug. «Ich kann deiner Argumentation nicht so recht folgen, aber zumindest ist es ja nicht persönlich gemeint.»

«Natürlich nicht.»

«Ich habe wirklich gedacht, ich krieg dich rum, aber du bist zäh. Hat sich schon mal jemand so hartnäckig um dich bemüht?»

Seine Stimme war unvermittelt sachlich geworden.

«Nein, eigentlich nicht. Mit siebzehn habe ich Yitzchak kennengelernt, ein halbes Jahr später waren wir verheiratet. Ich war sehr bald aus dem Rennen.»

«Hat dich in letzter Zeit vielleicht mal jemand eingeladen, dem du einen Korb gegeben hast?»

«Die *bochrim* aus der Jeschiwa. Shlomo zum Beispiel. Wenn sie mich zum zweitenmal einluden, habe ich abgelehnt. Bis auf Shlomo ist keiner von ihnen mehr hier.»

«Wer noch?»

«Es spielt keine Rolle.»

«Für mich schon.»

Sie sah ihn an. «Worauf willst du hinaus?» Sie war fast erleichtert, daß das Gespräch unpersönlicher geworden war.

«Außer den Leuten aus der Jeschiwa hat dich nie jemand eingeladen?»

«Nach Yitzchaks Tod habe ich wieder angefangen zu studieren, um meinen B.A.-Abschluß zu machen. Zwei Kommilitonen und ein Professor haben versucht, sich mit mir zu verabreden, aber ich hatte nicht den Eindruck, daß sie untröstlich waren, als ich sie habe abblitzen lassen.»

«Wann war das?»

«Vor einem Jahr, vielleicht auch eineinhalb Jahren.»

«Weißt du noch, wie sie hießen?»

«Der Professor hieß Dooley, Frank oder Fred. Ich glaube, er ist gar nicht mehr in Los Angeles.»

«Und die Studenten?»

«Keine Ahnung.»

«Sonst noch jemand?»

«Matt Hawthorne hat mich mal eingeladen, vor einer kleinen Ewigkeit, aber Matt ist harmlos.»

«Matt ist der Lehrer, der am Freitagabend bei euch auf dem Gelände Streife geht, nicht?»

«Ja, zusammen mit Steve Gilbert. Wenn mal Not am Mann war, haben sie mich auch heimgebracht. Sie hätten also reichlich Gelegenheit gehabt, sich an mich heranzumachen.»

«Nicht, wenn sie Wert darauf legten, daß du sie nicht erkennst. Was hat Matt gesagt, als du ihm einen Korb gegeben hast?»

«Er hat die Sache ins Lächerliche gezogen. Er wollte mit mir in eine Pornoschau gehen und sehen, wie rot ich werde, hat er gemeint. Aber so ist er eben, ich kenne ihn ja.»

«Wie lange kennst du ihn schon?»

«Etwa fünf Jahre. Er und Steve unterrichteten schon hier, als Yitzchak und ich kamen.»

«Und was ist mit Gilbert?»

«Wie meinst du das?»

«Hat der dich nie um ein Rendezvous gebeten?»

«Wir haben einmal zusammen was getrunken. Aber das war kein Rendezvous, wie du es meinst. Er ist – mit Unterbrechungen – seit fünf Jahren mit demselben Mädchen verlobt. Damals hatten sie gerade wieder mal Schluß gemacht. Es war ein Jahr nach Yitzchaks Tod, und ich war sehr einsam. Aber wir haben hauptsächlich über ihn gesprochen, er wollte sich offenbar mal ausweinen.»

«Und danach hat er es nie wieder versucht?»

«Nein. Er und Matt wissen ganz genau, daß ich nur mit Juden ausgehen würde. Außerdem liebt Steve seine Verlobte, sie ist ein sehr nettes Mädchen. Sie sind beide furchtbar unentschlossen, immer wieder setzen sie einen Hochzeitstermin fest und lassen ihn dann platzen. Jetzt soll der große Tag in sechs Wochen sein. Diesmal sieht es aus, als könnte es klappen.»

«Was ist Steve Gilbert eigentlich für ein Mensch?»

«Er ist sehr ruhig, aber dafür ist er Physiker. Meine Hauptfächer im College waren Mathematik und Physik, da trifft man diese Typen häufig.»

«Und was ist mit deinen Schülern, Rina? Ist da vielleicht der eine oder andere dabei, der ein bißchen wunderlich ist?»

«Aber das sind doch noch Kinder, Peter.»

«Sie sind etwa so alt wie Cory Schmidt.»

«Nein, das sind ganz normale, unheimlich nette Jungen.»

«Und du kennst sie alle?»

«Unsere Oberschule hat Hunderte von Schülern, aber ich kenne sie tatsächlich fast alle persönlich.»

Er reckte sich und machte noch eine Flasche Bier auf. Aber sie wußte, das Thema war für ihn noch nicht ausgestanden.

«Wir müssen uns langsam auf den Heimweg machen, Peter. Ich bin sehr gespannt, was der Rosch-Jeschiwa zu deinen Büchern sagt. Er kann dir sehr viel besser Auskunft über ihren Wert geben als ich. Rav Aaron wird oft von den Galerien gebeten, Judaika zu taxieren. Sein Arbeitszimmer sieht aus wie ein Museum, und er ist sehr stolz auf seine Sammlung.»

«Moshe hatte in seiner Hütte eine wunderschöne weiße Robe in einer Plastikhülle, die überhaupt nicht zu seinen anderen Sachen paßte. Hat sie religiöse Bedeutung?»

«Ja, das ist ein *kittel*, den trägt der jüdische Mann zur Hochzeit und zu den hohen Feiertagen, und er bildet auch einen Bestandteil der Sterbekleidung. Warum fragst du?»

«Nur aus Neugier. In einem meiner Kartons war auch so ein Gewand, ich habe es herausgenommen und in Plastikfolie eingeschlagen, damit es nicht vergilbt.»

«Weiß der Himmel, warum Moshe seinen *kittel* aufbewahrt hat», sagte Rina nachdenklich. «Für einen Mann, dessen Ehe gescheitert ist, muß das ein schmerzliches Andenken sein.»

Decker lächelte traurig. «Wie wahr.»

20

Ein paar Stufen führten in den Chemiesaal hinunter, der im Souterrain lag. Decker sah sich interessiert in dem hellen, gut belüfteten Raum um. Dreißig moderne Laborplätze waren mit den üblichen Geräten ausgestattet – Bunsenbrenner, Kolben, Reagenzgläser, Schläuche, Meßapparaturen. An der hinteren Wand, an einem langen Arbeitstisch, standen zehn Computer. Gilbert saß vor einem der Monitore und tippte. Er drehte sich erst um, als Decker schon auf halbem Wege zu ihm war. Dann stand er auf und bot ihm einen Stuhl an.

«Danke.» Decker warf einen Blick auf die Computer – sechs von IBM, vier von Apple. «Ganz schöne Investitionen, die hier gemacht worden sind.»

«Die Eltern sind anspruchsvoller geworden. Wenn ihre Söhne

aus der Schule kommen, sollen sie was mitbringen, was sich besser verkaufen läßt als Theologie.»

«Gibt das nicht Probleme mit den Rabbis?»

«Einige wenige, Rabbi Marcus zum Beispiel, finden das zwanzigste Jahrhundert äußerst unerquicklich, aber Rabbi Schulman ist sehr praktisch veranlagt, der weiß genau, wo sein Vorteil liegt.»

Gilbert nahm die Brille ab und putzte mit einem Papiertaschentuch daran herum. «Die Computer sind Geschenke von zwei wohlhabenden Familien, den Chemiesaal haben wir vor drei Jahren zum Selbstkostenpreis bekommen. Der Chef der Baufirma hatte einen seiner Söhne hier. Schulman versteht sich darauf, Geld lockerzumachen.»

«Unterrichten Sie gern in der Jeschiwa?»

«Job ist Job. Ich brauche das Geld.»

Rina sagt, daß Sie hier besonders aufgeweckte Schüler haben.»

«Sehr aufgeweckt und sehr verwöhnt.»

«Ist es eine Herausforderung, sie zu unterrichten?»

Gilbert setzte die Brille wieder auf. «Manchmal. Die eigentliche Herausforderung liegt darin, die Eltern zu besänftigen, wenn ihre süßen Kleinen mal keine Hochleistungen bringen. Was wollen Sie eigentlich von mir?»

«Ich habe nur ein paar Fragen.» Decker holte seinen Block heraus.

«Ich habe niemanden vergewaltigt.»

Eine eigenartige Reaktion. Daß jemand gleich als Einleitung jede Schuld ableugnete, war ungewöhnlich. Decker wartete.

«Noch was?» fragte Gilbert gelangweilt.

«Sie waren in Vietnam.»

«Stimmt.»

«Welche Einheit?»

«Das wissen Sie doch bestimmt schon.»

«Ich möchte es gern von Ihnen hören.»

«Ich war auf einer Schreibstube in Saigon. Bei den schweren Kämpfen bin ich nicht dabeigewesen.»

«Aus den Unterlagen geht hervor, daß Sie Scharfschütze waren.»

«Eine Woche lang.»

«Und dann?»

«Dann hat man mich versetzt. Vielleicht hat irgend jemandem imponiert, wie gut ich tippen konnte.»

«War das nicht frustrierend? Verschenktes Können...»

«Ich bin heil wieder nach Hause gekommen, und das können viele nicht von sich sagen. Waren Sie drüben?»

Decker nickte.

«Als was?»

«Ich war Sanitäter.»

Gilbert feixte. «Schöne Sauerei.»

«Seit wann kennen Sie Mrs. Lazarus?»

«Ich kenne Rina seit etwa fünf Jahren.»

«Kannten Sie ihren Mann?»

«Nur vom Sehen.»

«Hatten Sie den Eindruck, daß Rina und er gut zusammenpaßten?»

«Ich fand, daß sie was Besseres hätte haben können.»

«Haben Sie nach dem Tod ihres Mannes jemals daran gedacht, mit ihr auszugehen?»

«Ich kann bei ihr nicht landen, ich bin ja kein Jude. Und Ihnen gelingt das ebensowenig.»

Decker ging über die Bemerkung hinweg. «Wo waren Sie in der Nacht, als Florence Marley ermordet wurde?»

«Bei den Eltern meiner Verlobten. Telefon 675–6638. Da bin ich jeden Mittwochabend. Sie können das gern nachprüfen.»

«Wie heißen die Eltern Ihrer Verlobten?»

«MacLaughlin.»

«Wo waren Sie in der Nacht, in der Mrs. Adler überfallen wurde?»

«Welcher Wochentag war das?»

«Donnerstag.»

«Da hatte ich meinen Computerclub.»

«Wann ist dort Schluß?»

«Gegen zehn.»

«Der Überfall war gegen zehn.»

«Und?»

«Demnach waren Sie zu der fraglichen Zeit auf dem Gelände.»

«Rinas Söhne sind im Computerclub, Detective. Ich habe dafür gesorgt, daß sie reinkamen, weil ich mir dachte, daß sie bestimmt ihren Spaß an solchen Spielereien haben. Rina hat sie im Club abgeholt, wenn sie mit der Mikwe fertig war, und ich habe die drei dann nach Hause gebracht. In letzter Zeit waren sie nicht mehr da, und als ich Rina darauf ansprach, hat sie Ausflüchte gemacht. Sie, Detective, haben es so weit gebracht, daß Rina allem mißtraut, was eine Männerhose trägt – Sie, und vielleicht noch Zvi Adler und Rabbi Schulman ausgenommen. Es schmeckt mir nicht, daß ich ausgequetscht werde, bloß weil ich Rina kenne und einen Schwanz habe.»

«Warum tragen Sie ein langärmliges Hemd? Draußen herrscht eine Gluthitze.»

«Kleidervorschrift.»

«Ich habe viele Schüler und Studenten mit aufgekrempelten Ärmeln gesehen.»

«Ich bin kein Schüler oder Student, sondern Lehrer.»

«Hätten Sie was dagegen, wenn ich mir Ihre Arme mal ansehe?»

Gilbert zögerte einen Augenblick. «Allerdings.»

«Und warum?»

«Ich mag Sie nicht.»

«Bitte, zeigen Sie mir Ihre Unterarme, Mr. Gilbert.»

Widerstrebend rollte er die Ärmel hoch. Die Arme waren ohne Male und Kratzer.

«Zufrieden?» Gilbert knöpfte die Manschetten wieder zu.

Decker steckte seinen Block ein und stand auf. «Schönen Dank für Ihre Mühe.»

«Der Kerl war kalt wie eine Hundeschnauze», sagte Decker zu Marge.

«Keine Kratzer?»

«Nein. Aber er hat seine Arme nur ungern hergezeigt. Vielleicht wußte er selbst nicht genau, ob man noch was sieht.»

«Wann sprichst du mit dem anderen?»

«Nach seinem Dienst, um halb sieben. In seiner Wohnung.»

«Und dann?»

Decker zuckte die Schultern.

«Ist dir Gilbert verdächtig?»

«Mir sind alle verdächtig, mit denen ich geredet habe. Leider kann ich keinem was beweisen.»

«Bis auf Cory Schmidt.»

«Ja, Cory hat etwas mit dem Mord zu tun. Bei der Vergewaltigung bin ich mir nicht so sicher.» Decker nahm einen Schluck Kaffee. «Was hört man von Professor Fred Dooley?»

«Hat ein Forschungssemester und ist seit einem halben Jahr in Griechenland.»

Das Telefon läutete. «Hier Mike. Gute Nachrichten. Ich habe Cory Schmidt gefunden.»

«Wo?»

«In einer Pinte in Sun Valley. Ich hatte mich ein bißchen umgehört und erfahren, daß einer seiner Freunde früher mal da gearbeitet hat. Tatsächlich, da saß diese miese kleine Ratte im Hinterzimmer und rauchte in Schnee gestippte Joints. Der Typ ist unheimlich angetörnt. Ich hab ihm die Armbänder umgelegt und warte nur noch auf einen Wagen.»

«Gut gemacht, Mike. Bring ihn gleich zu mir.»

Der Junge wehrte sich wie ein Wilder, und ein Polizist hatte Mühe, ihn festzuhalten. Decker schloß die Tür des Vernehmungszimmers und baute sich mit untergeschlagenen Armen vor Cory auf.

«Ich will einen Anwalt», fauchte der.

«Den kriegst du auch», sagte Decker. «Wir arbeiten streng nach Vorschrift, Cory. Eine so große Sache lassen wir uns nicht wegen eines Formfehlers durch die Lappen gehen. Aber eins kann ich dir flüstern: Ich sehe null Chancen für dich. Wir haben Beweise. Noch und noch.»

«Und auf den Scheiß soll ich abfahren?»

«Möchtest du ein Geständnis ablegen?»

«Leck mich am Arsch.»

«Bringt ihn weg.»

Während Decker bei Cory war, hatte Dr. Marder, Moshe Feldmans Psychiater, angerufen. Decker rief zurück und bedankte sich für dessen rasche Reaktion.

«Keine Ursache. Das Gutachten ist an Sie unterwegs. Wenn Sie noch Fragen dazu haben, können Sie mich gern anrufen. Über unsere früheren Sitzungen kann ich Ihnen natürlich keine Auskunft geben, die fallen unter die ärztliche Schweigepflicht, nicht aber mein letztes Gespräch mit ihm, weil das auf Verlangen des Gerichts erfolgte.»

«Können Sie mir kurz am Telefon sagen, was bei diesem Gespräch herausgekommen ist?»

«Gern. Meiner Meinung nach ist Moshe Feldman in der bewußten Nacht Zeuge einer traumatischen und brutalen Szene geworden. Ob es sich dabei um einen Mord, eine Vergewaltigung oder eine Schlägerei gehandelt hat, vermag ich Ihnen nicht zu sagen. Wahrscheinlich weiß er es selbst nicht. An der Szene waren mehr als eine Person beteiligt. Moshe erinnert sich an vier.»

«Glauben Sie dem Mann?»

«Ich hatte nicht den Eindruck, daß es Phantasievorstellungen waren.»

«Ist Feldman ein Psychopath?»

«Nein, nicht im klassischen Sinne. Keine Halluzinationen, keine Stimmen, die ihm den Befehl zum Morden oder zu einer Vergewaltigung geben. Er leidet unter Gewissensbissen und überwältigenden Schuldgefühlen. Wenn ich eine bestimmte Zuordnung aussprechen müßte, würde ich sagen, er ist schizoid mit affektiven Störungen. Feldman ist durchaus orientiert – er weiß, wer er ist und wo er ist –, aber seine Emotionen sind unangemessen oder stumpf.»

«Glauben Sie, daß er gefährlich werden könnte?»

«Das kann ich nicht voraussagen. Ein Psychiater, der behauptet, er könne auf Grund eines früheren Persönlichkeitsbildes künftige Verhaltensweisen vorhersagen, äußert sich unqualifiziert. Wenn Sie mich fragen, ob er meiner Meinung nach einen Mord oder eine Vergewaltigung begehen könnte, lautet meine Antwort nein. Wollen Sie aber wissen, ob ich bereit wäre, meinen Ruf dafür aufs Spiel zu setzen, muß ich darauf ebenfalls mit Nein antworten.»

«Gewalttätigkeit wäre also denkbar?»

«Ich habe bisher keine Anzeichen dafür, aber ganz ausschließen würde ich es für die Zukunft nie.»

«Sie meinen also, er hat irgendwelche Brutalitäten mit angesehen, die von mindestens vier Personen begangen worden sind.»

«Ja.»

«Und Sie glauben ihm?»

«Ja.»

«Vielen Dank, Doktor.»

«Hoffentlich hilft Ihnen das weiter. Ich mag Moshe, und ich habe große Hochachtung vor Rabbi Schulman. Er war mein Lehrer. Ein hervorragender Mann. Ich wünsche ihm und der Jeschiwa, daß diese unerfreuliche Geschichte schnellstmöglich geklärt wird.»

«Sie sprechen mir aus der Seele.»

Marge reichte Decker den Bericht. «Einige Fußspuren stimmen mit Schmidts Maßen überein, die meisten allerdings nicht. Die Kollegen haben sieben verschiedene Fußpaare ausgemacht.»

«Darunter auch die von Feldman.»

Marge überlegte. «Ja, von Feldman und Florence Marley. Schmidt und seine Freunde – macht fünf. Feldman sechs, Marley sieben.»

«Du glaubst also, sie sind zu fünft über Florence hergefallen?»

«Ja.»

Decker blätterte in dem Bericht. «Ich habe gerade mit Feldmans Psychiater gesprochen. Er sagt, daß Feldman sich nur an vier Personen erinnern kann. Aber vielleicht ist es mit der Genauigkeit bei ihm nicht so weit her.»

«Wie viele waren es neulich bei der Supermarktgeschichte?»

«Vier. Cory und drei Helfershelfer.»

«Wenn es dieselbe Bande war, die Florence Marley überfallen hat, müßte Feldman fünf gesehen haben – Cory und Genossen und Florence.»

Decker lachte laut. «Es ist natürlich möglich, daß Florence schon am Boden lag, als er dazukam. Trotzdem fehlt dann noch einer.»

«Vielleicht hatte sich Cory diesmal noch Verstärkung mitgebracht.»

Decker legte den Bericht beiseite. «Am schönsten wäre es natürlich, wenn wir die Schuhe sämtlicher Verdächtiger einsammeln und die Spuren vergleichen könnten.»

«Hoffst du, daß dabei für dich noch ein Paar Laufschuhe abfällt?»

Decker sah auf seine abgelatschten Halbschuhe hinunter. «Spaß beiseite – wo steckt Cory?»

«In einer Zelle. Er soll heute nachmittag zur Anklage vernommen werden. Hollander begleitet ihn aufs Gericht. Der Staatsanwalt will die Höchstkaution beantragen und glaubt, daß er damit durchkommt. Schmidt ist sich selbst der schlimmste Feind.»

«Wem haben sie den Fall gegeben?»

«George Birdwell.»

«Guter Mann.» Decker lehnte sich zurück und rieb sich die Augen. «Was Neues über Rayana?»

Marge schüttelte den Kopf. «Lage unverändert, sagt Mike. Rayana geht zur Arbeit und wieder heim und verläßt ansonsten das Haus nur, um ihren Hund Gassi zu führen. Das arme Vieh läuft ständig mit einem Strickpullover herum, sogar bei dieser Hitze. Fiffi könnte sich ja einen Schnupfen holen.»

Es war früher Abend und noch immer heiß und stickig. Decker stellte den Plymouth ins Parkverbot und versah das Armaturenbrett mit einem *L.A.Police*-Aufkleber.

Matthew Hawthorne wohnte in einem Bezirk voller Apartmenthäuser, die exotische Namen wie *South Pacific* und *Blue Hawaii* trugen, aber ausnahmslos ihrem tropischen Anspruch nicht gerecht wurden. Der Putz war vergraut, das Grün der Gärten in der Hitze vergangen. Zu den meisten Häusern gehörte ein Swimmingpool, aber das Wasser darin war nicht strahlendblau, sondern trübe und voller Algen. Hawthorne wohnte Nummer 12, im ersten Stock von *Bali Hai*. Decker klopfte, und die Tür öffnete sich mit einem Ruck.

«Mein Alibi ist wasserdicht», sagte der Lehrer und lachte nervös.

Komischer Heini, dachte Decker und betrat die Einzimmerwohnung. An einer Wand eine braune Schlafcouch mit Tweedbezug, davor ein Couchtisch mit Kunststoffplatte, gegenüber zwei Kunstledersessel. Rechts ging die Küche ab und eine Tür, die wahrscheinlich zum Badezimmer führte. An der Wand hinter den Sesseln standen Bücherregale, die bis zur Decke reichten.

Decker setzte sich auf die Couch und holte seinen Block heraus. «Seit wann kennen Sie Mrs. Lazarus?»

Hawthornes linkes Auge zuckte. «Seit etwa fünf Jahren. Ich war schon an der Jeschiwa, als sie und ihr Mann kamen.»

«Was hielten Sie von dem Mann?»

Hawthorne zögerte.

«Na los...»

«Er war ein typischer Jeschiwagelehrter. Bei ihr hatte ich immer den Eindruck, daß sie da nicht so recht hingehörte.»

«Warum?»

«Ich weiß nicht recht. Sie ist zwar sehr religiös, aber sie hat auch viel Sinn für Humor und keine Angst vor Männern. Es gibt dort Frauen, die sind regelrecht androphob. Wenn ich mit ihnen rede, sind sie so nervös, daß sie mich damit anstecken. Rina war immer ganz locker. Jetzt ist sie natürlich sehr mitgenommen. Wäre ich wahrscheinlich auch an ihrer Stelle.»

«Mochten Sie ihren Mann?»

«Ich glaube, ich habe nie mehr als zwei Worte mit ihm gewechselt. Entweder war er ein besonders ruhiger Typ, oder er konnte mich nicht leiden. Ich glaube, es war ihm nicht recht, daß ich und Steve beruflich mit seiner Frau zu tun hatten. Aber er ist mir gegenüber nie ausfallend geworden.»

«Haben Sie nach seinem Tod mal daran gedacht, mit Mrs. Lazarus auszugehen?»

Wieder zögerte Hawthorne einen Augenblick. «Nein. Sie würde sich nur von Juden – frommen Juden – ausführen lassen, wenn überhaupt. Sammy, ihr Ältester, sagt, daß sie gar nicht ausgeht.»

«Das hat Sammy Ihnen von sich aus erzählt?»

Wieder das Augenzucken. «Ich habe ihn mal danach gefragt. Sie ist mir sympathisch, da macht man sich eben so seine Gedanken.»

«Aber Sie selbst haben Mrs. Lazarus nie eingeladen, mit Ihnen auszugehen?»

«Nein.»

«Sie meint aber, sich an eine Einladung von Ihnen erinnern zu können.»

«Vielleicht hab ich mal aus Spaß irgendwas in der Richtung gesagt, aber ich habe nicht damit gerechnet, daß sie das ernst nimmt.»

«Sie haben Mrs. Lazarus aus Spaß eingeladen, mit Ihnen auszugehen?»

«Genau. Aber wie gesagt, ich hätte nie gedacht, daß sie das ernst nimmt.»

«Wo waren Sie in der Nacht, als Mrs. Adler überfallen wurde?»

Das Auge zuckte. «Mrs. Adler? Ich denke, Sie interessieren sich für Florence Marley.»

«Ich interessiere mich für beide.»

«In der Nacht, in der Florence Marley ermordet worden ist, war ich mit einem Freund aus, einem gewissen Jack Oates. Ich gebe Ihnen seine Nummer, er wird es bestätigen. Wir waren im Kino, in Glendale. Im *Capitol*. Es gab einen Dokumentarfilm über die Ghettos in Cleveland. Sehr gut gemacht.»

«Wann war das Kino aus?»

«Gegen zehn.»

Decker beschloß, sich die genaue Zeit vom *Capitol* geben zu lassen.

«Und wo waren Sie an dem Abend, als Mrs. Adler vergewaltigt wurde?»

«Das weiß ich nicht mehr.»

«Es war ein Donnerstag.»

«Keine Ahnung. Wahrscheinlich habe ich zu Hause gesessen und gelesen. Ich lese viel.»

«Sitzen Sie auch viel vor dem Fernseher?»

«Eigentlich nicht. Ich sehe mir höchstens die Nachrichten an.»

«Keine Serie, die Sie vielleicht regelmäßig am Donnerstag anschauen?»

Hawthorne überlegte. «Nein. Vielleicht war an dem Donnerstag wirklich was Interessantes. Ich müßte nachsehen.»

Wenn du erst nachsehen mußt, hilft dir das nicht weiter, dachte Decker. «Wann machen Sie Feierabend?» fragte er.

«Gegen sechs, manchmal wird es auch halb sieben.»

«Machen Sie auch noch außerhalb des Lehrplans was mit den Jungen?»

«Ich habe kein festes Programm, das etwa mit dem Computerclub vergleichbar wäre. Für Literatur interessieren sich die Jungen dort weniger als für Naturwissenschaften und Religion. Manchmal fachsimpeln wir ein bißchen über Sport. Meist bin ich um sieben weg, ich drücke mich auf dem Gelände nicht gern länger herum als ich muß. Rina zuliebe helfe ich natürlich gern beim Streifegehen aus.»

«Sie mögen Mrs. Lazarus?»

«Klar. Sie doch auch, oder?»

Decker warf einen prüfenden Blick auf Hawthornes Arme, die ebenfalls glatt und unversehrt waren.

«Tja, das wär's dann wohl.»

Das war ja kurz und schmerzlos. Ich hab's mir eigentlich schlimmer vorgestellt.»

«Wie denn?»

«Ich weiß nicht recht. So ähnlich wie geteert und gefedert zu werden vielleicht...»

Decker verzog keine Miene. «Ich brauche noch die Telefonnummer Ihres Freundes Oates.»

«Aber gern.» Er schrieb sie auf einen Zettel. «Passen Sie auf Rina auf, sie liegt mir sehr am Herzen.»

21

Marge Dunn war als zuckendes grünes Pünktchen auf dem Computerbildschirm zu sehen. Das Pünktchen bewegte sich langsam nach links, hielt an und marschierte wieder nach rechts. Decker trank schwarzen Kaffee aus einem großen Plastikbecher und ließ den Schirm nicht aus den Augen. Er versuchte sich in dem engen Plymouth bequemer zurechtzusetzen. Seine Muskeln hatten sich verspannt. Drei Stunden saßen sie schon hier, und bisher hatte sich noch nichts getan.

Hollander hatte ein Kreuzworträtselheft am Wickel. Hin und wieder warf er einen Blick auf den Schirm, sah aber nicht ein, wozu er sich anstrengen sollte, solange Decker dabei war. Es herrschte eine Gluthitze im Wagen. Wie Pete es fertigbrachte, auch noch diese heiße Brühe in sich hineinzuschütten, war ihm unbegreiflich. Hollander kippte den Rest Cola und warf den Pappbecher auf die Rückbank.

«Was Neues?»

«Fehlanzeige.»

«Sollen wir sie mal ansprechen?»

«Nein. Das könnte ins Auge gehen. Falls sich einer an sie herangemacht hat, würden wir ihn damit nur verscheuchen. Wenn was anliegt, meldet sie sich schon von selbst.»

«Weißt du was für Nasenbär mit fünf Buchstaben?» fragte Hollander.

«C–o–a–t–i.»

«Paßt. Besten Dank.»

Decker machte ein saures Gesicht. Er konnte Kreuzworträtsel nicht leiden. Für ihn waren sie untrennbar mit einem Gefühl der Einsamkeit verbunden. Nach seiner Scheidung hatten sie haufenweise bei ihm herumgelegen.

«Wie zuverlässig ist deiner Meinung nach diese Rayana?»

Decker ließ den Blick nicht vom Bildschirm. «Nach ihrer Beschreibung müßte Macko unser Mann sein. Ob sie es sich anders überlegt und ihm einen Tip gegeben hat, ist eine ganz andere Frage. Blödes Luder. Wenn er andere Frauen überfällt und zusammenschlägt, macht sie die Augen zu, aber kaum gibt er mal ihrem süßen Pudel einen Tritt, da fällt ihr ein, daß er eine Gefahr für die menschliche Gesellschaft darstellt.»

«Als Komplizin können wir sie nicht drankriegen?»

«Nein, sie selbst hat ja nichts angestellt.»

«Sie hat Beweismaterial zurückgehalten.»

«Wir haben ihr zugesagt, daß sie straffrei ausgeht, wenn sie auspackt. Geschäft ist Geschäft. Daraufhin hat sie angefangen zu reden. Und nicht zu knapp.»

«Sie hatte Angst, daß wir ihr was anhängen.»

«Ja, ich denke auch, daß sie sich hauptsächlich deshalb gemeldet hat. Sie hat geglaubt, daß wir Macko sowieso bald schnappen würden, und wollte nicht von ihm reingezogen werden. Die Sache mit dem Hund war nur der Auslöser.»

Über Lautsprecher kam Marge Dunns Stimme. «Weit und breit kein Aas zu sehen.»

«Kriegst du genug frische Luft?»

«Bin schon verflixt fußlahm.»

«Bleib am Ball, Schätzchen.» Mike gab das Mikrofon an Decker weiter.

«Meinen Standort habt ihr?»

«In dem Durchgang hinter Sid's Pizza und der Bierpinte. Funktioniert bestens, unser neues Spielzeug.»

«Ich eß nie wieder Pepperoni, der Geruch hat sich in meinen Klamotten festgesetzt.»

«Wie ist die Beleuchtung, Margie?»

«Hinter mir Licht von der Straßenlaterne, eine Lampe über der Hintertür von der Pinte. So langsam überleg ich mir, ob uns Rayana vielleicht bloß auf den Leim gelockt hat.»

«So richtig festgelegt hat sie sich ja nicht. Willst du Schluß machen?»

«Nein, eine Stunde wird's schon noch gehen. Ende, da kommt jemand.»

Das Pünktchen kam zum Stillstand. Decker und Hollander starrten gebannt auf den Bildschirm. Aber da setzte sich der grüne Punkt schon wieder in Bewegung.

«Wie fandest du Margies Neuen?» Hollander legte das Kreuzworträtsel aus der Hand.

«Ernst? Machte einen netten Eindruck.»

«Softie-Typ, fand ich. Ob er Jude ist?»

Decker warf Hollander einen raschen Blick zu. «Davon hat Marge nie was gesagt.»

«Er sieht so aus. Und wenn einer schon Katzenbach heißt...»

«Nach dem Aussehen kann man nicht gehen», sagte Decker ziemlich scharf.

«Bloß keine Aufregung. Ich sag doch gar nichts gegen deine Süße.»

Decker lief die Galle über. «Bleib du lieber bei deinen Kreuzworträtseln.»

Hollander klopfte verärgert seine Pfeife aus. «Sei bloß nicht so empfindlich. Kaum sagt man ein Wort über die Judenschu–, ich meine, über die Jeschiwa, da gehst du schon hoch.»

Decker holte eine Zigarette heraus. «Hast du mal Feuer?»

Hollander riß ein Streichholz an. «Daß Juden im allgemeinen wie Juden aussehen, mußt du doch zugeben.»

«Sieht Rina jüdisch aus? Sie hat eine richtige kleine Knopfnase.»

«Stimmt», gab Hollander zu. «Und du hast 'ne Judennase. Trotzdem seh ich sofort, daß sie jüdisch ist – im Gegensatz zu dir. Wär was anderes, wenn man sie in normale Klamotten stecken würde. 'ne ausgeschnittene Bluse zum Beispiel, und Jeans...»

«Enge Jeans», sagte Decker.

«Knallenge Jeans.»

Sie mußten beide lachen.

Marge meldete sich wieder.

«Müde?» fragte Decker.

«Ich bin ja sonst ganz gut zu Fuß, aber diese blöden Pumps machen mich fix und fertig.»

«Macko steht auf Pumps. Aber wenn du Schluß machen willst...»

«Noch eine Viertelstunde.»

«Glaubst du, daß du mit einem Angreifer fertig werden würdest?»

«Also, ganz ehrlich, lange könnte ich ihm nicht auf den Fersen bleiben, ich hab mir nämlich schon Blasen gelaufen.»

«Wir holen dich ab.»

«In fünf Minuten, ja?»

«Wird gemacht.»

Hollander rückte seine breite Hinterfront bequemer zurecht. «Warum schnappen wir uns den Scheißkerl nicht einfach?»

«Weil wir nicht genau wissen, wo er steckt, Mike. Seit einer Woche ist er an seinem bisherigen Wohnsitz nicht mehr aufgetaucht.

Rayana meint, er könnte sich hier irgendwo rumdrücken, er kommt manchmal auf ein Bier zu Sid.»

«Und wenn wir hier die Pinten nacheinander abklappern?»

«Damit er den Braten riecht und abhaut? Da könnten wir ebensogut eine ganzseitige Anzeige in die *Times* setzen.»

Hollander sah auf die Uhr und murrte hörbar.

«Es ist noch nicht mal Mitternacht», sagte Decker. «Wenn du nach Hause kommst, ist Mary bestimmt noch auf.»

«Meinst du? Sie kriecht neuerdings immer früher in die Federn.»

Marge meldete sich erneut. «Jemand steigt mir nach, Leute.»

Hollander startete. «Wir kommen.»

Der Angriff kam unvermittelt, sie hörten die Kampfgeräusche über Funk. «Halt ihn fest», brüllte Hollander ins Mikrofon.

Als sie ankamen, hatte der Angreifer sich gerade losmachen können. Sie sahen ihn im Hintereingang von José's Hacienda verschwinden. Hollander bremste scharf, und Decker machte sich an die Verfolgung.

Während er durch das Lokal rannte, gab er seinen Standort über Funk durch. Jetzt tauchte der Flüchtende vor dem Haupteingang auf, lief über die Straße, wandte sich nach rechts und verschwand geduckt in einem Durchgang zwischen einem Spielwarengeschäft und einem Chinarestaurant. Decker folgte ihm, dann blieb er unvermittelt stehen. Die schmale Gasse endete an einer Mauer.

Kaum außer Atem, aber schweißgebadet, sah Decker sich um. Die Gasse war verlassen und stank nach Abfällen, war aber gut beleuchtet. Fässer, leere Kisten und Mülltonnen waren links und rechts des schmalen, löcherigen Asphaltstreifens aufgereiht. Er hörte das Zischen des Restaurantventilators, hörte, wie weiter weg ein Wagen angelassen wurde, hörte Mücken sirren.

Es war sehr still, aber Decker spürte, daß der Mann hier irgendwo war. Er holte seinen Revolver heraus und setzte sich langsam wieder in Bewegung. Seine Schritte hallten, sein Blick suchte nach verräterischen Bewegungen.

Er sah in die erste Mülltonne. Ein Fliegenschwarm stieg auf. Decker scheuchte ihn weg und stocherte mit dem Revolvergriff in den Abfällen herum. Nichts, nur Gestank. Weiter zur nächsten Tonne. Das Zischen wurde lauter. Kein Ventilator, sondern schweres Atmen. Das Geräusch kam hinter einem Stapel leerer Kartons hervor, die die beliebte Spielfigur GI Joe mit ihrem kriegerischen

Anhang beherbergt hatte. Das Bild auf den Kartondeckeln zeigte ein Schlachtfeld mit detonierenden Bomben, MG-Mündungsfeuern und Fallschirmspringern im Kampfanzug. Plötzlich regten sich die Schachteln, flogen Decker entgegen. Eine Gestalt schnellte dahinter hoch, mit weit aufgerissenen, entsetzten Augen. Zu groß für eine Spielfigur...

«Stehenbleiben! Polizei!» Decker richtete den Revolver auf den Mann, der sich noch einmal zur Flucht wandte. Aber er hatte keine Chance. Mit ein paar langen Sätzen hatte Decker sein Opfer eingeholt und warf es zu Boden. Der Mann trat und stieß und kratzte, riß Decker eine tiefe Schramme in den Unterarm. Fluchend rollte Dekker ihn auf den Bauch, drehte ihm die Arme auf den Rücken und ließ die Handschellen zuschnappen.

«Hey, Mann, ich hab doch nichts gemacht.»

«Sie haben das Recht zu schweigen –»

«Ich mach doch nichts, ich weiß gar nicht, was –»

Decker stöhnte. Immer dasselbe Gequassel. *Ich war's nicht. Ich hab nichts gemacht, da habt ihr den Falschen erwischt. Sie hat's gewollt, sie hat mich rangelassen.* Er las dem Festgenommenen den Rest der Verwarnung vor und gab über Funk Hollander Bescheid. Als der Wagen da war, zog Decker den Mann hoch und besah ihn sich genauer. Ein hageres junges Gesicht, übersät mit Aknepickeln, helle Bartstoppeln. Die grünen Augen trüb, klein, nervös zuckend. Schmale Lippen, vorstehende bräunliche Zähne.

Anthony Macko. Wie gut, daß er den Pudel getreten hatte.

«Ich sag doch, Mann, ich hab nichts gemacht.»

«Und wo hast du dir die Klamotten zerrissen?» Decker stieß ihn zum Wagen.

«Hey, ich trag gern zerrissene Klamotten.»

«Du legst dich wohl auch gern mit der Polizei an, wie?»

«Hab doch nicht gewußt, wer Sie sind.»

«Das habe ich dir deutlich genug gesagt.»

«Hab ich nicht gehört, Mann. Ich seh da einen auf mich zurennen und denke, da kommt ein Straßenräuber...»

Hollander stieg aus, gefolgt von Marge, die Macko kurz, aber gründlich musterte. «Ja, das ist er», bestätigte sie.

«Hey, die Schnepfe da hab ich mein Lebtag noch nicht gesehen.»

«Ich weiß, ich weiß. Ihr habt alle schlechte Augen.» Decker stieß Macko gegen den Wagen, machte ihm die Beine breit und durchsuchte ihn, fand aber nichts. Dann schob er ihn auf die Rückbank und setzte sich neben ihn.

«Ich sag doch, Mann, ich hab keinen Schimmer, wovon Sie reden. Ich rede nicht, bis ich 'n Anwalt hab. Ich kenn meine Rechte.»

Hollander startete. «Deine Rechte nützen dir jetzt nicht mehr viel, Macko. Du hast ganz schön Mist gebaut.»

«Scheiße, Mann, ich kenn die Frau da nicht.»

«So wie du Brenda Crowthers nicht gekannt hast», sagte Marge. «Du weißt schon, die kleine blonde Schwester vom Mission Presbyterian Hospital.»

«Der hab ich doch gar nichts getan, Mann.»

«Das hört man von ihr aber anders, Macko», sagte Marge. «Sie hat drei Wochen im Krankenhaus gelegen, und ich wette, daß du sie da reingebracht hast.»

«Ohne Anwalt red ich nicht.»

«Wir haben deine Freundin, Macko», fuhr Marge dazwischen.

«Die lügt doch, die Fotze. Ich hab nichts gemacht.»

«Was war denn nun wirklich mit der Krankenschwester?» stieß Decker nach.

«Ich hab nichts gemacht.»

«Du hast sie gesehen, als sie gerade vom Dienst kam, stimmt's?» sagte Marge. «Sie war ganz allein, und ihr Wagen wollte nicht anspringen. Da hast du gefragt, ob du ihr helfen kannst, und das fand sie nett von dir. Aber dann bist du ausgeflippt, hast sie auf die Rückbank ihres Wagens gedrängt, abgeschlossen –»

«Ihr habt den Falschen geschnappt, ehrlich.»

«Und was war mit mir, Macko?» fragte Marge. «Ich weiß genau, daß ich nicht den Falschen geschnappt habe.»

«Ich sag nichts.»

«Macht die Frau dich an?» fragte Decker vertraulich.

Macko schwieg.

«Sie hat verdammt große Titten, nicht?»

«Ihr habt euch in der Adresse geirrt, wie oft soll ich euch das noch sagen?»

«Und tolle Pumps, nicht? Heiß, die Dinger, so richtige Lusthakker.»

Macko brach der Schweiß aus. Seine Lider flatterten.

«Besonders in Schwarz, nicht? Echt geil, diese schwarzen Pumps, wie?»

«Sie hat mich rangelassen, Mann», sagte Macko. «Sie hat mich drum gebeten. Sie hat's gern auf brutal, Mann.»

«Und wer wollte es sonst noch auf brutal?» fragte Decker.

«Ohne Anwalt sag ich nichts.»

«Du kriegst deinen Anwalt.» Marge zog einen der Pumps aus und reichte ihn vor Mackos Augen zu Decker nach hinten.

Decker streichelte den Schuh. «Wer wollte es noch auf brutal, Macko?»

Der Mann starrte das glänzende Leder an, begann zu keuchen und zu zappeln, die Hose straffte sich im Schritt.

«Alle haben's so gewollt.»

«Die kleine Kellnerin bei Benito?» fragte Marge.

«Ja, ich meine nein, das heißt, ich weiß gar nicht, was der Quatsch soll, den Sie da quasseln.»

Decker strich ihm mit dem Schuh über die Wange. «Und die Brünette aus der Bibliothek?»

«Brünette aus der Bibliothek? Kenn ich nicht.»

«Komisch, Rayana wußte genau über sie Bescheid.»

«Komm, Macko, du weißt ganz genau, von wem wir reden. Stöckelschuhe hat sie angehabt, ganz spitze, zweifarbige. Heiße Trittchen, wie?»

Die dünnen Lippen verzerrten sich zu einem makabren Grinsen. «Sie war ein Luder, alle sind sie Luder. Die wollten's so haben, gebettelt haben sie, daß ich's ihnen mache.»

«Und die aus der Bar bei Canary?» stieß Marge nach. «Die kann sich genau an dich erinnern.»

«Die fand's ganz toll, so auf brutal. Geil fand sie das, ehrlich. Hat gesagt, ich soll zu ihr in den Wagen kommen, weil sie so scharf drauf war.»

«Und die aus der Judenschule?» fragte Decker. «Hat die auch gebettelt, daß du's ihr machst?»

«Judenschule?» Macko zog ein ehrlich verblüfftes Gesicht. «Was soll denn das schon wieder?»

«Die mit den schönen schwarzen Pumps, Macko...»

«Mit Schicksen mach ich's nicht. Die faß ich nicht an. Nicht mal mit der Feuerzange faß ich die an.»

Decker verschwamm einen Augenblick alles vor den Augen. Als er wieder klar sehen konnte, merkte er, daß er seinen Revolver umkrampft hielt. Langsam ließ er die Hände in den Schoß sinken.

22

Der Rosch-Jeschiwa begrüßte Decker herzlich und bat ihn, die beiden großen Kartons auf seinen Schreibtisch zu stellen. Die große Rosenholzplatte, auf der eine schützende Glasscheibe lag, bot ein Bild mustergültiger Ordnung, ein für Decker schier unbegreifliches Phänomen. Behutsam, um das Glas nicht zu verkratzen, stellte er die Kartons ab. Nachdem Macko hinter Schloß und Riegel saß, konnte er sich wieder einmal den Luxus eines freien Abends leisten.

Er sah sich um. Das Arbeitszimmer wirkte gediegen und anheimelnd zugleich. Sanfte Beleuchtung, Teppichboden aus dunkelbraunem Velours, braunes Ledersofa, zwei wildlederne Ohrensessel. An der hinteren und der rechten Wand reichten die mit religiösen Schriften gefüllten Bücherregale vom Boden bis zur Decke, ein Regal mit weltlichen Werken – Philosophie und amerikanisches Recht – bildete gewissermaßen das Kontrastprogramm. Der Schreibtisch stand so, daß der Rabbi beim Arbeiten durch das Panoramafenster einen Blick auf die Naturschönheiten des Canyons hatte.

Aber zum Schaustück wurde das Zimmer durch die Glasvitrinen mit den Kunstgegenständen aus Gold und Silber an der linken Wand.

Liebevoll begann Schulman seine Schätze zu erläutern. Da war die Sammlung der *menoras* – schwere deutsche Silberarbeit aus dem 17. und 18. Jahrhundert, zierliches Filigran aus Italien, Bronze und Jerusalemer Stein aus Bezalel, der Kunstakademie in Israel. Eine Vitrine enthielt nur Besomimbüchsen – Miniaturtürme mit vergoldeten Glöckchen und Fahnen – von den besten Silberschmieden Europas, alle gestempelt und datiert. In einer weiteren Vitrine standen silberne und holzgeschnitzte Etrogdosen für das Laubhüttenfest. Darunter lagen Zeigestäbe in Form einer Hand mit ausgestrecktem Zeigefinger.

«Wozu sind die?» wollte Decker wissen.

«In der Synagoge bringt ein Vorleser – der *ba'al kriah* – den Wochenabschnitt zu Gehör», erklärte der Rabbi. «Die heiligen Schriften dürfen nicht mit den Fingern berührt werden, deshalb benützt der *ba'al kriah* einen sogenannten Thorazeiger, um den Text zu verfolgen.»

Leuchter, Becher, Thorakronen galt es zu bewundern, kunstvolle Metallarbeiten, herrliches Schnitzwerk. Decker war überwältigt von dem Reichtum einer Kultur, die mehr als zweitausend Jahre überlebt hatte.

«Das ist nur ein Bruchteil meiner Sammlung», sagte der Rosch-Jeschiwa. «Aber es sind die wertvollsten Stücke.»

«Geradezu unglaublich, Rabbi.»

«Wenn wir einmal mehr Zeit haben, zeige ich Ihnen meine hebräischen Manuskripte. Ich kann sie nicht ständig ausstellen, zu starker Lichteinfall würde an dem Pergament nicht wieder gutzumachenden Schaden anrichten. Aber jetzt lassen Sie sehen, was Sie mitgebracht haben. Es ist schon spät, und alte Augen ermüden schneller.»

Der Rabbi trat an seinen Schreibtisch und holte aus einem der Kartons ein Gebetbuch heraus.

«Ich glaube kaum, daß etwas wirklich Wertvolles dabei ist. Jedenfalls nichts, was sich mit Ihren Stücken messen könnte.»

«Ganz im Gegenteil. Jeder *siddur* ist unbezahlbar, weil er den Namen des Höchsten birgt.»

Er blätterte das nächste Buch durch. «Sie sind gut bis sehr gut erhalten. Bei einer Auktion dürften sie Preise von fünfzig bis zweihundert Dollar erzielen. Aber für mich persönlich sind sie viel mehr wert. Der Gedanke, daß sie in unrechte Hände kommen könnten, tut mir weh. Sollten Sie daran denken, die Bücher zu verkaufen, würde ich Ihnen einen guten Preis zahlen.»

«Ich habe keine Verkaufsabsichten. Aber ich überlasse sie Ihnen gern, wenn ich sie von Zeit zu Zeit besuchen darf.»

Der Rosch-Jeschiwa lächelte. «Einverstanden.»

«Sind sie historisch von Bedeutung?»

«Nur für einen Juden aus ihrem Ursprungsland. Die meisten dieser Bücher kommen aus Deutschland. Rina Miriam hat mir gesagt, daß sie dem Großvater Ihrer geschiedenen Frau gehörten. Er muß demnach ein deutscher Jude gewesen sein.»

«Ja, aber dieses Buch hier ist auf hebräisch geschrieben, mit einer Widmung in einer anderen Sprache, die mir nicht nach Deutsch aussieht.»

Die Augen des Rabbi leuchteten auf. «Das ist Polnisch. Wie eine Familie ihr Erbe so gering achten kann, ist mir unbegreiflich.»

«Manche Leute sind eben weniger gefühlsbetont als andere.» Decker griff nach der Megilla. «Schön, nicht?»

Der Rabbi besah sich die Schriftrolle näher. «Auch diese Megilla kommt aus Polen, sie dürfte an die dreitausend Dollar wert sein. Der Text ist besonders klar und gut erhalten.»

«Wenn Sie wollen, können Sie das gute Stück in Ihrer Sammlung ausstellen. Ich bin zur Zeit nicht so knapp bei Kasse.»

«Sie sind ein guter Mensch.»

Decker lächelte ein wenig und hob verlegen die Schultern. Der Rabbi machte den zweiten Karton auf und kramte zwischen dem Zeitungspapier herum.

«Das sind jüdische Gesetzesbücher, hat Rina gesagt.»

«Ganz recht, mein Freund.» Der Rabbi wickelte einen ledergebundenen Folianten aus. «Eine komplette Sammlung. Talmudausgaben können wir immer gebrauchen. Ich danke Ihnen.»

Er sah Decker forschend an. «Erstaunlich, was für Schätze noch auf verstaubten Dachböden und in alten Kellern lagern. Ich werde Ihr kostbares Gut gewissenhaft hüten.»

«Das weiß ich, Rabbi.»

«Eine Frage noch. Wann ist der Großvater Ihrer Frau gestorben?»

«Wir hatten gerade die Scheidung eingereicht, es muß jetzt fünf Jahre her sein.»

«Interessant. Und wo wohnte er, als er starb?»

Decker witterte mehr als bloße Neugier hinter der Frage.

«In Los Angeles. Warum?»

«Wie kommt es dann, Detective Decker, daß diese Bücher in eine *New York Times* eingewickelt sind, die erst zwei Jahre alt ist?»

Gerissener alter Schurke, dachte Decker. Er schwieg.

«Ich mag kaum glauben, daß die Angehörigen Ihrer Frau völlige Banausen sind. Vielleicht täten Sie gut daran, Ihre Geschichte etwas abzuändern. Oder Ihr Märchen zumindest mit den vorliegenden Daten abzustimmen.»

Decker sah aus dem Fenster.

«Setzen Sie sich doch», sagte der Rabbi.

Decker rührte sich nicht.

«Woher haben Sie diese Bücher?»

«Von meinem Vater. Nicht von meinem richtigen Vater. Von meinem Erzeuger. Ich bin ein adoptiertes Kind.»

«Ihr Erzeuger war Jude», stellte der Rabbi fest.

«Und meine eigentliche Mutter ebenfalls. Somit bin auch ich Jude. Aber ich fühle mich nicht als Jude. Meine Eltern – das sind die beiden Menschen, die mich aufgezogen haben. Als Kind war ich

Baptist. Jetzt bin ich im Grunde gar nichts. Wie hat Rina neulich gesagt? Zum Thorajuden wird man nicht durch den Zufall der Geburt, dazu gehört viel mehr.»

«Das hat sie gesagt? Bravo. Dann weiß sie also um Ihre Herkunft?»

«Nein. Ich wollte eigentlich mit ihr darüber sprechen, habe es mir dann aber doch anders überlegt. Es wäre im Augenblick eine zu große Ablenkung. Wir sind beide noch anderweitig engagiert. Sie soll an den Sittenstrolch denken, der sie bedroht, nicht an mich. Außerdem könnte ich es meinen Eltern nicht antun, mich plötzlich als Jude zu bekennen. Es würde sie sehr treffen.»

«Und wie sind Sie nun an diese Bücher gekommen?»

«Ich wollte Genaueres über meine Herkunft wissen. Vor zwanzig Jahren war es noch nicht so einfach, Adoptionsunterlagen einzusehen, aber weil ich in dem Staat, in dem ich adoptiert worden war, bei der Polizei arbeitete, konnte ich meine Beziehungen spielen lassen. Um es kurz zu machen – meine Mutter stammte aus einer frommen jüdischen Familie in New York und wurde, nachdem sie dort in Schwierigkeiten geraten war, mit fünfzehn nach Miami geschickt. Sie ist jetzt um die fünfzig, hat fünf Kinder und einen Haufen Enkel, und ich würde mich nie plötzlich in ihr Leben drängen und sie verunsichern.

Auch den Namen meines Vaters fand ich in den Unterlagen. Bei ihm lag der Fall anders. Er war um einiges älter als meine Mutter, hatte nie geheiratet und wohnte allein in der Lower East Side von New York. Eines Tages nahm ich meinen Mut zusammen, flog nach New York und suchte ihn auf. Er war sehr nett, man konnte gut mit ihm reden. Er war Diamantenschleifer gewesen und damals schon im Ruhestand. Groß wie ich, große Hände. Ich bin ihm nachgeschlagen. Es war schon seltsam für mich, jemandem ähnlich zu sehen. Er hat immerfort versucht, mich zu trösten, er schien zu denken, daß ich böse auf ihn war. Er und meine Mutter wären eben nicht füreinander bestimmt gewesen, das hat er ein paarmal wiederholt. Nicht *beschert*, so hat er es gesagt. Ich habe ihm meine Adresse gegeben und ihn gebeten, sich zu melden, und ich habe ihm auch geschrieben, aber er hat nie geantwortet. Schließlich habe ich es aufgegeben.

Vor zwei Jahren bekam ich die Bücher und noch einige andere persönliche Sachen, einen Gebetsschal, einen Gebetsriemen, einen *kittel*. Keinen Brief dazu. Ich rief meine Kollegen in New York an und bat sie, der Sache nachzugehen. Er sei an einem Schlaganfall gestorben, hieß es. Das war natürlich Unsinn. Das Paket war eine Woche vor seinem Tod zur Post gegeben worden. Ich weiß, daß er sich umgebracht hat. Der untersuchende Arzt war ein Pfuscher und hatte es nicht durchschaut.»

«Vielleicht hat Ihr Vater aber auch gewußt, daß er sterben würde.»

Decker lächelte. «Das ist mir ein bißchen zu romantisch, Rabbi.»

«Sie müssen lernen, mehr wie ein Jude zu denken. *Hashem* vermag alles.»

«Vielleicht.»

Decker setzte sich in einen der Ledersessel und zündete sich eine Zigarette an. «Das habe ich noch nie jemandem erzählt. Sie werden es vertraulich behandeln, nicht wahr?»

Der Rabbi seufzte. «Ihre geschiedene Frau hat nicht gewußt, daß Sie Jude sind?»

«Eigentlich bin ich ja gar kein Jude.»

«Von der Herkunft her, meine ich. Ich will keine Haarspaltereien betreiben.»

«Nein, das hat sie nicht gewußt.»

«Sind Sie nach jüdischem Zeremoniell getraut worden?»

«Es war eine Art Kombi-Hochzeit mit einem reformierten Rabbi und einem unitarischen Pfarrer, ziemlich ungewöhnlich.»

«Haben Sie noch etwas von dem jüdischen Teil der Zeremonie in Erinnerung?»

Decker überlegte. «Ich habe versucht, die ganze Sache zu verdrängen. Warten Sie mal... Ich habe ihr einen Ring gegeben und irgendwas von Moses gesagt. Ach ja, und dann habe ich ein Glas zertreten. Meine Frau hat eine Heiratsurkunde bekommen, die ich unterschrieben habe. Warum fragen Sie?»

«Ich wollte wissen, ob Sie juristisch noch mit Ihrer geschiedenen Frau verheiratet sind.»

«Wir sind seit fünf Jahren geschieden.»

«Nach bürgerlichem, möglicherweise aber nicht nach jüdischem Recht. Hat Ihre geschiedene Frau wieder geheiratet?»

«Ja, vor zwei Jahren. Diesmal einen richtigen Juden.»

Der Rabbi war offensichtlich schmerzlich berührt. «*Weh ist mir!* Haben sie Kinder?»

«Sie hatte vor kurzem eine Fehlgeburt. Im sechsten Monat, das Kind war nicht zu retten. Körperlich hat sie sich wieder ganz gut erholt, aber von meiner Tochter weiß ich, daß es sie seelisch sehr getroffen hat.»

«Das war nun wirklich *beschert*», sagte der Rabbi halblaut. «Sicherheitshalber werde ich Ihnen einen *get*, einen jüdischen Scheidungsbrief, aufsetzen. Für den frommen Juden hat eine bürgerliche Scheidung keine Bedeutung. Es könnte sonst sein, daß die künftigen Kinder Ihrer Frau als *mamzerim* – Bastarde – gelten und ein für allemal gebrandmarkt sind.»

Decker sah ihn ablehnend an. «Ich wäre gebrandmarkt?»

«Sie sind kein *mamzer*. Ihre Eltern waren zwar nicht verheiratet, als Sie zur Welt kamen, aber Sie sind trotzdem ein vollgültiger Jude. Ein *mamzer* ist das Produkt einer ehebrecherischen Beziehung zwischen einer verheirateten jüdischen Frau und einem jüdischen Mann oder eines Inzests.»

«Meine Frau weiß nicht, daß ich Jude bin.»

«Aber Ihnen war es zur Zeit Ihrer Eheschließung schon bekannt?»

«Theoretisch ja.»

«Haben Sie etwas dagegen, daß sie es erfährt?»

«Eigentlich nicht.»

«Dann lassen Sie mich die Scheidung in die Wege leiten, damit alles seine Ordnung hat.»

Decker lächelte ein wenig. «Eine Frage noch, Rabbi. Hätte das Kind meiner Frau als Bastard gegolten, wenn es am Leben geblieben wäre?»

«Möglicherweise ja. Das wird von Fall zu Fall beurteilt – eben weil die Folgen so schwerwiegend sind. Eine solche Entscheidung gehört zu den wenigen Dingen im jüdischen Recht, die unwiderruflich sind. Warum wollen Sie die Kinder Ihrer früheren Frau damit belasten, wenn die Lösung so einfach ist?»

«Einverstanden. Was muß ich tun?»

«Ein Schriftstück unterschreiben, das ich aufsetze, und es persönlich Ihrer früheren Frau übergeben. Dazu brauche ich deren hebräischen Namen, den Ihres Ex-Schwiegervaters und Ihres Vaters. Sie haben vermutlich keinen hebräischen Namen?»

«Nicht daß ich wüßte.»

«Gut, in diesem Fall genügt Ihr englischer Name. Dann brauche ich noch das Datum der Eheschließung.»

«Das können Sie gleich haben, das andere muß ich nachsehen.»

«Schreiben Sie mir morgen alles auf, dann komme ich mit Ihnen zu Ihrer früheren Frau und nehme die Scheidung vor.»

Der Rabbi legte Decker eine Hand auf die Schulter. «Das Schicksal hat Sie zu uns geführt. Es war *beschert*. Irgend etwas hat Sie zu uns hingezogen.»

Ein Sittlichkeitsverbrechen und ein Mord, dachte Decker, aber er sagte es nicht laut.

«Sie waren auf der Suche, Detective.»

«Ich glaube, das bin ich noch immer, Rabbi.»

23

Cory Schmidt hockte mit hängendem Kopf im Vernehmungszimmer und rauchte. Das fettige blonde Haar war zu einem Pferdeschwanz zusammengebunden, dunkle Schatten lagen unter seinen Augen. Die Gefängnisjeans waren ihm zu groß. Seine Ohrringe, seine Armbänder und sein Imponiergehabe waren auf der Strecke geblieben.

Nervös rutschte er auf seinem Stuhl herum. Verdammt einsam hier. Mutter weiß seit zwei Tagen, daß sie mich eingebuchtet haben, aber bis jetzt hat sie sich noch nicht sehen lassen, das faule Aas. Sitzt wahrscheinlich vor der Glotze. Und der Alte? Läßt sich bestimmt irgendwo vollaufen und kümmert sich einen Scheiß um mich. Genaugenommen haben sie mich alle hängenlassen. Die Alten, die Kids, die Tussis. Alle. Er sah den Typ an, der neben ihm saß. Mieser Normalo. Pflichtverteidiger. Ronson schimpfte er sich. Affiger Schnauzer, aufgesetzter britischer Akzent. Als ob ich auf so was stehe. Abgefuckter Macker. Macht andauernd in seinen Papieren rum, räuspert sich, will wissen, ob ich Fragen hab, denkt wohl, ich hab einen an der Waffel. Was soll ich denn noch sagen? Cory saugte den letzten Rest Nikotin aus seiner Zigarette. Am besten hängt man sich gleich auf, dachte er.

Vor dem Vernehmungsraum wartete Decker auf Birdwell, den Anklagevertreter, der gerade telefonierte. Birdwell war ein junger, gutaussehender, bebrillter Schwarzer mit glattem Babygesicht und kurzem Kraushaar, ein ausgesprochen cleverer Berkeley-Absolvent. Er würde es noch weit bringen. Decker überlegte, wie es ihm selbst wohl im Staatsdienst ergangen wäre. Im Rückblick war es ein großer Fehler gewesen, daß er in die Anwaltsfirma seines Schwiegervaters eingetreten war. Vermögensverwaltung und letztwillige Verfügungen. Großes Geld, aber geisttötend.

Jetzt betrat Captain Morrison den Dienstraum, und Decker winkte ihn heran. David Morrison war ein drahtiger Fünfziger mit dünnem grauem Haar und schlaffen Wangen. Während er zu Dekker hinüberging, rückte er den schiefen Schlips zurecht. «Wo steckt Birdwell?» fragte er.

«Telefoniert gerade.»

Sie standen schweigend beieinander, bis Birdwell zurück war.

«Wie steht's, George?» fragte Morrison.

«Er ist bereit, den Überfall auf Mrs. Adler zuzugeben, dafür nennt er uns die Namen der Kids, die bei dem Mord an Florence Marley mitgemacht haben.»

Morrison wandte sich an Decker. «Ich denke, der Fall Adler war eine Vergewaltigung.»

«Die Ärztin hat bei der Untersuchung Mist gebaut», sagte Dekker. «Sie hat zwar Samenspuren im Vagina- und Anusbereich festgestellt, aber keine Penetration. Technisch ist es also keine Vergewaltigung.»

«Und Cory soll nach Jugendrecht abgeurteilt werden», ergänzte Birdwell.

«Das kann er sich abschminken», erklärte Morrison. «Wir können Cory also nur einen Überfall anhängen?»

«Wenn wir ihn auf den Fall Marley festnageln, ist es ein ausgewachsener Mord, und ich habe für eine Anklage genug an der Hand. Wenn wir aber die Namen der Mittäter wollen, bleibt uns nur der Überfall.»

«Kommt nicht in Frage.»

«Irgend jemand hat Cory verpfiffen», sagte Birdwell.

«Er war am Tatort, das steht fest», meinte Morrison. «Wir haben seine Spuren und die von seinem Motorrad. Wer zugestochen hat, weiß ich nicht, aber Schmidt war dabei. Und dafür soll er sich auch verantworten.»

«Wenn wir uns darauf nicht einlassen, kriegen wir seine sauberen Freunde nicht dran.»

Morrison runzelte die Stirn. «Was haben wir denn gegen die in der Hand?»

«Im Augenblick gar nichts», entgegnete Decker. «Sie behaupten, daß sie bei ihren Freundinnen waren, und die Mädels bestätigen das.»

«Na, das kennt man ja», meinte der Captain bitter.

«Eben.» Der Anklagevertreter kratzte sich am Kopf. «Aber ohne Beweise steht Aussage gegen Aussage.»

«Und Corys Alibi für die bewußte Nacht?» fragte der Captain.

«Zuerst hat er behauptet, er wäre mit seinen Kumpels zusammengewesen», erwiderte Decker. «Das haben sie abgestritten. Jetzt hat er also kein Alibi und wäre deshalb bereit, ein Geschäft zu machen. Wenn wir uns an ihn halten, kriegen wir die anderen garantiert.»

«Wissen wir denn genau, daß Schmidt nicht aktiv mitgemacht hat?»

«Aus der Obduktion geht hervor, daß den eigentlichen Mord ein Linkshänder ausgeführt hat», sagte Decker. «Und Schmidt ist Rechtshänder.»

«Das ist nicht schlüssig, Peter.»

«Nein. Aber die Sache ist nicht astrein, Captain. Das blutige Messer ist uns unaufgefordert ins Haus geliefert worden.»

«Konzentrieren wir uns auf das, was wir wissen», meinte Morrison. «Wir wissen, daß Schmidt am Tatort war. Wir haben eine Mordwaffe, die Schmidt gehört. Wir wissen, daß er nicht allein war. Aber wir haben keine Beweise gegen seine sauberen Freunde. Und wenn er sich nicht als Kronzeuge zur Verfügung stellt, ändert sich daran auch nichts.»

«Genau», bestätigte Decker.

«Wir sollten nichts versprechen, ehe er den Mund aufmacht», sagte Morris.

«Ronson läßt ihn nicht reden, wenn wir ihm keine Zusage machen.»

«Dann stellen wir seinen Mandanten unter Mordanklage.»

«Und seine Kumpel?»

«Wenn er nicht redet, kriegen wir seine Freunde nicht», sagte Morrison. «Sehen wir mal, wie weit wir kommen.»

Sie betraten das Vernehmungszimmer.

Ronson fingerte an seiner Weste herum. «Wie ist es, kommen wir miteinander ins Geschäft?»

Morrison nickte Decker auffordernd zu.

«Was ist in der Mordnacht passiert, Cory?»

«Das brauchen Sie nicht zu beantworten», fuhr der Verteidiger dazwischen. «Was soll das Ganze, meine Herren?»

«Wir möchten von Mr. Schmidt hören, wie es zu dem Mord gekommen ist», sagte Decker.

«Mr. Schmidt macht keine Aussage, ehe wir zu einer Einigung gekommen sind.»

«Dann stellen wir Ihren Mandanten unter Anklage. Vorsätzlicher Mord. Viel Spaß, Birdwell. Die Sitzung ist geschlossen.»

Er ging aus dem Zimmer. Ronson rannte ihm nach. «Das ist doch albern, Captain. Sie wissen genau, daß der Junge nicht allein war. Wollen Sie denn seine Komplizen straffrei ausgehen lassen?»

«Das liegt ganz an Ihnen.»

«Sie wollen einen vor Gericht stellen und dafür drei andere laufenlassen?»

«Es waren also noch drei?»

Ronson fluchte leise vor sich hin. «Machen Sie mir ein Angebot, Captain. Ich brauche eine Verhandlungsbasis.»

«Mein Angebot kriegen Sie erst, wenn ich weiß, was der Junge zu sagen hat. Wenn er mir Märchen erzählt, gucke ich sonst in die Röhre. Jetzt sind Sie am Zuge. Sprechen Sie mit Ihrem Mandanten, lassen Sie ihn selbst entscheiden.»

Birdwell trat zu ihnen. Er machte ein sehr zufriedenes Gesicht. «Cory will singen.»

«Mist.» Der Anwalt eilte in das Vernehmungszimmer zurück. «Sagen Sie nichts, Cory.»

«Für Ihre guten Ratschläge kauf ich mir grad was», fauchte Cory. «Ich will 'nen anderen Anwalt haben.»

«Seien Sie bloß still», beschwor ihn Ronson.

«Mann, Sie checken das nicht.» Cory sah Decker an. «Ich hab sie nicht alle gemacht, das schwör ich. Sie müssen mir da raushelfen, Decker.»

«Am besten erzählst du mir erst mal, wie alles war, dann sehen wir weiter.»

«Die wollen mir bloß was anhängen...»

«Wer will dir was anhängen, Cory?»

«Was bringt's, wenn ich's Ihnen sage?»

«Dazu muß ich erst wissen, was du zu sagen hast.»

Morrison und Birdwell kamen zurück und machten die Tür hinter sich zu.

«Mr. Schmidt», tönte Ronson, «als Ihr Anwalt rate ich Ihnen dringend, keine Aussage zu machen, bis ich mich mit diesen drei Herren besprochen habe. Ich muß Sie bitten –»

«Mann, hören Sie bloß auf mit dem Scheiß», fuhr Cory dazwischen.

Ronson versuchte es noch einmal. «Die bluffen nur, Cory.»

«Wir bluffen nicht», widersprach Morrison. «Und wir versprechen auch nichts, aber wir sind bereit zuzuhören.»

«Vorsätzlicher Mord ist ein dickes Ding, Cory. Und du bist über sechzehn. Das bedeutet eine hübsche Ecke Knast.»

«Ich lege Widerspruch gegen die Einschüchterungstaktik Ihres Mitarbeiters ein, Captain», erklärte Ronson, «und könnte mich jederzeit darauf beziehen, wenn es um die Berufung geht. Ich verlange ein Gespräch mit meinem Mandanten unter vier Augen.»

«Leck mich am Arsch.» Cory sah Decker an. «Ich hab sie nicht alle gemacht, ehrlich nicht. Ich bin unschuldig. Also ich tu jetzt mal so, als wenn's so abgelaufen ist. Ich sag nicht, daß es so war. Klar?»

Der Captain schaltete den Kassettenrecorder ein. «Was Sie uns erzählen, ist also reine Hypothese.»

Ronson zückte seinen Kugelschreiber. «Damit graben Sie sich selbst Ihr Grab, Mr. Schmidt.»

«Hey, Mann, ich weiß schon, was ich tu. Hamse nich gehört, was der Captain gesagt hat? Ist alles bloß Hippodingsda.»

«Jetzt rede endlich, Cory», drängte Decker.

Der Junge legte beide Hände auf den Tisch und fuhr sich mit der Zunge über die Lippen.

«Sie müssen mir das abnehmen, Mann. Ich hab das nicht so kommen sehen. War nicht geplant, ehrlich. Ich hab das alles gar nicht richtig gecheckt. Wir waren doch total zu von dem Schnee. Da haben wir nicht mehr gewußt, was läuft.»

«Und was ist nun gelaufen?» fragte der Captain geduldig.

«Also, nehmen wir mal an – bloß so als Hippodingsbums –, daß wir rumsitzen und rauchen und so 'n bißchen rumlabern. Über die Itzigs und die Schicksen. Keiner hat die hier haben wollen, Mann, einfach festgesetzt haben die sich hier. Alles Spinner, Mann. Und keine richtigen Amerikaner, bloß Spione für Israel. Kommen her, saugen uns aus und machen uns arm, Mann. Haben wir das nötig, uns von den Judenschweinen in unsere Politik reinreden zu lassen?

Und mit der Schickse da auf dem Supermarkt hatten wir mächtigen Ärger gekriegt, darüber waren wir alle sauer.

Jetzt nehmen wir mal an, daß einer von den Kids gesagt hat: Warum gehen wir nicht zu der Judenschule und lassen die Sau raus? Stammt nicht von mir, ehrlich.»

«Weiter, Cory», sagte Morrison mit übertrieben gelangweilter Stimme.

«Ja, also, wir sind alle high gewesen und haben ein unheimlich gutes Feeling drauf gehabt. Nehmen wir mal an, daß wir noch 'n Crack nachgeschoben haben und hingefahren sind. Ist ja nicht verboten, von draußen reinzusehen. Na ja, *vielleicht* sind wir auch über den Zaun geklettert, und *vielleicht* hat einer von den Kids mein Messer haben wollen. Ich hab doch nicht gecheckt, daß er damit echt was machen will. Höchstens bißchen kitzeln, hab ich gedacht. Daß vielleicht 'ne Schickse die Beine breit macht. Ich mein, ich hab doch nicht gecheckt, daß er jemand alle machen will.

Ich geb ihm also mein Messer, und mit einemmal kommt da die fette Niggersau angeklotzt. Niggerfotze – das ist noch besser als Schickse. Ja, und da haben wir uns *vielleicht* versteckt und 'n bißchen rumgemacht, bis die Niggerfotze angekommen ist, und da ist sie gleich ihre Kanone losgeworden.»

Cory bohrte gedankenverloren in der Nase. «Ja, also wie gesagt, ich denk, wir machen nur 'n bißchen an ihr rum. Und *vielleicht* seh ich dann einen von den Kids mit dem Messer, und ich denk, der macht bloß Quatsch, ehrlich, aber der wollte ja mehr, Mann. Abgemurkst hat er sie. Ich war ja zu, Mann, total zu. Mit Gewalt hab ich's den Tussis schon mal gemacht, aber alle gemacht hab ich noch keine. Wie das Blut rausgeschossen ist, wie 'n Bach, Mann, über die Hände, über die Klamotten. Und dann haben wir total abgehoben, all das Blut, der Typ, der's gemacht hat, fängt an zu lachen wie 'n Irrer, und dann hackt er mit dem Messer auf ihrem Arm rum, und die anderen, die hopsen auf ihr Knie, du hast's richtig knacken gehört, 'ne Meile weit hast du's knacken gehört. Wahnsinnig war das, echt wahnsinnig.»

«Und wer hat ihr die Kehle durchgeschnitten?» fragte Decker.

«Ich nicht, Mann. Ehrlich. Ich hab nicht gewußt, daß er sie alle machen will. Ich hab bloß zugesehn.»

Ronson stöhnte. Er machte sich ein paar Notizen, dann zündete er sich eine Zigarette an und gab auch Cory eine.

«Was dann war, ist ziemlich flockig, ich meine, da weiß ich nicht mehr viel von. Und dann haben wir was gehört und sind weg. Mich hat das unheimlich genervt, und da hab ich vergessen, daß einer von den Kids noch mein Messer hat. Vielleicht hab ich's auch bloß verloren. Keine Ahnung, wo Sie's jetzt herhaben. Aber ich hab damit nicht an ihr rumgemacht, Mann.»

«Wer war's?» fragte Morrison.

Schmidt überlegte einen Augenblick. «Sag ich Ihnen lieber nicht.»

«Mal ganz hypothetisch gesprochen, Cory», stieß Decker nach. «Wie heißen die Kids, mit denen du dort warst?»

Ronson legte Protest ein, aber Cory überfuhr ihn. «Also nur als Hippodingsbums – mit Vornamen haben sie Clay, Dennis und Brian geheißen. Mehr sag ich nicht.»

Captain Morrison wandte sich an den Anwalt. «Kurze Pause?»

«Meinetwegen», brummte Ronson ungnädig.

Birdwell rückte seine Brille zurecht. «Muß mal eben telefonieren.»

«Ich nehm's Cory ab», sagte Morrison, als er mit Decker allein war. «Und Sie?»

«Ebenso. Aber die Frage ist: Sollen wir auf Nummer Sicher gehen und ihn vor Gericht stellen? Daß er es ganz allein ausbaden soll, obgleich sie zu viert waren, schmeckt mir nicht. Und es dürfte schwerhalten, eine Jury davon zu überzeugen, daß Schmidt es allein gemacht hat. Außerdem hat man am Tatort noch weitere Fuß- und Reifenspuren gefunden.»

«Wenn er sich als Kronzeuge zur Verfügung stellt, können wir uns die anderen kaufen.» Morrison klopfte nachdenklich mit der Schuhspitze auf den Boden. «Wir sollten versuchen, sie alle vier vor Gericht zu bringen. Daß Cory sich nur wegen des Überfalls zu verantworten hätte, widerstrebt mir auch.»

«Eben. Ich glaube nämlich nicht, daß er Mrs. Adler überfallen hat.»

Morrison runzelte die Stirn. «Nicht?»

«In der Nacht, als Florence Marley ermordet wurde, hat jemand versucht, in die Mikwe einzudringen. Davon hat Cory kein Wort gesagt. Ich glaube, daß es derselbe Mann war, der Mrs. Adler vergewaltigt hat. Es war ein taktischer Fehler, daß ich nach der Supermarktgeschichte Cory gegenüber davon angefangen habe.»

«Mist.»

«Ja, ich komme mir auch vor wie ein Idiot. Für mich ist er als Täter im Fall Adler einfach unglaubhaft. Cory und Genossen sind typische Messerstecher. Als wir bei den Schmidts Haussuchung gemacht haben, haben wir zwar einen Revolver gefunden, aber der gehörte Corys Vater. Der Mann, der Mrs. Adler überfallen hat, hatte eine Schußwaffe bei sich. Und als ich neulich auf dem Gelände herumgelaufen bin, hat jemand auf mich geschossen. Ein verdammt guter Schütze übrigens.»

«Es soll Täter geben, die mehr als eine Masche drauf haben.»

«Zugegeben. Trotzdem würde ich gern den Fall noch etwas genauer untersuchen, ehe ich Cory endgültig festnagele.»

«Macko haben Sie vermutlich schon darauf angesprochen?»

«Ja. Er war es mit Sicherheit nicht.»

«Wie sind Sie zur Zeit ausgelastet?»

«Nachdem der Fall Marley und die Überfälle auf Frauen in Foothill vom Tisch sind, habe ich ein bißchen Luft.»

«Schon Verdächtige?»

«Einige.»

«Es wäre gut, wenn Cory wüßte, daß er mit dem Fall Adler kein Geschäft mehr machen kann. Ich schlage vor, daß wir uns noch achtundvierzig Stunden bewilligen.»

«Danke, Sir.»

Birdwell trat zu ihnen. «Wie geht's jetzt weiter?»

Morrison informierte ihn und wandte sich dann an Decker. «Hollander oder Dunn sollen seine Freunde unter Mordverdacht festnehmen, und Sie suchen inzwischen nach dem Mann, der Mrs. Adler überfallen hat. Ich möchte nicht, daß sie abhauen, wenn sie Wind davon kriegen, daß Cory in der Tinte steckt.»

«Und wenn wir mit dem Fall Adler nicht weiterkommen?» fragte Birdwell.

«Dann müssen wir uns vielleicht doch auf ein Geschäft einlassen. Sie haben zwei Tage, Peter.»

«Ja, Sir.» Decker wandte sich zum Gehen.

24

Rina wartete im Park auf Decker. Seit Mackos Verhaftung waren zwei Tage vergangen. Sie hätte gern angerufen und ihm gratuliert, aber sie wollte keine falschen Hoffnungen in ihm wecken.

Heute aber hatte er von sich aus angerufen, und sie hatten sich zu seiner Mittagspause verabredet. Schon überlegte sie wieder, ob es die richtige Entscheidung gewesen war. Sie hätte die Sache auch telefonisch erledigen können, aber sie hatte zugesagt und freute sich darauf, ihn wiederzusehen.

In Gedanken beschäftigte sie sich ständig mit ihm. Er war nett zu den Kindern und lieb zu ihr, er achtete ihre religiösen Überzeugungen und rührte sie nicht an. Sie träumte von ihm, und diese Träume riefen längst verschüttete Empfindungen wieder wach.

Sie war glücklich in seiner Nähe und unglücklich, wenn sic getrennt waren. Es war lächerlich, denn ihre Beziehung hatte, wie sie sehr wohl wußte, keine Zukunft. Aber sie konnte gegen ihre Gefühle einfach nicht an.

Der Plymouth hielt, und Peter stieg aus. Sein Gesicht war ernst und angespannt.

«Gratuliere», sagte sie herzlich.

«Wozu?»

«Zur Verhaftung des Sittenstrolchs von Foothill.»

«Ach so.» Er zog die Jacke aus und lockerte den Schlips. «Das ist ja schon Schnee von gestern.»

Sie warf unwillkürlich einen Blick auf sein Schulterhalfter, dann sah sie zu Boden. «Da muß dir doch ein Stein vom Herzen gefallen sein.»

«Ja, ich hab nichts dagegen, daß der Kerl hinter Gittern sitzt. Besonders, da es so aussieht, als müßte er jetzt eine Weile dortbleiben. Zwei seiner Opfer haben ihn bei einer Gegenüberstellung identifiziert.»

Er lächelte. «Du bist heute besonders nett anzusehen.»

Rina lachte leicht verlegen und strich das Seidenkleid glatt.

«Darf man fragen, für wen du dich so feingemacht hast?»

«Ich habe mich mit meinen Eltern zum Frühstück getroffen. Sie haben es gern, wenn ich mich hübsch anziehe.»

«Kann ich gut verstehen. Aber hast du mir nicht erzählt, daß du nicht im Restaurant ißt?»

«Es war koscher.»

«Von Miami her kenne ich koschere Restaurants, aber daß es hier auch so was gibt, wußte ich nicht.»

«Im Valley gibt es ein sehr gutes Feinkostgeschäft und in Los Angeles ein Gourmetrestaurant. Heute waren wir in einem neueröffneten Lokal für Milchspeisen. Du weißt ja, daß nach unseren Speisevorschriften Fleisch- und Milcherzeugnisse nicht zusammenkommen dürfen, also müssen sich auch die Restaurants auf das eine oder das andere spezialisieren.»

«Und wie war's?»

«Nicht schlecht. Wenn man von ein paar Anfangsschwierigkeiten absieht. Aber die lassen sich ausbügeln.»

«Und du konntest dort mit gutem Gewissen essen?»

«Ja, ich kenne den Rabbi, der die Küche überwacht, er nimmt es sehr genau.»

Peter stützte die Stirn in die Hände, er hatte plötzlich rasende Kopfschmerzen.

«Was ist, Peter?»

«Nur ein bißchen Schädelbrummen. Vom Streß.»

«Wie lange hast du das schon?» fragte sie besorgt.

«Kommt immer mal wieder. Kein Grund zur Sorge.» Er holte eine Packung Aspirin aus der Tasche und schluckte zwei Tabletten.

Rina war sich ihrer Überreaktion bewußt. Immer mußte sie an Yitzchak denken. Reg dich nicht auf. Nicht jeder Brummschädel ist Anzeichen für einen Gehirntumor.

«Du hast einen ungesunden Job», meinte sie.

«Mein Stichwort, Rina. Deine Situation ist auch nicht gerade gesundheitsfördernd.»

«Die Mikwe wird zur Zeit nicht benutzt.»

«Aber der Sittenstrolch ist noch nicht gefaßt.»

«Macko war es also nicht?»

«Nein, sonst hätte ich dir sofort Bescheid gesagt. Aber ich habe eine andere Neuigkeit für dich. Wir haben Cory verhaftet, wegen des Mordes an Florence.»

Sie fröstelte. «Wenn ich denke, daß er mich angefaßt, mir das Messer an die Kehle gesetzt hat... Wie habt ihr ihn erwischt?»

«Jemand hat ihn verpfiffen.»

«Wer?»

«Ich tippe auf seine Freunde. Entweder waren sie sauer auf ihn, weil er wegen der Supermarktgeschichte nicht dichtgehalten hat, oder der eigentliche Mörder, der noch Corys Messer hatte, bekam es mit der Angst zu tun und sah in ihm einen naheliegenden Sündenbock. Jemand schickte uns die Mordwaffe ins Revier, wir besorgten uns einen Haussuchungsbefehl und stellten Schmidts Schuhe und sein Motorrad sicher. An Hand dieser Dinge konnten wir nachweisen, daß er zumindest dabeigewesen ist, als Florence Marley starb.»

«*Mazel tov*. Hast du es Mr. Marley schon gesagt?»

«Bis zur förmlichen Anklageerhebung kann ich noch nicht damit herausrücken.»

«Und wann wird das sein?»

«Wir müssen da erst noch einiges klären. Cory sagt, daß er Mrs. Adler überfallen hat, Rina.»

Sie machte große Augen. «Warum erzählst du mir das erst jetzt?»

«Weil ich es ihm nicht abnehme. Er versucht mit uns zu handeln. Wir wissen noch nicht, ob Florence von Cory selbst oder von einem seiner Freunde ermordet worden ist, glauben aber, daß es einer seiner Freunde war. Jetzt ist Schmidt bereit, sich als Kronzeuge zur Verfügung zu stellen und seine Kumpel zu verpfeifen, wenn wir ihn nur wegen des Überfalls anklagen.»

«Er hat einen Menschen auf dem Gewissen, Peter. Er hat mir ein Messer an die Kehle gesetzt...»

«Aber der Mann, der Mrs. Adler Gewalt angetan hat, läuft noch immer frei herum.»

Rina schlug sich mit der Faust in die offene Handfläche. «Es ist zum Verzweifeln.»

«Wem sagst du das? Meine Kopfschmerzen haben schon ihren Grund. Aber was hilft's?»

Rina sah ihn an. Er wirkte sehr abgespannt. Sie strich ihm leicht über die Hand.

«Sind die Kinder von den Großeltern zurück?»

«Ja, und sie sind sehr froh, wieder zu Hause zu sein, obwohl es ihnen dort gut gefallen hat. Meine Eltern würden sie am liebsten in Watte packen. Bei dreißig Grad im Schatten müssen die Jungen noch einen Pulli anziehen, wenn sie auf die Straße gehen.»

«Wie lange könnten die Jungen es dort aushalten, ohne durchzudrehen?»

«Warum?»

«Ich frage nur.»

«Du fragst nie ohne Grund, Peter. Ich schicke sie nicht wieder weg.»

«Vielleicht bleibt dir gar nichts anderes übrig.»

«Warum?»

«Weil der Vergewaltiger es auf dich abgesehen hat.»

Sie rang um Fassung. «Woher willst du das wissen? Vielleicht war es wirklich Cory. Etwas anderes wäre doch verrückt. Er und seine Freunde ermorden Florence, und ein anderer Täter dringt in die Mikwe ein, um mich zu vergewaltigen...»

«Es wäre eine völlig logische Entwicklung, wenn sich der Kerl zu der fraglichen Zeit auf dem Gelände herumgedrückt, den Mord miterlebt und somit gewußt hätte, daß Florence aus dem Weg war.»

«Soll das heißen, daß du wieder bei Moshe Feldman angelangt bist?»

«Ich überlege nur, wer dir –»

«*Gewalt!* Er war es nicht, Peter. Moshe ist bei dir schon zur fixen Idee geworden.»

«Es ist keine fixe Idee, ich versuche es einfach noch mal mit einem neuen Ansatz...»

«Du hast wohl Angst, dieser Fall könnte deinen guten Ruf als Kriminalbeamter ruinieren?» Sie schluckte. «Verzeih, Peter, so habe ich es nicht gemeint.»

Decker seufzte. «Fest steht, daß in der bewußten Nacht jemand versucht hat, in die Mikwe einzudringen, und daß es dieser Jemand auf dich abgesehen hatte. Wie beim erstenmal.»

«Das begreife ich nicht. Er hätte doch nur zu warten brauchen, bis ich herauskam.»

«Hör zu, Rina. Sarah trug eine schwarze Perücke, du hast dunkles Haar. Sarah hat dir erzählt, daß der Kerl sich wie wahnsinnig gebärdet hat, nachdem er ihr die Perücke vom Kopf gerissen hatte. Kein Wunder, denn in diesem Moment hatte er gemerkt, daß er die Falsche erwischt hatte. Bitte, überleg noch einmal ganz genau, Rina. Es muß jemand gewesen sein, der in der bewußten Nacht auf dem Gelände war. Der sich den Mord an Florence zunutze gemacht hat.» Er zündete sich eine Zigarette an. «Somit wären alle Männer aus der Jeschiwa verdächtig.»

«Es ist niemand aus der Jeschiwa.»

«Wie du willst. Tatsache ist, daß nach wie vor ein Sittenstrolch hinter dir her ist. Du mußt weg.»

«Das haben wir doch alles schon mal besprochen, Peter –»

«Bitte, laß mich ausreden. Ich habe drei Jahre Erfahrung mit Sittlichkeitsverbrechern, und was ich jetzt sage, sage ich nicht jedem. Es gibt Sittlichkeitsverbrecher, die aufs Geratewohl zuschlagen, Verbrechen, bei denen gewissermaßen die Frau zur falschen Zeit am falschen Platz ist, aber es gibt auch Täter, die gezielt arbeiten wie in deinem Fall. Dem Mann, den wir suchen, geht es nicht darum, sich an der erstbesten Frau abzureagieren, ihm geht es speziell um dich.»

«Um so unsinniger wäre es, vor ihm davonzulaufen. Er würde mir nur folgen.»

«Und die Kinder?»

«Wo sollte ich hin, Peter? Zurück zu meinen Eltern – damit auch sie in diesen Alptraum hineingezogen werden? In eine Mietwohnung, mit wildfremden Nachbarn, die sich nicht um mich kümmern? Hier wissen alle, was geschehen ist, sie kümmern sich um mich. Du rufst mich an, Sarah telefoniert jeden Abend um elf mit mir. Wenn du wirklich glaubst, daß ich in Gefahr bin, muß ich eben lernen, mich zu schützen.» Sie tippte an sein Schulterhalfter. «Zeig mir, wie man damit umgeht. Du hast mir schon einmal eine Waffe anvertraut.»

«Weil ich Florence suchen wollte. Da blieb mir gar nichts anderes übrig, als dir einen Revolver in die Hand zu drücken.»

«Und bleibt mir jetzt etwas anderes übrig, als zur Waffe zu greifen?»

«Ja, du kannst weg von hier. In der Mordnacht hattest du keine Alternative.»

«Flucht ist für mich keine Alternative.»

«Ein Revolver nützt dir nichts, wenn du nicht damit umgehen kannst.»

«Dann bring es mir bei.»

«Ich meine das eher psychologisch. Natürlich könntest du schießen lernen, aber du mußt auch innerlich bereit sein abzudrücken und den Kerl über den Haufen zu schießen. Sonst nimmt er dir nämlich die Kanone aus der Hand und knallt dich ab. Könntest du einen Menschen töten?»

«Ich habe Cory getreten, als es sein mußte.»

«Ich spreche von *töten*, Rina.»

«Ich glaube schon – wenn ich mich bedroht fühle.»

«Du glaubst es?»

«Also, gut. Ja, ich könnte auch töten.»

«Das nehme ich dir nicht ab.»

«Kennst du mich wirklich so gut?»

«Vielleicht habe ich nur zu oft anständige Menschen im Leichenschauhaus liegen sehen, weil sie glaubten, sie könnten töten.»

Er nahm ihre Hand. «Ich möchte ja nur nicht, daß dir etwas passiert.»

«Ich bin nicht leichtsinnig, Peter. Ich habe dich immer angerufen, sobald etwas nicht in Ordnung war, und so werde ich es auch in Zukunft halten. Wenn ich angegriffen werde, möchte ich mich und meine Kinder schützen können. Ich weiß, daß ich es schaffen würde.» Sie sah ihn an. «Ich könnte mir von anderen Leuten das Schießen beibringen lassen.»

«Ich weiß.» Decker lächelte gequält und griff nach der Picknicktasche. Jede weitere Diskussion war sinnlos.

25

Mit rhythmischem Klicken spuckte der Drucker eine neue Ladung von Computerbogen aus. Decker griff sich den Stapel und ging damit an seinen Schreibtisch. Die Schrift war schon wieder blaß, es war das dritte Farbband, das er in den letzten vierundzwanzig Stunden verbraucht hatte. Er kniff die Augen zusammen, aber viel besser wurde es davon auch nicht, er war einfach zu müde. Nacken und Rücken waren steif, die Schultern taten ihm weh, der Kopf dröhnte. Er griff nach der Aspirinpackung im Schreibtischfach, aber sie war leer. Verärgert warf er sie in den Papierkorb.

Er verschränkte die Hände hinter dem Kopf, legte die Füße auf die Schreibtischplatte und richtete den Blick zur Decke, als erhoffe er sich von dort eine Inspiration. Als sich dort nichts tat, beschloß er, noch einmal einen neuen Anlauf zu nehmen.

Hunderttausende von Bytes an Daten hatten ihm nicht weitergeholfen. Zunächst hatte er seine ursprünglichen Verdächtigen und den medizinischen Befund von allen Seiten durchleuchten lassen. Dann hatte er die Namen bekannter Antisemiten vor Ort in den

Computer eingegeben, die Namen auf Bewährung entlassener Sittlichkeitsverbrecher, die Namen der Jeschiwaschüler, die Rina unterrichtet hatte, die ihrer Kommilitonen vom College, hatte weitere Angaben in den Datenbrei gerührt, wie ein Küchenchef Zutaten in ein Gericht, das doch nicht mehr zu retten ist. Dem Täter war er um keinen Schritt näher gekommen. Es lief immer wieder auf dieselben Leute hinaus. Er griff sich einen Bleistift und notierte den ersten Namen.

Shlomo Stein.

Ein übler Typ, der seinem früheren Image weit besser gerecht wurde als dem des bekehrten Sünders. Aber was er ausgesagt hatte, entsprach der Wahrheit. Und – was wichtiger war – an dem Abend, als Mrs. Adler überfallen worden war, hatte er mit dreißig anderen an einer Debatte über talmudische Fragen teilgenommen. Decker strich ihn von seiner Liste.

Shraga Mendelsohn.

Ruhiger als Stein, aber auch ein komischer Kauz. Machte beim Sprechen kaum den Mund auf, lächelte an den falschen Stellen, vermied Augenkontakt. Hätte man Stein etwas anhängen können, wäre Mendelsohn der ideale Komplize gewesen. Für den bewußten Abend hatte er dasselbe Alibi wie Stein. Streichen wir Mendelsohn.

Moshe Feldman.

Decker setzte ein dickes Fragezeichen hinter den Namen.

Matt Hawthorne.

Sie hatten sein Alibi für die Mordnacht geprüft. Sein Freund hatte bestätigt, daß sie zusammen im Kino gewesen waren. Außerdem erinnerte sich die Verkäuferin vom Süßwarenstand an ihn, weil Hawthorne einen halbherzigen Versuch gemacht hatte, mit ihr zu flirten. Der Film war um 21.38 Uhr aus gewesen. Rein theoretisch war es denkbar, daß Hawthorne direkt zur Jeschiwa gefahren war, festgestellt hatte, daß Florence tot war, und versucht hatte, in die Mikwe einzudringen. Aber viel Sinn gab dieses Szenario nicht. Er hätte schon sehr schnell und zielstrebig zu Werke gehen müssen, um den Zeitplan einzuhalten. Und woher sollte er wissen, daß Florence tot war?

Für den Abend, an dem Mrs. Adler vergewaltigt worden war, hatte Hawthorne kein Alibi. Er behauptete, er habe allein zu Hause gesessen und gelesen. Die vollgestopften Bücherregale in seiner Wohnung waren bestimmt mehr als nur Kulisse. Als Englischlehrer las Hawthorne vermutlich wirklich viel. Und ausgesprochen verdächtig wirkte er ja auch nicht. Die Erregung bei ihrem letzten Gespräch war wohl mehr der Nervosität als schlechtem Gewissen zuzuschreiben.

Steve Gilbert.

Als Kandidat entschieden am interessantesten. Ungerührt vom Besuch der Kriminalpolizei, distanziert, fast leicht amüsiert. Nicht der versponnene Physiker, den Decker sich vorgestellt hatte. Und er war zwei Jahre bei der Army gewesen, darunter zehn Monate in Vietnam, auf einer Schreibstube. Warum hatten sie ihn nicht zur kämpfenden Truppe geschickt? Vielleicht war bekannt, daß er einen Zacken hatte. Vielleicht war er aggressiv. Der Kerl, der auf Decker geschossen hatte, war ein ausgesprochen guter Schütze gewesen.

Gilbert leitete jeden Donnerstag bis zehn den Computerclub auf dem Gelände der Jeschiwa. Der Überfall auf Mrs. Adler war an einem Donnerstag gewesen. Der Abend, an dem jemand auf Decker geschossen hatte, war ein Donnerstag gewesen. Beide Zwischenfälle hatten sich gegen zehn ereignet. Beim erstenmal hatte Rina um 22.08 Uhr das Revier verständigt, beim zweitenmal hatte sie sich um viertel nach zehn bei Decker gemeldet. Damit wäre Gilbert genügend Zeit geblieben, seine Jungs nach Hause zu schikken und die Tat zu begehen.

Nur die Mordnacht paßte nicht ins Schema, da hatte Rina um Viertel vor elf angerufen, außerdem war es ein Mittwoch gewesen, und seit fünf Jahren war Gilbert am Mittwoch-, Freitag- und Sonntagabend zum Essen bei der Familie seiner Verlobten, die dreißig Meilen weit weg wohnte. Meist brach er dort gegen elf wieder auf. Das hatten seine Schwiegereltern in spe bestätigt.

Decker stand auf und schenkte sich Kaffee nach. Welcher Mann ging wohl fünf Jahre lang dreimal in der Woche zu den künftigen Schwiegereltern zum Abendessen? Um die liebe Familie hatte es zwischen ihm und Jean dauernd Streit gegeben. Ihm hatte es schon gereicht, die Schwiegereltern einmal im Monat zu besuchen, einmal in der Woche wäre Jean lieber gewesen. Aber dreimal in der Woche – das hätte selbst sie nie von ihm verlangt. Vielleicht setzte sich ja Gilbert nach der Hochzeit energischer durch – wenn die Hochzeit je stattfand. Eine fünfjährige Verlobungszeit war auch einigermaßen sonderbar, sofern es nicht ganz gravierende Probleme gab. Vielleicht war der Mann ein Versager und hatte ein Ventil für seinen Groll gegen Frauen ganz allgemein gesucht?

Aber wie konnte Gilbert in der Jeschiwa sein Unwesen getrieben haben, wenn er an beiden fraglichen Abenden in dreißig Meilen Entfernung vor gefüllten Schüsseln gesessen hatte?

Decker trank noch einen Schluck. Es sei denn, daß er an dem bewußten Tag gar nicht in Familie gemacht hatte. Falls die Besuche bei den Schwiegereltern zur eingefahrenen Routine geworden waren, fiel es vielleicht gar nicht auf, wenn er mal einen ausfallen ließ.

Aber von dem Mord an Florence konnte Gilbert ja nichts gewußt haben. Was hatte er also auf dem Gelände zu suchen gehabt? Decker klopfte nachdenklich mit dem Stift auf die Schreibtischplatte. Vielleicht war an jenem Donnerstag gar kein Computerclub gewesen, vielleicht hatten sie sich in der Woche ausnahmsweise am Mittwoch getroffen.

Er wählte Rinas Nummer. Vielleicht konnten ihm die Kinder bei dieser Frage weiterhelfen.

Als sich niemand meldete, war er mit einem Schlag wieder hellwach. Hatte er die falsche Nummer gewählt? Er versuchte es noch einmal. Nichts.

Hatte er ihr nicht eingeschärft, sie solle ihn anrufen, wenn sie abends noch einmal aus dem Haus ging? Und sie hatte es ihm versprochen...

Er würde Sarah Libba Adler anrufen, die wußte vermutlich Bescheid. Er wählte die Auskunft. Die Nummer stand nicht im Telefonbuch. Decker nannte seinen Namen und seine Dienstnummer, und nach wenigen Minuten hatte er den Anschluß. Nach dem vierten Läuten hob sie ab. Im Hintergrund hörte man Kinder lachen und toben.

«Hier Detective Decker. Ich will Sie nicht beunruhigen, Mrs. Adler, aber wissen Sie, wo Mrs. Lazarus ist?»

Lange Pause.

«Sie ist ausgegangen.»

«Wohin?»

Schweigen.

«Mrs. Adler?»

«Sie ist in der Mikwe, es – es hat sich da etwas ergeben. Ich hab's ihr ausreden wollen, aber sie kann manchmal sehr eigensinnig sein.»

«Wem sagen Sie das ... Wo sind die Kinder?»

«Bei mir. Rina will sie um zehn abholen. Wenn sie bis dahin nicht zurück ist, hat sie gesagt, soll ich Sie anrufen.»

Das wurde ja immer schöner ...

«Ist jemand bei ihr?» fragte Decker. Wenn es Zvi war –

«Matt Hawthorne.»

Decker fluchte leise vor sich hin.

«Ist – ist etwas passiert?» fragte Sarah erschrocken.

«Nein, nein. Aber ich komme mal eben vorbei. Nur zu meiner eigenen Beruhigung.»

«Gute Idee.»

«Ach, und rufen Sie doch bitte Ihren Mann an und sagen Sie ihm –»

Aber da war das Gespräch schon unterbrochen.

Er wählte noch einmal, aber der Anschluß war besetzt. Er rief das Fernmeldeamt an und bat, das Gespräch zu unterbrechen. Auf dem Anschluß wurde nicht gesprochen, erfuhr er, die Leitung war gestört. Offenbar hatte Sarah den Hörer nicht richtig aufgelegt.

Er versuchte es in der Mikwe, aber die Leitung war tot, wahrscheinlich war der Anschluß noch nicht repariert. Beim Rosch-Jeschiwa meldete sich niemand, der Anrufbeantworter der Jeschiwa lieferte ihm lediglich Anschlüsse, die nur tagsüber besetzt waren.

Mit einem saftigen Fluch knallte er den Hörer auf die Gabel, griff sich seine Jacke, tippte Marge auf die Schulter und stürmte aus dem Haus.

Marge holte ihn erst auf dem Parkplatz ein. Er ließ den Wagen an, und noch ehe sie die Tür auf der Beifahrerseite hatte zuschlagen können, war er mit quietschenden Reifen angefahren.

Marge setzte das rote Blinklicht aufs Dach. «Vielleicht verrätst du mir gelegentlich auch, was eigentlich los ist.»

«Rina ist in der Mikwe. Mit Hawthorne als Beschützer.» Decker hieb mit der Faust aufs Armaturenbrett. «Man sollte es nicht für möglich halten.»

Marge tappte noch immer im dunkeln. «Hat sie angerufen und gesagt, daß sie Schwierigkeiten hat?»

Decker schüttelte den Kopf. «Ich versuche hinzukommen, ehe was passiert.»

«Findest du das nicht ein bißchen übereilt, Pete? Wir haben gegen den Mann schließlich nichts in der Hand.»

«Es war leichtsinnig von ihr, sie wußte, daß der Verdacht gegen ihn noch nicht ausgeräumt war.»

Er ärgerte sich über sich selbst. Er hätte Sarah sofort bitten sollen, Zvi zur Mikwe zu schicken und dort auf ihn zu warten. Wenn Sarah nicht so schnell aufgelegt hätte... Wenn sie nicht den Hörer falsch eingehängt hätte... Wenn er irgend jemand aus der Jeschiwa erreicht hätte... Der Tacho kletterte auf hundertvierzig, der Wagen schepperte wie eine leere Konservendose. Ein Buckel auf der Fahrbahn – und sie waren hin. Aber Marge sagte kein einziges Wort.

Rina wischte die letzte Pfütze auf und stellte die Heizung ab. Das Großreinemachen war dringend nötig gewesen, sie war froh, daß sie gekommen war.

Ruthie Zipperstein hatte sie händeringend darum gebeten. Die Familienkutsche war seit einer Woche in der Werkstatt, das rituelle Bad drei Tage überfällig, und Ruthies Mann, Yisroel, hatte keinen Wagen bekommen, um sie zu einer anderen Mikwe zu fahren. Sie taten sich schwer mit dem Warten. Rina hatte sich bereit erklärt, unterderhand auszuhelfen, wenn Yisroel sie hinterher nach Hause brachte. Aber der hatte sich am Nachmittag den Knöchel verstaucht, und der Arzt hatte ihm vierundzwanzig Stunden völlige Ruhe verordnet.

Rina wollte schon absagen, aber dann begriff sie, daß dieser Unhold, der ihr nachstellte, sie ja nicht nur körperlich, sondern auch seelisch terrorisierte. Sie hatte es so satt, ständig über die Schulter schauen, ständig Türschlösser und Fensterriegel kontrollieren zu müssen. Angst und Schrecken beherrschten ihr Leben. Irgendwann mußte mal Schluß sein. Aber sie war eine vernünftige Frau und kam deshalb auf eine vernünftige Lösung. Sie würde Peter bitten, sie und Ruthie heimzubringen.

Als sie anrief, war er nicht da. Macht nichts, dachte sie, ich versuche es später noch mal. Aber dann kam sie ins Grübeln. Wie war das doch damals, nach Yitzchaks Tod? Da warst du völlig hilflos. Immer hatte er sich um alles gekümmert, du hast überhaupt nicht gewußt, wie du ohne ihn auskommen solltest. Das darf dir nicht noch einmal passieren, du kannst nicht in jeder kritischen Situation zu Peter laufen, sonst bist du bald wieder genauso unselbständig, wie du es als brave Tochter und als brave Ehefrau warst.

Entschlossen hatte sie Steve Gilbert angerufen, ihm eine Nachricht auf seinem Anrufbeantworter hinterlassen und es bei Matt versucht, der sofort zugesagt hatte, einzuspringen.

Sie war richtig stolz darauf, wie sie diese Angelegenheit geregelt hatte. Jetzt war sie hier, ohne Peters Hilfe, es war ein echter Sieg. Sie sah auf die Uhr und machte das Licht aus. Matt, der Ruthie heimgebracht hatte, mußte jeden Augenblick wieder hier sein.

Sie ging in den Aufenthaltsraum und wischte zum drittenmal die Tischplatten ab. Die Stille kam ihr plötzlich unheimlich vor. Es war sehr heiß, sie hatte sich nicht die Mühe gemacht, die Klimaanlage einzuschalten.

Sie öffnete den Wäscheschrank und rückte nervös an den Handtüchern herum. Dann hielt sie inne. Zehn vor zehn. Sie hatte bei Sarah Peters Nummer hinterlassen. Schlimmstenfalls konnte sie immer noch das Licht ausmachen und im Dunkeln auf ihn warten.

Endlich Schritte, ein leises Klopfen.

«Wer ist da?»

«Matt.»

Rina schloß auf und ließ ihn ein. «Ich habe mir schon Sorgen gemacht.»

Hawthorne lächelte. «Ich bin auf dem Rückweg einem der Jungs über den Weg gelaufen. Du kennst sie ja. Wenn sie mal vom Sport anfangen, sind sie nicht zu bremsen. Tut mir leid, daß ich so spät dran bin. Bist du fertig?»

«Ich hab noch Handtücher im Wäschetrockner. Hast du noch einen Augenblick Zeit?»

«Aber sicher.» Hawthorne sah sich um. «Das ist also euer Refugium. Ich hätte schon immer gern mal ein Nonnenkloster von innen gesehen.»

Rina lächelte mühsam. «Gehen wir?»

«Und deine Wäsche?»

«Mir ist gerade eingefallen, daß Sarah Adler mich erwartet. Ich hatte ihr gesagt, daß sie die Polizei verständigen soll, wenn ich bis zehn nicht da bin.»

Hawthorne machte ein bestürztes Gesicht. «Das wäre nicht nötig gewesen.»

«Nur sicherheitshalber. Es ist auch zu deinem Schutz, Matt.»

«Ich brauche keinen Schutz. Du traust mir doch, Rina?»

«Aber natürlich», sagte sie ein wenig zu betont. «Hätte ich dich sonst angerufen?»

Hawthornes Augen zuckten. Er fuhr sich mit der Hand durch das dichte, lockige Haar und sah sie an. «Von mir aus kann's losgehen», sagte er nicht allzu freundlich.

Sie machte das Licht aus und schloß ab.

«Ein bißchen getroffen hat mich das schon», sagte er, als sie draußen waren.

«Ich wollte dich nicht kränken.»

«Erst nimmt mich dieser rothaarige Cop in die Zange, jetzt schaust du mich schief an... Seh ich etwa aus wie ein Sittenstrolch?»

«Bitte, Matthew, du mußt das verstehen. Denk doch, was ich hinter mir habe.»

«Ich bin einfach sauer, daß nach dieser Geschichte die Frauen Angst vor allem haben, was Hosen trägt. Aber es ist natürlich verständlich. Gar nicht so einfach, eine Frau zu sein, wie?»

Rina nickte und ging ein paar Schritte.

«Augenblick mal.» Hawthorne bückte sich.

«Was ist?» fragte Rina erschrocken.

«Hab meine Uhr verloren. Ständig geht das verflixte Armband auf.» Er tastete in der Dunkelheit herum.

«Soll ich dir helfen?»

«Nein, da ist sie schon.» Er richtete sich auf, wischte den Schmutz vom Glas und horchte. «Sie geht noch.»

«Dann ist es ja gut.» Rina wurde allmählich nervös. Sie ging weiter. Plötzlich spürte sie einen festen Griff an ihrem Arm und machte sich instinktiv los.

«Ich tu dir ja nichts, Rina», flüsterte Matt. «Ich hab was gehört.»

Ihr Herz jagte. «Ich höre nichts.»

«Doch, da war was. Ich geh der Sache mal nach.»

«Wollen wir nicht auf die Polizei warten, Matt? Wenn ich nicht bald bei Sarah auftauche, sind sie kurz danach hier.»

Hawthornes Lider flatterten. «Ich brauch keine Polizei. Warte hier.»

«Ich mag aber nicht allein bleiben.»

«Dann komm mit.»

Aber das wollte sie auch nicht.

Hawthorne zog ein Messer hervor, das im Mondschein blinkte. «Ich weiß uns zu schützen, Rina. Bei einem Triebtäter darf man kein Risiko eingehen.»

Sie schluckte.

«Ich warte in der Mikwe.»

«Gute Idee.»

«Sieh dich vor, Matt.»

«Kleinigkeit.»

Wenig später war er im Unterholz verschwunden, sie hörte Rascheln und Knacken, dann war plötzlich alles still.

Rina hätte gern nach Matt gerufen, hatte aber Angst, sich zu verraten. Sie ging zur Mikwe zurück, tastete nach dem Schlüssel und steckte ihn mit zitternder Hand ins Schloß.

Weiter kam sie nicht. Er stürzte sich auf sie. Ein Panther mit einer Skimaske über dem Kopf, in nachtschwarzer Kleidung. Ehe sie schreien konnte, wurde ihr etwas Weiches, Pelziges in den Mund gestopft. Er warf sie auf den Boden und fiel über sie her. Sie spürte etwas Kaltes, Metallisches an der Schläfe. Mit unnatürlicher, kratziger Stimme machte er ihr klar, daß dies ein Revolver war und daß er abdrücken würde, wenn es sein mußte. Sie sah die Gesichter ihrer Söhne vor sich, wehrte sich nach Leibeskräften, bekam eine Hand frei, schob sie unter sein Hemd und zerkratzte ihm die Brust. Fluchend schlug er ihr den Revolvergriff ins Gesicht.

Ihr Gesicht wurde taub, ihr Blick trübte sich, der Kopf dröhnte. Sie gab nicht auf, krallte nach seinen Augen – aber er wich zurück und schlug wieder zu. Die Kraft drohte sie zu verlassen, das Tuch in ihrem Mund sie zu ersticken. Er riß ihr die Kleider vom Leib, sie spürte nackte Hände auf ihrer Haut, auf dem Nacken, auf dem Rücken, in ihrem Schlüpfer. Die Berührung war schleimig, böse. Mit äußerster Kraftanstrengung bäumte sie sich auf. Die plötzliche Bewegung brachte ihn aus dem Gleichgewicht, die Waffe fiel ihm aus der Hand.

Sie riß sich den Knebel aus dem Mund, versuchte zu schreien, aber es kam nur ein trockenes Krächzen heraus. Er schlug mit der geballten Faust nach ihr, aber sie duckte sich, der Schlag ging in den Boden. Wieder schrie sie, und diesmal war der Schrei bühnenreif.

Er legte ihr eine Hand über den Mund und warf sie wieder zu Boden. Aber jetzt hörte sie jemanden durch die Büsche brechen, das mußte Peter sein. Sarah hatte ihn wohl angerufen.

Sie biß in die Hand, die über ihrem Mund lag, spürte Blut. Er fluchte kehlig und zog die Hand weg.

«Peter!» schrie sie.

Auch ihr Angreifer hatte die Schritte gehört. Er sprang auf und versuchte zu flüchten, aber sie war zu schnell für ihn, packte ihn am Knöchel, und er ging zu Boden.

«Peter!»

Die Schritte kamen näher. Es war Moshe.

Der Angreifer versuchte, wild um sich schlagend, sich Rinas Griff zu entwinden. Aber da schnellte Moshes hagerer Körper wie ein Pfeil durch die Nacht. Der schmächtige Mann packte den Mann mit der Skimaske um die Taille, und zusammen fielen sie in einen Haufen Eukalyptuslaub.

Der Angreifer war größer und schwerer, aber Moshe war bewaffnet – mit einem dicken Talmudband. Blinzelnd hob er das Buch und ließ es auf den Kopf des Mannes niedersausen. Der Schlag betäubte ihn kurz, doch dann begann er auf Moshe einzudreschen. Rina lief zu den Kämpfenden hinüber und versuchte dem Mann die Skimaske abzureißen. Er versetzte ihr einen Tritt in den Leib, sie krümmte sich – und er war wieder frei.

«Er entwischt uns, Moshe», keuchte sie.

Moshe packte ihn an dem schwarzen Hemdkragen und riß ihn wieder zu Boden. Im Takt des *Schma Israel* bearbeitete er seinen Kopf mit dem schweren Buch, so daß er vor Schmerz aufschrie und einknickte.

Rina suchte nach dem Revolver. Im Schein des Vollmonds sah sie etwas blinken. Die Waffe war klein und handlich, fast wie ein Spielzeug. In der Ferne hörte sie eine Sirene heulen. Endlich.

Mit zitternder Hand spannte sie den Revolver und zielte. Der Mann mit der Skimaske war sichtlich angeschlagen, aber er wehrte sich noch immer. Sie wagte nicht zu schießen, sie hätte Moshe treffen können.

Der Mann wirbelte herum und machte sich los. Der Revolver in Rinas Hand spuckte Feuer. Sekundenbruchteile zögerte er, dann wandte er sich zur Flucht. Doch dieser Aufschub hatte genügt. Er lief genau in Deckers Dienstwaffe hinein.

«Stillgestanden! Polizei!»

Der Mann machte kehrt, doch da waren Marge und Decker schon über ihm und warfen ihn zu Boden. Decker versetzte ihm mit dem Revolvergriff einen Schlag auf den Rücken, dann drückte er ihm den Lauf an den Kopf.

«Eine Bewegung, und Sie sind ein toter Mann.» Er ließ die Handschellen zuschnappen.

Marge hatte ebenfalls den Revolver schußbereit in der Hand. «Hast du ihn? Dann fordere ich mal die Verstärkung an.»

Decker zog den Mann hoch und stieß ihn gegen die Motorhaube des Plymouth.

«Keine Mätzchen, du Dreckskerl, sonst bist du geliefert, ist das klar?»

«Bleib cool, Pete.» Marge versuchte ihn wegzuziehen.

«Hast du mich gehört, du Mistvieh?» fauchte Decker. «Wenn du nur mal falsch blinzelst, landest du im Kühlfach.»

Rina sah, wie Decker ihm die Maske wegriß.

Es war Gilbert. Kalkweißes Gesicht, weit aufgerissene, feuchtverquollene Augen, die Lippen geschwollen und blutig.

Rina schnappte nach Luft und wich zurück. Dann fiel ihr etwas ein. «Matt Hawthorne wollte mich nach Hause bringen», stieß sie hervor. «Er hat etwas gehört und ist dem Geräusch nachgegangen...»

«Wo ist er?» Decker drückte Gilbert ein Knie ins Kreuz.

«Bei den Eichen», preßte Gilbert zwischen geschwollenen Lippen hervor. «Wo die Kids die Schwarze umgebracht haben.»

«Haben Sie ihn getötet?»

Ein geisterhaftes Lächeln. In einem plötzlichen Schwall lief Gilbert Blut aus der Nase und rann ihm aufs Kinn herunter. «Höchstens aus Versehen», sagte er kichernd.

Decker stieß ihn mit dem Gesicht gegen den Wagen.

Marge zog Gilbert weg, warf ihn zu Boden, fesselte ihm die Füße, drehte ihn auf den Bauch und hielt ihm einen Revolver an den Kopf.

«Schau du nach Hawthorne», sagte sie zu Decker und meinte: «Sieh zu, daß du dich abkühlst.»

Decker fuhr sich mit der Hand übers Gesicht und sah Rina an. Ihre Kleidung hing in Fetzen herunter. Das schöne Gesicht war geschwollen und verkratzt, Stirn, Nase, Lippen und Kinn blutig. Marge sah, wie seine Hand zum Halfter ging.

«Ohne mich, Pete», sagte sie nachdrücklich. «Sieh zu, daß du Hawthorne findest.»

Er nickte und machte sich auf den Weg.

Marge wandte sich an Gilbert. «Glück gehabt, Dreckskerl. Um ein Haar hätte er dich umgenietet, und um ein Haar hätte ich ihn nicht abgehalten.»

Marge las ihm die Verwarnung vor und fragte, ob er alles begriffen hätte.

Gilbert lachte, weinte, wühlte mit dem Gesicht im Dreck.

«Von Staub sind wir geworden», rief er und sabberte. Plötzlich lief das fahle Gesicht wutrot an. «Sie hat mir das angetan. Sie hatte die Macht, sie hätte mir helfen können, aber sie hat es nicht getan. Abgelehnt hat sie mich wie alle anderen auch. Weil ich kein Jude bin, hat sie gesagt, aber ich weiß, wie es wirklich ist. Sie hat mich ausgelacht, hinter meinem Rücken. Sie ist schuld, daß es nicht funktioniert. Alle sind sie schuld. Alle haben mich ausgelacht.»

Er brach in Tränen aus. «Es tut mir so leid, Rina. Wenn du mir nur eine Chance gegeben hättest... Wenn irgend jemand mir eine Chance gegeben hätte... Aber die Luder sind ja alle so gemein.»

Er bäumte sich gegen die Fesseln auf.

«Sie hatte die Macht, versteht das denn keiner? Sie hätte mich retten können. Eine Tochter Judas. Tochter Zion. Eine Zauberin, die um die Kunst des Heilens weiß. Wie ihre Vorfahren. Tochter von Miriam, der großen Heilerin. Sie heißt ja selber Miriam. Aber statt mir zu helfen, hat sie mich fertiggemacht. Sie hat mich als Mann erledigt. Wie alle. Da hab ich es ihr zeigen wollen. Wenn sie es mir nicht freiwillig gibt, hab ich es mir nehmen wollen. Hätte sie mich nicht hinter meinem Rücken ausgelacht...» Er kam ins Stottern. «Eine Ge-gemeinheit war das. Das Ge-gequassel von ihrem Judentum... Alles Ausflüchte. In Wirklichkeit hat sie mich ausgelacht. Aber ich hab sie durchschaut. Dieses Lu-luder. Hätte sie sich nicht rausgeredet, hätte ich nicht die Wut gekriegt. Aber so – so hab ich es mir eben nehmen wollen. Ob's ihr paßte oder nicht.»

Sein Gesicht verzerrte sich, und er fing an zu schluchzen. «O Gott, o Gott, es tut mir so leid.»

Ein Verrückter, dachte Marge und wandte sich angewidert ab. Dann hörte sie jemanden singen und sah auf. Moshe, eben noch der Retter aus höchster Not, hatte ein Buch vor der Nase, sang leise vor sich hin und wiegte sich hin und her, als sei nichts geschehen. Noch ein Verrückter. Auf seine Art.

Ein Streifenwagen fuhr vor, und Folstrom und Walsh sprangen heraus.

«Auf frischer Tat ertappt?» fragte Walsh grimmig.

«Mehr oder weniger. Macht ihr hier weiter, ich will mit dem Opfer sprechen.»

«Wer ist denn das?» Folstrom deutete auf Moshe.

«Der Held des Tages.»

«Soll ich seine Aussage zu Protokoll nehmen?»

«Versuchen kannst du's, aber er ist ein bißchen...» Marge tippte sich vielsagend an die Stirn.

Rina hockte mit angezogenen Knien unter einer Ulme. Marge setzte sich neben sie.

«Ich hab einen Krankenwagen bestellt.»

Rina nickte.

Marge legte ihr einen Arm um die Schulter. «Ich glaube, jetzt haben Sie's überstanden.»

Die ersten Tränen liefen über Rinas Wangen und brannten in den blutigen Schrammen. «Wie ist es nur möglich, daß man mit einem Menschen fünf Jahre lang zusammenarbeitet, ohne zu merken, was in seinem Kopf vorgeht?»

«Machen Sie sich keine Vorwürfe», tröstete Marge. «Diese Typen sind nach außen hin oft ganz normal, haben einen Job, haben Familie und schlüpfen der Polizei und den Ärzten, all den sogenannten Experten, die es eigentlich besser wissen müßten, glatt durch die Finger. Ich habe selber schon ein paarmal solche Fälle gehabt. Sie haben sich großartig gehalten.»

Rina antwortete nicht, sie schien unter Schock zu stehen. Marge sah, wie Decker den Hang herunterkam und einen Mann stützte, der neben ihm herhinkte. Ein weiterer Streifenwagen fuhr vor, gefolgt von einem Gefangenentransport. Sie schoben Gilbert hinein.

Marge trat zu Decker und Hawthorne. Matt sah Gilbert nach. «Ich kann es immer noch nicht fassen. Es muß eine logische Erklärung geben. Vielleicht ein Irrtum...»

«Kein Irrtum», sagte Marge.

Hawthorne hatte eine Beule auf der Stirn, die sich schon bläulich färbte. «Ist mit Rina alles in Ordnung?»

«Sie wird es überleben.»

Luis Ramirez stieg aus dem Wagen. Decker winkte ihn heran.

«Wenn Sie in der Lage dazu sind, Mr. Hawthorne, können Sie Ihre Aussage machen, während Sie auf den Krankenwagen warten.»

Hawthorne nickte. Er wirkte noch immer wie betäubt.

Decker sah auf die Menge, die sich versammelt hatte. «Wo ist Rina?»

«Da drüben.» Marge deutete auf den Baum. «Ein paar Prellungen, aber das kommt schon wieder in Ordnung. Sie ist zäh, Pete.»

Er setzte sich neben sie, aber Rina nahm keine Notiz von ihm. Decker brachte plötzlich keinen Ton heraus.

«Hilf mir hoch», sagte sie schließlich.

Er nahm sie in die Arme. Ihr Gesicht... Was hatte der Kerl mit ihrem schönen Gesicht gemacht... Behutsam ließ er sie los.

Rina streckte ihm den Revolver hin. «Was soll ich damit machen? Es ist seiner.»

Decker holte ein Taschentuch heraus, nahm ihr die Waffe ab, entlud sie und wickelte sie ein.

«Ich habe auf ihn geschossen, es ist deshalb eine Kugel weniger. Ich habe ihn verfehlt.»

«Das wundert mich.»

«Mich auch», sagte Rina trocken.

Zvi Adler kam auf sie zu. Erst jetzt merkte Decker, daß Rina halbnackt war. Er zog sein Jackett aus und gab es ihr.

Zvi blieb drei Meter vor ihnen stehen. Auf seinem Gesicht lag ein schmerzlicher Ausdruck des déjà-vu. Tränen standen ihm in den Augen.

«Mir ist nichts geschehen, Zvi.»

Es sah aus, als wollte er noch etwas sagen. Aber dann fragte er nur: «Kann ich etwas für dich tun?»

«Meine Kinder», stieß sie hervor. «Sie dürfen mich nicht so sehen.»

«Wir behalten sie, so lange es nötig ist», sagte Zvi beruhigend. «Komm zum Schabbes zu uns, ja?»

Er streckte Decker die Hand hin. «Danke, Detective. Wie haben Sie das gemacht?»

«Es war nicht mein Werk. Rina und Moshe –»

«*Moshe*? Moshe hat den *mamzer* geschnappt?»

«Zusammen mit Rina.»

Aber Zvi war schon auf Moshe zugelaufen, umarmte ihn, hob ihn auf die Schultern und begann mit wohlklingendem Bariton zu singen. Weitere Männerstimmen kamen hinzu, ein Kreis bildete sich um die beiden, sie fingen an zu tanzen, und nach wenigen Minuten war der Wald von tiefen Stimmen und lautem Stampfen erfüllt.

«Dich scheinen sie ganz vergessen zu haben», sagte Decker.

«Das macht nichts.» Rina weinte und lachte zugleich. «Zvi fällt es leichter, sich um Moshe zu kümmern als um mich, er hat sich ziemlich erschreckt, als er mein Gesicht sah.»

Sie versuchte zu lächeln, aber ihre Lippen zuckten. Er nahm sie in die Arme und zog sie an sich. «Das wird schon wieder, Schatz. Bald geht's dir wieder gut.»

«Mir geht's nie wieder gut», schluchzte sie. Dann hob sie den Kopf und sah ihn an. «Du wirst mir so schrecklich fehlen.»

«Komm, komm, ich geh doch nicht weg.»

Sie vergrub ihren Kopf in seinen Armen und klammerte sich an ihn.

Dann spürte sie eine Hand auf der Schulter und sah auf. Chana stand vor ihr.

«Komm jetzt, Rina. Der Krankenwagen ist da, ich helfe dir.»

«Gleich.» Rina wischte sich die Tränen an Deckers Hemd ab.

«Ja doch, ich komme gleich...»

«*Ze lo yafeh*», sagte Chana.

«*Yafeh lo shayach po.*»

Chana hob resignierend die Hände und ging davon.

Rina lehnte den Kopf an Peters Brust. «Sie hat etwas dagegen, daß ich dich umarme. Es ist nicht anständig, hat sie gesagt.»

«Und was hast du geantwortet?»

«Daß es jetzt nicht darauf ankommt, was anständig ist und was nicht.» Sie hob seine Hand an ihre Lippen und küßte seine Finger, einen nach dem anderen.

«Ich möchte mit dir ins Krankenhaus fahren.»

Rina schüttelte den Kopf. «Nein, ich muß allein sein. Ich brauche Zeit zum Nachdenken. Nur – es fällt mir so furchtbar schwer, dich loszulassen.»

Decker sah zu der wirbelnden Gruppe der Singenden und Tanzenden hinüber. Noch nie hatte er Menschen sich so hemmungslos freuen sehen. Den Mittelpunkt bildete Moshe, der hoch über den anderen lächelnd und nickend seine Selbstgespräche führte.

Er strich ihr übers Haar. «Hör zu, Rina. Ich will ein paar Tage Urlaub in den Bergen machen. Für die Kinder sind es die letzten Ferientage. Wenn du nichts dagegen hast, würde ich sie mitnehmen.»

«Ich weiß nicht, Peter...» Sie hielt ihn noch immer umschlungen.

Er küßte ihren Scheitel. «Ganz wie du willst.»

Sie schloß die Augen und fuhr mit dem Zeigefinger über sein unrasiertes Kinn. «Du würdest koscheres Essen für sie brauchen.»

«Dann kauf ich eben koscheres Essen.»

Widerstrebend löste sie sich von ihm. «Ich rufe dich an, Peter. In jedem Fall. Das verspreche ich dir.»

Sie warf einen flüchtigen Blick über die Schulter, dann stellte sie sich auf die Zehenspitzen und küßte ihn leicht auf die Lippen.

Er sah ihr nach, bis sie in dem wartenden Krankenwagen verschwunden war. Dann setzte er sich unter den Baum, holte eine Zigarette heraus, suchte aber in seinen Taschen vergeblich nach Streichhölzern. Die Zigarette zwischen Daumen und Mittelfinger haltend, sah er zu den Männern hinüber, bis sicheren Schrittes, korrekt gekleidet wie immer, der Rosch Jeschiwa auf ihn zukam.

Decker wollte aufstehen, aber der Rabbi winkte ihm sitzenzubleiben und ließ sich neben ihm nieder. Er zündete zwei seiner handgerollten Zigaretten an und gab eine Decker.

«Danke. Beachtlich, der Auftrieb da drüben.»

«Wir Juden neigen zu emotionalen Extremen. Wir verstehen zu trauern, und wir verstehen zu frohlocken. Der Jubel gilt Moshe ebenso wie der Ergreifung von Gilbert.» Schulman schüttelte betrübt den Kopf, als der Name des Lehrers fiel.

«Das mit Gilbert konnten Sie unmöglich wissen, Rabbi.»

«Sehr wahr, mein Sohn. Nur *Hashem* ist allwissend, und wenn er uns nicht für würdig erachtet, durch Vermittlung der Propheten oder des Messias seiner Botschaft teilhaftig zu werden, müssen wir Sterblichen im Zustand der Unwissenheit verharren. Ich war mein Leben lang ein Lernender, Detective, ich habe nicht nur aus den Schriften meines Glaubens, sondern aus zahllosen anderen Quellen Wissen erworben, habe amerikanisches Recht, Philosophie, Psychologie, Wirtschaftslehre und politische Wissenschaften studiert. Dennoch konnte ein Wahnsinniger unbemerkt unter meinen Augen leben. So weiß ich denn noch immer nichts, bin nach wie vor ein bedeutungsloses Stäubchen im Weltenplan. Eine äußerst demütigende Erfahrung.»

«Ich kenne das Gefühl.» Decker lächelte.

«Demütigung tut der Seele gut. Sie zwingt den Menschen zur Bestandsaufnahme.»

Decker nickte.

«Haben Sie Rina Miriam von Ihrer Herkunft erzählt?»

«Nein.»

Schulman zog an seiner Zigarette. «Haben Sie die Absicht, es ihr zu sagen?»

«Erst wenn ich mit mir selbst ins reine gekommen bin. Ich kann mich nur dann als Jude bezeichnen, wenn ich weiß, was es bedeutet. Sonst bin ich nicht ehrlich ihr und auch mir gegenüber.»

«Liegt Ihnen dran zu erfahren, was Jude sein bedeutet?»

«Bis der Bursche auf Nummer Sicher saß, habe ich keine Zeit gehabt, darüber nachzudenken.»

«Und jetzt?»

Decker hob die Schultern. «Ich glaube, das lasse ich erst einmal auf mich zukommen.»

«Hätten Sie Lust mitzutanzen, Peter?»

«Nein, danke, Rabbi. Ich würde mir wahrscheinlich auf die Zehen treten.»

«Solange Sie nicht auf meine treten ...»

Decker lächelte. «Nein, lieber nicht. Aber schönen Dank für die Einladung. Ich fühle mich geehrt.»

Schweigend sahen sie zu der Menge hinüber. Dann gab der Rabbi Decker einen leichten Rippenstoß. «Wir bekommen Besuch.»

Eine Horde von Reportern, bewaffnet mit Stativen, Videokameras, Fotoapparaten und Mikrofonen war im Anmarsch.

«Was Sie machen, ist Ihre Sache.» Rav Schulman stand auf. «Ich jedenfalls werde tanzen.»

Auch Decker erhob sich, als die Meute näher kam. Er klopfte sich die Hosen ab.

«Okay, Rabbi. Zeigen Sie mir, was ich tun muß.»

Serientäter

Colin Dexter
Eine Messe für all die Toten (2764)
Der letzte Bus nach Woodstock (2718)
... wurde sie zuletzt gesehen (2726)
Die schweigende Welt des Nicholas Quinn (2748)
Die Toten von Jericho (2782)

Henry Farrell
Was geschah wirklich mit Baby Jane? (2727)
Scheußlich, die Sache mit Allan (2736)

B. M. Gill
Zündstoff für das Parlament (2767)
Der zwölfte Geschworene (2738)
Seminar für Mord (2775)

Ross Macdonald
Camping im Leichenwagen (2361)
Anderer Leute Leichen (2436)
Reiche sterben auch nicht anders (2496)
Triff mich in der Leichenhalle (2594)
Tote ertrinken nicht (2640)

Jon Michelet
Tod im Vorüberfahren (2749)
Zwischen Hammer und Amboß (2755)
Weiß wie Schnee (2790)

Peter Schmidt
Die Regeln der Gewalt (2686)
Ein Fall von großer Redlichkeit (2701)
Erfindergeist (2719)
Der EMP-Effekt (2765)
Die Stunde des Geschichtenerzählers (2743)
Der Agentenjäger (2784)
Mehnerts Fall (2774)

thriller rororo

C 2115/7